閒婦好逑

3

完

風文創 321

花月薰 著

風文創 321

目錄

第二十九章

九月底，城堡正式建成。

晚霞中，堡壘直入雲霄，頭頂便是紅似火的晚霞，蔣夢瑤突發奇想建議道：「這座城，就叫火雲城吧。」

高博順著蔣夢瑤的目光看去，只見城樓之上霞光滿天，映射著整座堡壘都像是籠罩著紅光似的，火雲兩字，的確當之無愧。

招來了左翁，左翁立刻把蔣夢瑤說的字記了下來，說明日便叫工匠做出匾額，火雲城之名自此確立。

高博一聲令下，領著眾人開門入城，整個流營村村人歡呼雀躍，那聲音似乎傳入天際，令周圍幾里都為之震動。

顯然在這個時候，高博就是他們心中的神，一個引領他們走向光明的偉大的神。

高博讓所有流營村的人皆進駐火雲城中，各自選擇能夠營生的行業，流營村本就有百來戶，若是每一戶都能選擇一份職業，那麼在整個火雲城中，將產業鏈帶起來倒也不是做不到。

可是，當職業有區別，人們當然更傾向選擇輕鬆的工作，所以蔣夢瑤就給每種職業前增設一道門檻，輕鬆的職業，入門限制較多，訂價和賺的錢也要稍稍遜之；而不輕鬆的行業則門檻較低，收益也多一些。

就看你是願意輕鬆點，少賺點，還是願意辛苦些，多賺點了。

每一份職業都是由各人自己選擇的，在制定這個門檻前，大多數人都選擇經營店鋪、買貨賣貨這條路，像瓦工、泥工、殺豬匠等類型的工作就少有人選；可是當門檻和收益被設定出來之後，有些選擇輕鬆行業的人就會打退堂鼓，畢竟，大家手頭只是稍微寬裕一些，若是一味選擇輕鬆的職業，一來投資太大，叫人難以承受，二來收益不高，也讓人存不了錢，這樣的話，這份工作做起來就沒有什麼意義。

如今一番比較之後，反而是殺豬匠和農工的收益要比其他行業高出一些，原本乏人問津的職業，也有人躍躍欲試了。

經過一段時間的管理，火雲城內的職業差不多都定下了，有了集市、店鋪、工人、商戶、居民，這樣就完成一個城鎮的基本條件。

再來就是設立監管單位，監管單位的成員接下來要全面性地為大眾處理問題，所以，蔣夢瑤覺得這些人選，不宜由上面的人來決定，而是應該由下面的人來決定，最好的方法就是——民選。

這倒不是蔣夢瑤在推卸責任，既然有人情往來、市場交流，各種糾紛絕對是不可避免的情況，一旦發生糾紛，該由誰來監管，這個問題就會影響結果了。

如果選了一個大家都不服氣的人，也許會致使糾紛嚴重化，而且久而久之，會讓監管人產生一種凌駕他人之上的優越感，各種貪腐問題就會接踵而來。

流營中百多戶人口，在一起相處的時間也不短，對於每個人的品行與性格大多都有些瞭解，只有讓他們自己選，將來才不至於鬧出矛盾，好壞都是你們選的，不是嗎？大家都服氣的人，總比大家都不服氣的人要能服眾一些吧。

蔣夢瑤把百多戶的戶主全都聚集在一起，沒有任何警示的情況下，給一百多人發了紙條，讓他們寫下自己心中覺得最適合做監管的人，且明定不可寫自己。

每人一票，當場算票，由蔣夢瑤親自宣讀票上的名字，一輪一輪接著淘汰，寫名字的時間不能超過半刻鐘，半刻鐘後就開始收票，選出獲得選票最多的人，然後淘汰沒有選中的人。最後一輪輪淘汰下去，獲得票數最多的前十名，就會順理成章進入監管人行列。

一場看似混亂、其實井井有條的票選活動正如火如荼地開展，大家在經過整整一天的努力之後，終於選出十個眾望所歸的人。

為了選出這十個人，蔣夢瑤甚至都沒讓大家回去吃飯，只每人發了兩、三個飯糰，就是為了有效率地完成這場票選活動。

蔣夢瑤確定了這十個人之後，便正式宣佈他們進入監管會，成為監管會成員，並給他們配發了專門工作服，規定每日必須穿著這樣有特殊標誌的工作服，才能上崗排解糾紛。再讓監管會的十個人互相票選，最終票數多的人做會長，次之者做副會長，再次之就是隊長了。

一番投票，轉眼已夜幕降臨。

高博讓人來喊了蔣夢瑤兩次，她都沒有回去，只是想堅持到最後，看一看選出的人到底是誰，然後才能放心。

當蔣夢瑤回到他們的主院房間，高博已經從書房回來了。

他們倆現在的房間並不特別大，因為蔣夢瑤特意叮囑過，她覺得夫妻的房間太大會顯得空蕩蕩且不溫馨，所以，汪梓恒和張家寡婦就改變設計，闢出了只有從前一半大小的房間，果真這般設計下來，房間的空間雖然小了，可是進來之後，溫馨感也飆升了。

高博正坐在書案後頭看書，見蔣夢瑤走進來，臉色有些疲憊，他從書案後走出，主動把蔣夢瑤拉到一張石椅上坐下，給她捏肩，說：「我派人去喊妳回來休息一會兒，妳非要在那兒等到現在，何苦來的，明兒直接讓他們告訴妳結果不就好了，再不行的話，就延續到明天再選，也好過一日趕工似的，累到不行。」

蔣夢瑤舒服地呼出一口氣，對高博解釋道：「哎呀，你不懂，投票這種事情，若不能一天解決，讓他們私下有了接觸，那最後選出來的人就未必會是大家真正想選的人了。」

頭一次聽這番道理，高博也是新鮮，說：「怎麼會？」

蔣夢瑤轉過身子，決定好好跟眼前這個天真無邪的少年聊一聊腐敗問題，說：「你想啊，如果我今天放他們回去，然後明天再選，若是有人想從中獲利，他們會怎麼辦？這一夜裡，他們勢必會相互走動，各自遊說，有的人也許還會拋出利益誘惑，有的人也可能會以人情要脅，一旦給他們太多時間思考，腦子裡想的東西就多了，多了之後，就勢必會複雜，人的想法一複雜，那麼他們做出的選擇，還會是最初的選擇嗎？肯定會有所偏差。」

高博在腦中仔細想著蔣夢瑤說的這番話，蔣夢瑤又說：「所以呀，我才會讓他們必須一天之內選完，之後才能回家，大家的心定下來後，就不會再去想其他花花腸子，更提高了效率，煩人家一天，總比煩人家兩、三天要來得好吧。」

蔣夢瑤說完這番話之後，就把高博的手繼續按到自己肩膀上，讓他繼續。

高博有一下沒一下地按著，等到把蔣夢瑤說的話全都在腦中想過一遍之後，才深吸一口氣，說：「這些妳都是怎麼想到的呀！本來妳要搞票選就已經很令我驚訝了，可妳竟然在這小小的票選一事中，還能說出這麼一番似是而非的大道理來，當真是叫我驚奇萬分。」

蔣夢瑤橫了他一眼，對他的措辭有些不滿。

「什麼叫似是而非呀！我說的就是事實，你仔細想想看是不是這個道理，朝廷之中腐敗之事不少見吧，而這些腐敗的根本原因無非就是金錢和人情，人往高處走，水往低處流，這是人性的常態。有的人終其一生都會活得問心無愧，但有些人卻不是，常常為了自己的利益而使出一些手段來，各種誘惑，各種威脅，各種溜鬚拍馬……為的無非就是想往上爬，想再多掙點錢，貪念一旦起來，那就是欲壑難填了。一旦有了第一次，就一定會有第二次、第三次，這種現象總杜絕不了。」

「那妳就能保證，妳這樣選出來的人將來不會有貪腐的念頭？他們也是人不是嗎？」

高博此刻真的覺得有很多事情可以和這個女人商量，因為她懂得似乎並不比他這個曾經在權力慾望中摸爬打滾好多年的人要少，甚至有些道理懂得比他還通透。

難道這就是所謂的天分嗎？

蔣夢瑤嘿嘿一笑，繼續為高博解惑。

「人當然會變啦，最關鍵的，就是咱們得選在一個他變化的時期前，做好監督和更替工作。」

「更替？」高博不解。「妳要每年選一次？可是妳就不怕他們在這一年的時間裡，背後再做小動作？」

蔣夢瑤莫測高深地笑了笑。

「這麼跟你說吧。今年選中的人，明年就不能再參加了，會在剩下的九十戶裡選出，當然這個想法我還沒有對外公布，相公你算是第一個知道的，可千萬別傳出去哦，傳出去就不靈了。」

高博這才佩服地笑了出來。

做事不按牌理出牌，永遠都出乎人所意料，這樣看似沒有道理的管理方法，也許才是最好的管理方法吧。

這丫頭也是絕了！不過仔細想來，卻也真是沒有比這個方法更加公平的了，向來管理者都是由上位者定的，可是這麼一來，這個人選的好壞就至關重要，選好了，造福一方；選得不好，為禍鄉里。百姓成了魚肉，總有些憤慨情緒，一旦這些情緒積累到一個點，便會產生不可預估的反抗力。

如果按照丫頭這個方法來做，不僅會減少群眾的反抗，反而會油然而生出一種，自己也是很受重視的感覺，這樣才能更好的達到和平共處的效果。

想通了這些，高博不禁在心中更敬佩自家媳婦！

如高博預計中的那樣，入冬前便將流營中所有人都遷入新城之中。

而蔣夢瑤也正是在這個冬天，經歷了身為女人的重要里程——來初潮了。

這個消息讓華氏很是驚喜，因為蔣夢瑤身邊沒有女性大人，華氏便一力承擔了照顧蔣夢瑤的所有事宜，並向蔣夢瑤傳授了很多關於女人這件麻煩事的經驗，讓蔣夢瑤覺得十分受用，也用心記下。

過年之後，又是三月，安京不斷有消息傳來——先是蔣夢瑤最小的弟弟會走路了，再來是蔣顯雲被破格收入了太學院。

過沒兩個月，又傳來蔣纖瑤終於嫁人的消息，嫁的還是那個曾被她拒絕過的國子監祭酒李大人家的獨子。

兜兜轉轉一大圈，蔣纖瑤還是抵不過命運的捉弄，入了李家大門。

而入了太府卿家的蔣晴瑤，也已經懷上了孩子，預計明年正月生產。

蔣晴瑤的速度讓蔣夢瑤驚嘆，自己和高博都還沒坐實夫妻關係，她倒直接就先懷上了。這想來定然是孫姨娘的主意，女人嘛，要在一家裡立足，那就勢必要有孩子才行，她們卻忽略了，蔣晴瑤今年不過才十四……

是日，蔣夢瑤正在繡坊裡和大家一起描花樣，就見霍青騎著馬在繡坊門前停馬，繡坊的大媽、姑娘們全都伏在窗臺前看他，霍青臉皮很薄，被女人們看了幾眼，臉就紅了，直逗得嬸子、大媽們哄堂大笑。

找到了蔣夢瑤之後，他如釋重負，說：「夫人，公子讓您去馬場，吳先生要表演馬戰呢。」

蔣夢瑤放下了畫筆，從婦人群裡走出，一邊擦手，一邊說：「什麼馬戰？吳先生又排出什麼陣型了嗎？」

吳肇是個馬癡，每天十二個時辰，他有十個時辰都在研究馬，這回也不知又研究出什麼要跟高博獻寶了。

霍青傳了話之後，就離開了，蔣夢瑤隨之而去。

到了馬場，高博正站在高臺護欄前看著場中，見她過去，就對她招了招手，然後兩人在高臺上坐了下來。

高博說：「吳肇這回說要表演馬戰，妳前日不是說無聊嗎？我就等妳來了再演。」

蔣夢瑤對他嘿嘿一笑，說：「還是相公對我好。」

說著，就剝了一顆水果，送入高博的口中，兩人相視而笑，場下的馬戲這才開場。

只見兩隊馬匹從空地兩邊跑入場中，儼然騎兵一般，每一匹馬都是膘肥體壯，兩隊人馬經過一聲口令之後，就埋頭衝向對方，兩方勢均力敵，絲毫不讓的架勢讓高博和蔣夢瑤都為之驚訝，就在他們以為兩方馬匹就快撞上的時候，牠們就真的撞上了。

只不過這些馬似乎也知道撞擊只是表演，撞過之後，也就分別往兩邊分散開來，聽著吳肇的口令，竟然交錯縱橫，一絲不差，而後又聚集在兩邊，成分庭抗禮之勢，隨著吳肇的口令，馬匹又一次進行開場時的撞擊，卻還是呈分毫不倒之勢。

這樣的撞擊力，別說蔣夢瑤不懂馬的人看了都覺得很有視覺衝擊，這種膘肥體壯的品種受過訓練之後，互相撞了倒是沒事，如果是普通那些馬又當如何？

吳肇表演完之後，就上了高臺，抹了一把大汗，對高博行禮說：「公子，您覺得這些馬怎麼樣？」

高博勾唇一笑。

「很是不錯。不愧是出身養馬世家，這些馬經由你訓練出來，真是強悍了不止一、兩分。」

吳肇謝過高博誇獎之後，便告退而去。

高博站在高臺上，看著那些正在回去的馬出神，蔣夢瑤來到他身邊，深深地呼出一口氣，說：「哎呀，這樣的馬要是多訓練一些，將來到戰場上，豈不是一支所向披靡的魔鬼騎兵啊。」

高博震驚地看向蔣夢瑤，愣了一會兒才說：「妳也這麼覺得？」

就在先前一瞬間，高博的確生出要養一支所向披靡騎兵的想法，只是沒想到，蔣夢瑤竟然能與他這麼有默契。

蔣夢瑤嘿嘿一笑，說：「如今雖然看似四海昇平，可關外有北齊虎視眈眈，南面有南疆滇地，這些國家隨時都有可能向我們發動進攻，若是能有這樣一隊慓悍的騎兵助陣，那我們國家軍隊的戰力可不只高出一個檔次，這些馬上了戰場都能以一當百，何況人乎？」

聽了蔣夢瑤的話，高博揚了揚眉，沈吟了片刻後才說：「這些想法也只能是想法。我若未被褫奪封號，還是當初那個祁王，這些事我猶能做，可如今……一個被貶至關外失了爵位的敗將做這些事，豈不是多此一舉？叫人詬病有異心嘛！縱然我無心爭權奪利，可也架不住有心人參告誣衊，還是算啦。」

蔣夢瑤當然明白高博的意思，想了想後，才回道：「相公此言差矣，國家興亡，匹夫有責，你貴為皇子，即便被貶至關外，亦心懷大仁，將來就是傳回朝廷，有人詬病，可咱們又不會真的去做那擁兵自重奪權之事，他們告也是白告，咱們只須做好一個匹夫該當做的事情便行了，不是嗎？」

高博又盯著蔣夢瑤看了一會兒，牽住她的手，笑著說：「娘子言之有理！咱們又不是真的有爭權奪利之心，又何懼旁人詬病？更何況，現在這只是個想法，能不能實施還未可知，咱們只當是後院雜耍玩罷了。」
兩人你懂我懂地相視一笑，為彼此達成共識感到高興。
晚上，華氏請他們去她院裡吃飯，蔣夢瑤很喜歡華氏的手藝，在席上吃了兩碗華氏親自燉的老鴨湯，忍不住讚嘆道：「娘，您的手藝真是太好了，我恨不能把碗都舔乾淨了才好。」
華氏被她逗笑。
「妳這孩子，盡說好話哄我，我這手藝也就妳這丫頭稱讚了。」
蔣夢瑤嘿嘿一笑，高博湊過來說：「真那麼好吃？」
「當然！你吃吃看。」
高博本來是在喝蜜酒的，見蔣夢瑤吃得開心，這才問她。
蔣夢瑤連連點頭，從自己碗裡舀了一勺送到高博面前。
高博習以為常地就著她的湯勺喝了一口，嚥下之後稍事品味，才說：「嗯，味道確實不錯。」
得到認同，蔣夢瑤得意。「是吧，我就說咱倆口味差不多。喏，再吃塊鴨肉，這肉酥嫩得很，嚐嚐吧。」
蔣夢瑤趁勢又餵了高博一口鴨肉，為了回報蔣夢瑤，他也替她挾了兩顆蜜棗，兩人你一口我一口，吃得無比歡快。

華氏在旁看著這兩個孩子在她面前秀恩愛，非但沒有反感，反而覺得很高興，待他們有說有笑地把一桌子的菜都嚐遍了，華氏才輕咳一聲，說：「那個……」

聽到華氏說話，高博和蔣夢瑤就停下了互相餵食的肉麻戲碼，全都看向華氏。

只見華氏放下手裡的碗筷，正色對他們說：「你們倆也不小了，博兒明年就十七了，阿夢也十五了，你們倆準備什麼時候給我生個胖孫子出來呀。」

飯桌上的寂靜讓高博和蔣夢瑤覺得有些尷尬，倒是華氏仍舊面不改色地詢問身為一個婆婆最關注的事情——那就是孫子！

蔣夢瑤當即低下頭繼續喝湯，把主場丟給同樣尷尬的高博，只見他也乾咳了一聲，然後看了看蔣夢瑤，對華氏說：「娘，吃飯呢，說這個幹什麼呀！我們心裡有數的。」

華氏卻不依不饒。

「有數是什麼時候？總要給我個盼頭，給我個期限。」

蔣夢瑤抬頭插話。

「娘，這種事怎麼給期限呀！」

華氏面不改色一一應對。

「怎麼不能有期限？你們倆都這麼年輕，只要……每天多在一起，很容易就有了。要相信自己可以的，別怕。」

這不是怕不怕的問題啊，婆婆！

蔣夢瑤對高博使了個眼色，高博繼續迎上。

「娘，這種事情得順其自然，不能逼得太緊，我……我又不急，您急什麼呀！」

「我急！我怎麼能不急呢？就算我不急著要孫子，可我急著你們不圓房啊。這麼多年了，別以為我不知道。」

好吧，因為華氏的一句話，氣氛就更加尷尬了。

蔣夢瑤面紅如血，這下連抬頭的勇氣都沒有了。一直以為華氏是個什麼都不知道的婆婆，可誰知她倒是什麼都了然於胸，就是沒有說破，也是因為愛惜她，只是等了快三年，也終究是忍不住了。

這個問題，讓高博也低下了頭，蔣夢瑤在桌子底下掐了一下他的手，高博也回之一掐，最終卻交握在一起。

華氏自然不知道兩個孩子在桌子下面的動作，繼續為自己的孫子苦苦勸慰說教。

「其實，你們倆要是真在一起了，縱然這三年都沒孩子，那我也不會催你們，就是你們倆現在都不開竅，我若再不說，你們是不是要等到老了才想起來有這事啊？」

一頓飯就這麼吃得食不知味，高博和蔣夢瑤共同承擔著這分尷尬，因為兩個人全都明白自己到底做錯了，所以也不敢跟華氏反駁。

反正華氏說什麼，他們就應是，但是在桌子下面的兩隻手，卻是玩得不亦樂乎。華氏說得口乾舌燥，見兩個孩子還是那副不溫不火的模樣，當即就被一種挫敗感席捲全身，嘆了口氣，便問他們有沒有吃飽，若是吃飽了就回房去吧，她也累了。

高博和蔣夢瑤如獲大赦，得到了指令，也不管有沒有吃飽，兩人就有志一同地牽手往外走去，令華氏很是無語，憂心忡忡地盯著他倆離去的背影，幽幽嘆了口氣。

唉，那句話怎麼說來著？皇上不急，急死太監！

一路發足狂奔進了自己的院子，蔣夢瑤和高博一下子就鑽入了房間，飛快合作把門扉給關起來，兩人靠著門扉喘氣，然後轉頭互相看了一眼，就再也忍不住捧腹大笑起來。

原來兩人剛才在飯桌上就憋得好痛苦，既想笑又不敢笑，只好互相掐著隱忍，現在是再也忍不住了。

可是笑著笑著，高博突然轉過身，把蔣夢瑤禁錮在他的懷抱之中，漸漸收住了笑意，兩人之間的距離不過半尺，蔣夢瑤也感覺到不對，歇了笑容，癡癡地看著他。

被這樣一雙似乎飽含世間所有美好的眼眸凝視著，高博竟再也忍不住，一下子截獲了她的雙唇，先是輕吻兩下，然後覺得滋味實在太好，這才深入。

蔣夢瑤一直瞪著雙眼，感受著這突如其來的襲擊，一顆心幾乎都要跳出來了。

高博吻了片刻後，才喘著氣讓自己往後退了些，使兩人唇舌分離，只覺得如今的氣息，比先前還要紊亂，只一會兒，就開始在蔣夢瑤的額頭、眼睛、髮鬢、臉頰上遊走，蔣夢瑤一動都不敢動，讓自己儘量放鬆下來。

雖然覺得高博的舉動太令人震驚，但她也早就做好了準備迎接他的這番舉動。他們兩人的好感絕不是一天、兩天形成的，就好像兩人原本就是一體般，各自都在等一個合適的契機罷了。

今晚似乎就是那個契機。

高博再也忍不住，一把將蔣夢瑤橫抱了起來，一路細密的親吻不斷，直到將她放到床鋪之上，幔帳緩緩落下，隱藏了一室春光。

兩雙手臂自被褥中探出，然後是兩顆氣喘吁吁的腦袋。

高博歇息了片刻後，又轉向蔣夢瑤，側著身看著她，然後又要欺身上來，卻被蔣夢瑤推著不讓。

她苦著臉，嬌滴滴地說：「哎呀，做不動了。晚上就吃了一點點，肚子都餓扁了。」

高博一聽她餓，就撐起了身子坐起來，說：「我給妳弄點吃的吧。」

說著就要下床，蔣夢瑤卻拉住他，說：「廚房裡的人估計這時候都睡下了。」

兩人入了城之後，並沒有行使特權，依舊沒有找近身伺候的人，所以這個時候，還真不知道叫誰去弄吃的來。

高博想了想，說：「那我給妳去煮。」

「噗。」蔣夢瑤不禁笑了出來。「你煮？你會煮什麼呀？連燒水都不會吧。」

高博無言以對。

蔣夢瑤在被子裡笑得開懷，高博無奈地說：「要不就把老張喊起來吧。」

老張是主院裡的廚師，因為高博他們晚上向來沒有吃宵夜的習慣，所以廚房中只有白天有人，這個時辰去把老張喊起來的話……老張肯定會納悶他們為啥這麼晚要吃，幹麼去了？

「還是不要了，老張肯定要問東問西的，我們……」

想起先前被中的纏綿，蔣夢瑤難得表現出一些難為情，高博也不比她好多少，兩人一番羞臊以後，一個眼神相對，又忍不住噗哧笑了出來。

高博把蔣夢瑤摟在懷裡，又親了她一下，然後才說：「我去廚房找找看，不可能什麼都沒有的。」

蔣夢瑤想了想。

「我和你一起去吧，要真沒有，我們就自己煮麵吃，我給你煎兩顆蛋。」

「好。」

原來所謂幸福其實就是唾手可得的事情，與心愛之人在一起，與心愛之人互相體貼愛慕，縱然是身處關外，遠離繁華，亦能叫人感受到無比的幸福。

在院子裡穿行而過，兩人來到廚房，推門而入。

高博找到了幾個雞蛋，蔣夢瑤找到了麵條，然後高博生火，蔣夢瑤煮麵，再用另一口鍋煎蛋。

兩刻鐘以後，兩碗香噴噴的麵條就煮好了，兩人就坐在灶臺旁的一張矮桌兩側吃了起來。

高博把自己碗裡的一顆蛋挾給蔣夢瑤，兩人又是一笑，甜蜜氣氛在這冷清的廚房中漸漸瀰漫開來。

第二天早上，蔣夢瑤和高博像往常一樣手牽手去華氏那裡一起吃早飯。

兩人自問無論是從神情態度和行為舉止，都和往常表現得一模一樣，可是，華氏只是看了他們一眼，竟然就發現了端倪。

一雙美目忍不住在兩個孩子身上來回轉，然後不時發出一聲意味不明的奇異驚嘆，再就是用洞悉一切的目光盯得兩個孩子面紅耳赤地低下了頭，再不敢說話。

華氏也不點破，三個人就那麼心照不宣地吃了一頓早飯。

飯後，高博去了馬場，蔣夢瑤也和虎妞去了倉庫。

前段時間，戚氏派人來收人參，說是關外的人參意外在南方走俏，價格也有不小的上浮，因此可以多投入一些貨源。

為了保證貨源充足，蔣夢瑤也開始叫人研究怎麼種植人參，試著開闢出一塊參田來，做法就是在園子裡挖一塊大坑，然後在坑裡填上挖到人參地方的泥土，然後再觀察其參習性，現在雖然還未研究出一個有效的方法，但是，她相信隨著時間的積累，總有一天，他們能培育出一塊屬於自己的參田。

關外的冬天比關內自然要長一些，一般到每年三、四月的時候，關外依舊冰寒，要到五月開外才能漸漸回暖，冰雪融化。

就在過年之後，正月裡蔣夢瑤就收到了一封京裡的來信，是戚氏寫來的，信中無非就是一些京裡發生的新奇事，還有就是叮囑他們注意身體之類的話。

至於華氏這些日子似乎比從前更加沈迷於唸佛，經常一個人在佛龕前，一跪就是一個下午。

蔣夢瑤偶爾去和她說話，也覺得她無精打采的，多問了，華氏就和她訴說一些從前宮中的事宜，蔣夢瑤這才得知，原來華氏之所以會唸佛，就是為了消除一些手裡的罪孽。

她說，人在後宮，身不由己，雖她未親手殺過人，因為她而死的人卻不在少數。從前這些事情都是為了自己心愛的人去做，現在回想前半生，當真是蠢到極點，每每說到這裡，華氏就會自己懺悔落淚一番，蔣夢瑤也無法開解。

回去跟高博說了這些之後，高博也無可奈何，只說：「那都是她前半生造的孽，如今說什麼都無法彌補，旁人也不能開解，這也許就是她的報應，妳平日裡多注意她些，但也無須過於憂慮，她是個從屍山血海中拚殺出來的女人，沒有妳想像中那麼脆弱。」

蔣夢瑤知道高博對華氏，並無過於深厚的感情，他做了一個兒子應該做的事——把自己母親帶在身邊奉養，讓她脫離終生冷宮的日子，其他再多的就沒法做了，他也不知道自己能做什麼；讓他現在再像小時候那樣需要華氏也不可能了，最多只能時常過去瞧瞧她，和她說說話，卻也說不到深層的話題，因為兩人都是在那種環境成長起來的，對彼此仍然有著不適應，很難做到坦誠相對。

華氏對皇上的思念之情，可以跟蔣夢瑤說，卻絕對不會跟高博說；而高博也是，對華氏的感情還有自己內心真實的感受，他只會告訴蔣夢瑤，並不會去找母親華氏說，這就是他們倆之間的相處模式。

華氏對高博愧疚，卻不知如何補償，所以無法靠近這個令她終身愧疚的兒子；高博對華氏有諸多埋怨，怨她眼中只有愛人沒有兒子，所以他更加無法主動親近華氏，與之冰釋前嫌。

他倆有一模一樣、一脈相承的孤傲，叫人唏噓。

蔣夢瑤知道他們之間的心結，知道強逼他們和好也沒用，就讓時間來沖淡一切，這對母子之間的誤會也許會隨著時間的變遷漸漸地消逝，但絕不是現在。

平靜的日子過得很快，轉眼又是一年過去了。

蔣夢瑤經常代替高博陪伴在華氏的身邊，聽她說從前的故事，跟她學道理，瞭解這個女人是如何在晦暗壓抑的後宮之中，殺出一條血路，守護在自己心愛男人身邊。

華氏很喜歡和蔣夢瑤說話，因為，她真的是寂寞太久了，年輕時在宮中，對誰都要有七分防備，說話自然不多；偶爾與皇上相處，他心心念念的都是別的女人，也無法說出心裡話。如今蔣夢瑤是唯一願意親近她，而且是她可以完全不用防備的人。

第三十章

迎來春暖花開的季節，火雲城的騎兵隊終於上了軌道，由吳肇培育的馬匹，如今也已經增加到三百匹的規模，另還有一百多匹馬駒正待成長中。

三百匹寒地烈馬，每一匹都配上一名戰士，除非戰士戰死，馬匹都只認吳肇和那一個主人。

三百騎兵一同奔騰跑上馬場時，那氣勢恢弘的模樣不禁讓站在高臺上的蔣夢瑤都為之一震。

若是這樣一組魔鬼騎兵隊上了戰場，那定是一夫當關、萬夫莫開，光是這些馬的體形就能夠讓對方的騎兵為之失色汗顏。

這些寒地烈馬，最為慓悍的就是打近身戰，一般的馬匹與之撞擊，定然五臟俱損，再也站不起來。

高博成日對著這隊騎兵操練，頗有些躍躍欲試的感覺，蔣夢瑤得知他最近總是派霍青他們去北地韓世聰的營地裡探望，心想高博也許真的有一天會帶著他的三百精騎上到戰場拚殺一番，馬雖壯，畢竟是血肉之軀，到時候也架不住刀槍砍殺，心裡便有了思量，當天就找了汪梓恒和張家寡婦一同商議給馬做鎧甲這件事。

蔣夢瑤的提議是想儘量用一些輕便結實的材料，就像是軍隊中高級將領才會穿的軟甲一樣。

汪梓恒一番思考之後，便想到了軟鐵，只是軟鐵容易生銹，若是打一回還行，長久作戰的話並非良材。

一番討論，由蔣夢瑤一錘定音，乾脆直接用銀吧，雖然耗費較大，但是銀可塑性強，也比較堅硬，這樣做出來的鎧甲不僅結實，而且還光亮。

討論之後，蔣夢瑤又提出做馬鎧甲的時候，順便給騎士也做一套，前後都要鑲紅銅護心鏡，張家寡婦也大膽提出了花樣設計，讓人與馬的鎧甲更為美觀。

幾個人商討了好幾天，終於讓汪梓恒把正式圖紙畫了出來，由她帶回去給高博過目，高博看過之後連連稱讚，說蔣夢瑤真是他肚子裡的蛔蟲，他也是這兩天才想到要給這隊騎兵做鎧甲，不過，這只是一個想法，並沒有和其他人商量過，沒想到，蔣夢瑤這裡就已經把圖紙給畫出來了。

「銀甲騎兵，火雲長勝」他又親自寫下了這八個字，叫繡工務必繡在旌旗之上。

就在一切都準備好之後，九月下旬，北地軍營之中真的傳來了戰訊。

齊國已經派出五千精兵渡過界河，要在入冬前，對安國邊境一番搶掠，好度過嚴寒冬日。

據霍青說，每年冬天之前，齊國都會來一次這樣挑釁，韓世聰每每迎戰，勝少輸多，都會被齊國掠去一些財物牲畜。

這些齊國軍隊很狡猾，雖然這麼多士兵一同渡江，可是渡江之後他們便會分散開來，組成十隊、二十隊，分別前往邊界的村莊掠奪，這樣毫無章法的做法，讓韓世聰想提前抵禦都無法成功。

主營的軍隊不能少，只能撥一些兵去各村巡邏，發現敵情就燒狼煙為號，主營再撥精兵前去鎮壓；可是每每這樣耽擱之下，齊國的散兵早已風捲殘雲掠奪了些財物退去了，有的時候抓住個尾巴，齊兵也不戀戰，被逮個正著就鬆了財物與牲畜，各自逃命去，所以，抓住他們的機會就更少了。

關外百姓，尤其是江邊一帶的村落，每到冬日就將東西都藏到地窖，就是為了防止齊國散兵突然來襲。

可是今年十月未到，齊兵竟然就開始搶掠，這又是一個始料未及的事情。

高博聽完這些之後，心中便有了想法，帶著他的三百火雲騎出城，虎妞也自請加入，高博倒是沒有阻攔，蔣夢瑤也覺得有虎妞在他身邊保護，會相對安全一些，便同意虎妞的要求。

高博帶著騎兵沒有直奔五十里外的韓世聰軍營，而是直接往鷺江方向趕去。

他的想法是，不管齊國的兵馬分散成多少路，但他們終究是要回到這鷺江邊整合渡船的，他只須在鷺江外派崗哨盯著即可。

蔣夢瑤終於體會了一回戚氏送蔣源出征時的心情，看著他越走越遠，彷彿他還沒有從她的眼前消失，她就已經忍不住想念他了。

他走了，帶走了她的牽掛，每日她都會到城樓上站一會兒，雖然知道他不會這麼快出現，她還是願意每天都去等上一等。

華氏倒是沒那麼擔心，每天做好了飯，等蔣夢瑤回來一起吃。

「也不知他怎麼樣了？有沒有吃飯，有沒有按時睡覺……」

蔣夢瑤端著飯碗，卻是食不下嚥，總是想著高博此時在幹什麼。

華氏相思了一輩子，自然對這種患得患失的感覺瞭若指掌，給蔣夢瑤挾了一筷子菜，說：「放心吧。妳對他多些信心，就不會這麼擔心了。」

蔣夢瑤吃了一口飯，說：「哎呀，這種感覺不一樣，就好像……他雖然出門了，可是卻住進了我的腦子，讓我不受控制地想他。」

華氏看著她搖頭笑了笑，便不再說話。

因為她知道，這便是牽掛了。

一個女人對一個男人的牽掛就是這樣子，她迷惑了半生，終於又在其他女人身上看到自己的影子；與她不同的是，自己等的是一個永遠沒有把她放在心上的男人，而這個孩子牽掛的，卻是一個滿心滿眼都是她的男子，這便是世間所謂的緣分吧。

吃過飯之後，蔣夢瑤還想上城樓去看一看，華氏則說她想睡一會兒。

蔣夢瑤離去之時，與一個這些日子伺候華氏的婢女擦肩而過，婢女手上似乎拿著什麼東西，急急忙忙地走入華氏房中，當時蔣夢瑤也沒在意就離開了。

等她再回來之時，卻發現華氏竟然將房門都關了起來，並且屏退伺候的婢女。

蔣夢瑤在門外喊了她幾聲，華氏也只是輕柔地說自己沒事，只是想靜一靜，叫蔣夢瑤自己回房去歇息。

蔣夢瑤想起自己中午離開之時，有個婢女手裡拿著一物去找華氏，她便在府裡找到那個婢女，問她中午交給華氏什麼。

那婢女的回答讓蔣夢瑤感到十分奇怪。

「是府裡信使送來的信，信封裡好像還有什麼東西。」

「信封裡裝了東西？」

蔣夢瑤再問，那婢女就不清楚了。她帶著濃濃的疑慮，回到了房間。

第二天一早又去華氏院子，只見華氏已經梳洗完畢，穿了一身她來關外之後就從未穿過的華貴衣衫，絳色的衣袍將她襯托得極為華貴莊嚴。

蔣夢瑤走入時，華氏正站在鏡子前，見了蔣夢瑤就對她招手。

蔣夢瑤過去之後，誇讚道：「娘，您今天好漂亮啊，這衣服的顏色真配您。」

華氏在她鼻頭上刮了一下，說：「就妳嘴甜，去挑兩根簪子替我簪上，考考妳的眼光。」

蔣夢瑤當即領命，去到華氏的梳妝檯前，她們經常在一起互相梳妝，所以華氏放首飾的地方，蔣夢瑤自然是知道的。

剛要伸手去開抽屜，就看見桌上擺放的那像琥珀一般的手串，蔣夢瑤一邊打開匣蓋，一邊對華氏問道：「娘，這東西不是……您的寶貝嗎？怎麼就這樣放在桌上呀？」

華氏看了一眼那手串，笑了笑，說：「哦，早上想拿出來看一看，忘記放進去了。」

蔣夢瑤點頭表示瞭解，很快就在華氏的首飾盒裡挑了兩根素色的簪子，她今日穿的衣裳十分貴氣，若是髮髻之上再配得珠光寶氣，難免會有些俗氣，可是兩根素簪子就不同了，更能將她的風韻面容與通身貴氣襯托得淋漓盡致。

華氏對蔣夢瑤的眼光很滿意，蔣夢瑤就扶著華氏一同去吃早飯。

一邊吃，華氏邊對蔣夢瑤說：「待會兒吃完了早飯，妳就去看看那首飾盒，把那手串給我留下，其他的東西就都給妳吧。」

蔣夢瑤一驚。

「娘，好端端的幹麼送我東西呀！而且還是整個首飾盒裡的東西，我全拿了，妳戴什麼？」

華氏沒有說話，說：「妳這孩子，給妳就給妳嘛，難不成我做了半生貴妃，身邊就只有那麼點兒珠寶首飾嗎？」

蔣夢瑤一聽，想想也對，正要接受，可是不知怎的，她就是覺得今日的華氏很不一樣，於是她放下筷子，伸手在華氏的手上摸了摸，自言自語地說。「不燙啊。娘，我覺得您今天好像很奇怪，昨天……昨天翠兒交給您的信是誰寄來的啊？您來了關外，有旁人知道嗎？」

華氏被她問得一愣，半晌才說：「就妳事多，快吃飯吧。」

見華氏不說，蔣夢瑤也沒有辦法，只好拿起筷子，繼續吃早飯。

可是，早飯還未吃完，外頭就有丫鬟來通傳，說：「老夫人，夫人，汪先生在外求見，說是城門前來了一隊人，指名道姓，要見咱們公子。」

蔣夢瑤蹙眉不解，想不通是誰，問道：「可知道是誰？」

問了之後，華氏手中的筷子突然掉在地上，蔣夢瑤回頭看了她一眼，見華氏神色慌亂，不禁更加奇怪。

只聽那丫鬟說：「汪先生說他不確定來人身分，只知道他說自己姓高，十分貴氣，還說只要入內通傳，自然有人知曉他的身分。」

「這麼奇怪啊！」

蔣夢瑤看著華氏的臉色，這個時候若她還猜不到來人和華氏有關的話，那她也真是太蠢了。

來人姓高，高乃王姓，說明來的是個皇族之人，而皇族之中，能夠讓華氏這般失魂落魄的大概只有那一個吧。

蔣夢瑤想通了這個關節，就猛地從座位上站起來，匆匆趕出去。

與汪梓恒會合之後，就匆匆吩咐道：「快，大開中門，列隊迎接。」

汪梓恒被蔣夢瑤這麼一指揮，也慌了手腳，因為他到現在還不知道來人是誰，但是從蔣夢瑤這樣慌張的神情來看，來的定是大人物，趕緊召集了衛兵，將城門大開，迎門外之人入城。

蔣夢瑤趁貴客入城之際，回房換了一身端莊的禮服，帶著張家寡婦與府內一干僕婢守在主院門外三丈，恭謹地跪在那裡，等候貴客車馬到來。

來人正是皇上高瑾，只見他騎馬而來，英姿高坐馬背之上，由汪梓恒一路小跑著領路向前，身後跟著十幾名便衣護衛，個個神情內斂，一看便知是各家高手。

高瑾沒有想到在這荒原之上，竟然還有這樣一處巍峨之所，儘管在密信中他對此事早已知曉，但畢竟是第一次親自到來，視覺上還是覺得十分有衝擊力。

高瑾見主院外三丈有一群婦人迎在門外，為首之人他見過一回，便是高博離京之日，與他一同入宮而來的妻子，在高博被褫奪封號之後依舊不離不棄嫁給他，與之一同遠走關外的那個女孩。

如今看來，她似乎已經知道自己的身分，這才換了端莊禮服，守在門外，可見到他卻不呼萬歲，只是靜靜地叩頭。

蔣夢瑤當然不能隨意地呼叫萬歲之類，因為高瑾是著便服而來，微服私訪，若是她在門外唱了高調，也不知是從了這位的意，還是逆了這位的意思，在拿捏不準的時候，她乾脆什麼也不說，直接跪吧，跪了就拜吧。

高瑾從馬上翻身而下，對蔣夢瑤抬手道：「起來吧，妳家主人可在家中？」

蔣夢瑤恭謹答道：「稟貴客，我家主人出了遠門，並不在家，但家母已在院中恭候多時。貴客一路舟車勞頓辛苦了，請快隨晚輩入內歇息一番，喝杯茶水。」

蔣夢瑤說家母等候也不是隨口說的，自從汪梓恒派人在華氏的院子外通傳時，她就已經明白過來，昨日傳信給華氏的人便是高瑾，所以華氏一早起來才盛裝打扮，言語間亦是心不在焉。

而眼前這位遠道而來，必定也是對前事瞭若指掌了，所以才會事先派人遞信入府，既然大家都是明白人，那麼她還有什麼好隱瞞的呢，乾脆領了人入府，送去華氏院裡。

華氏早早就跪在院門前迎接，在蔣夢瑤出去安排的時候，她就已經跪在此處守候了，就像是從前每一個晚上，儘管知道他不會來，她還是依舊在殿外守著，直到大內總管胡泉來傳話，告訴她皇上今晚依舊不來之後，才肯歇了回殿。

蔣夢瑤領著高瑾到了院門前時，高瑾就加快步伐，走到華氏身前頓了頓，然後才對華氏伸出手，華氏就像是一個看見初戀情人的少女般，起身之後，兩人四目相對，還是蔣夢瑤提醒他們入內，兩人才反應過來。

進了華氏的院子以後，高瑾就左右看了幾眼，更多的目光還是停留在華氏身上，兩人入內，華氏請高瑾上座，自己則站在他身旁。

高瑾握著她的手不肯放開，說：「那手串明明是一對，可是我找遍了淑華殿所有殘留的東西，只找到了一串，我便知另一串定是被人帶走了。」

蔣夢瑤在一側沏茶，聽到高瑾這麼說，心中一緊，原來皇上早就懷疑華氏沒有死了。

華氏低頭不語，良久後才輕聲說了一句。

「自此不再相見，總要留個念想。」

高瑾看著她，欲言又止，正巧蔣夢瑤端茶上來，才緩了他們之間沈默的尷尬。

高瑾接過茶杯握在手中，對蔣夢瑤問道：「妳可是蔣國公重長孫女？」

蔣夢瑤沒想到高瑾會突然跟自己說話，趕緊執盤退後恭恭敬敬地答道：「回貴客的話，是。」

高瑾對她揮手，喝了一口水後，說：「妳無須這般拘謹，我此番上門便只是客。」

蔣夢瑤又說了一聲是，高瑾將她從頭到腳看了一眼，而後才說：「妳很好。」

這個世上有多少女人願意在男人落魄的時候生死追隨呢？遠離父母，遠離家鄉，獨自追隨心中男子，這分勇氣在高瑾看來，必是當得一個「好」字；更何況蔣夢瑤的外在條件與談吐氣質也確屬上佳，與他從前在京裡聽到的那些名聲很不一樣。

蔣夢瑤直起身子，依舊端莊地對華氏說：「娘，貴客到來，媳婦兒去叫廚下預備午膳，請貴客務必留下用膳。」

華氏點點頭，說：「去吧，他……」

華氏看了一眼高瑾，然後才又說：「他……愛吃辣，叫廚下做時多放些紅辣，另他不吃羊肉和蔥，廚下要避開些，酒要三分熱，蔬菜只七分熟就夠了。」

蔣夢瑤頷首。

「是，媳婦兒記下了。請貴客稍坐，晚輩告退。」

說完這些，蔣夢瑤就執托盤向後退出廳堂，領著幾個丫鬟去廚房。

高瑾見她離去，整個廳中就只剩下他和華氏兩人，不免又有些尷尬，便又說：「妳這媳婦兒真的很好，是博兒有福。」

華氏藉著替他添水站了起來，說：「是啊，兩個都是好孩子，他心中有她，她心中也有他，兩人心心相印，互相扶持。」

高瑾看著給他添水的華氏，忍不住又握住她的手，深情款款地說：「前些年，苦了妳，是朕……沒有珍惜，待妳『死』後，才後悔莫及，妳……可願再隨我入宮，我定補償從前過錯。」

華氏的目光盯著眼前的杯子，像是被杯中水泛出的漣漪所吸引，凝視良久之後，才嘆了口氣，說：「她……知道我還活著嗎？」

這個她，是指當今的皇后娘娘，高瑾自然聽得明白。

高瑾搖搖頭，說：「朕沒有與她說過，她這幾年真的是變了很多，再不像從前那般溫柔解語，疑心病重得厲害；從前朕只道妳心緒堅硬，不識柔情，可是卻忽略了妳為朕、為她所做的犧牲，她如今暴戾不堪，常在宮中鬧出人命，朕警醒多回亦不見效，只可惜，朕沒有早一些看清她的真面目，而冷落妳這個有心人。」

華氏將自己的手抽出，低頭說：「後宮傾軋，不管是不是做眾矢之的，總不會是純潔無瑕的。臣妾私自離宮，皇上若要治我的罪，那便治好了，臣妾只求皇上放過我的兩個孩子，看在博兒也為太子殿下做了那麼多事的分上，放過他吧；他被貶關外，是真的沒有想過再回京城，所以將一切心血都耗費在這裡，他沒有野心，不想做太子，更不想做皇帝，他只想得一寸淨土，與心愛之人安居樂業罷了。」

高瑾連忙說：「我怎會治你們母子的罪呢？該治罪的人是朕，是朕錯怪了你們，錯用了你們，如今朕已經知道了，妳是好的，博兒也是好的，就是知道他沒有野心，所以朕才默許他在關外做出這些陣仗，朕是真心想補償你們，給朕一個機會，好不好？」

華氏唇邊泛出冷笑，說：「原來皇上早就派人監視我們了……」深吸一口氣後，又道：「也罷，既然皇上監視了，那就應該知道，博兒的確沒有野心再回京城與太子爭鋒，他只想在這關外守一方安寧；而臣妾自然也是不想回去的，後宮傾軋，臣妾已經看得太多，這些年的太平日子，早就將我的鬥志磨平，如今回去也只是羊入虎口，再不復從前了。」

「朕不會叫妳受苦，朕不會讓旁人害了妳，妳只要跟朕回宮，妳還是貴妃，我給妳與皇后同樣的權力，我給妳一切皇后才有的規格，我給妳想要的一切，好不好？」

就在兩人膠著之時，外頭傳來了一道聲音，喊道：「公子回來啦！公子回來啦！」

蔣夢瑤從廚房中走出，驚喜地往府外迎去，腳步走得飛快，將身後的丫鬟們都甩在後面老遠，就是想快些與高博會合，告訴他府裡的情況，免得他見到那人時失了態，或說了什麼不該說的。

她想著高博回來之後，定然是帶著大部隊先入馬場，卸甲換衣才是，於是她就頭也不回地趕去馬場。

果然，她趕到之時，高博已經領著三百騎兵氣勢洶洶地奔入馬場之中。

蔣夢瑤親自拿著一套換洗的衣服去馬場口等待，高博穿著一身軟甲，威武俊逸地走出，見她親自迎接，他喜笑顏開，並對她張開了雙臂。

而蔣夢瑤看他的神情就知道，他這一仗打得定是酣暢淋漓，將齊國那些散兵一舉擊潰了。

蔣夢瑤走去，兩人擁抱了一小會兒之後，高博才將她放開，說：「這場仗是打贏了，不過，卻有一件遺憾事。」

蔣夢瑤不解。「什麼？」

高博嘆了口氣，說：「虎妞……不見了。」

蔣夢瑤大驚。「什麼？虎妞怎會不見？可是受傷了？」

高博搖頭。「不是受傷，很多將士都看見她自己離去的，咱們到了鷺江邊上，與齊國兵展開戰鬥，虎妞就自己離開了隊伍，等我們打完之後，她就再也不見蹤跡了。」

蔣夢瑤十分擔心虎妞，高博見她如此又說：「我已經叫韓世聰在鷺江邊上搜尋，妳不用太過擔心，虎妞若不是自己想走，誰也留不住她，她的拳腳功夫妳是知道的。」

聽高博這般說後，蔣夢瑤才稍覺心安了些，想著虎妞那一身寧氏親傳的武藝，也知道尋常人定奈何不了她。

暫擱下此事，蔣夢瑤將換洗的衣衫交到身旁的丫鬟手中，然後著手開始脫高博的外軟甲。

高博見她這般，不禁說：「回房換吧，這裡……多不好意思啊。」

原想調侃蔣夢瑤，未料，她卻神情凝重地對他說：「不能回房了，快，京裡……來人了，正在娘院裡。」

高博看著蔣夢瑤，似乎也意識到了什麼，面色當即凝重起來，不用等蔣夢瑤替他脫，他就自己一路走一路換上了衣服。

能夠讓蔣夢瑤面色凝重的京裡人，能夠讓華氏納入院中招待的京裡人，除了那一位，不做他人想。高博一下子就明白過來。

蔣夢瑤與高博在路上的時候，已經將今早發生的一切，事無巨細地告訴高博，讓他好提前做準備。

將他送到院外，蔣夢瑤沒有進去，而是改道去廚房。

守在院門前的守衛看見了高博，全都單膝跪地行禮道：「參見祁王殿下。」

蔣夢瑤回頭看了一眼，正好望見高博也在看她。

這些人是皇上身邊的親衛，他們竟然這樣公然稱呼高博，那是不是說明……

高博叫他們起來，深吸一口氣後，便走入院子，蔣夢瑤見他進去了，這才離去。

蔣夢瑤心想，不會是這皇上老馬想吃回頭草了吧？因為發現自己心上的白玫瑰突然變成了一文不值的小野花，不僅失去原來的芬芳，還長出了花刺，扎得他抱頭鼠竄，這才想起之前那個女人的好。

華氏縱然手段凶狠，但那也是對其他人，對待皇上，向來都是言聽計從，順從的解語花，所以，永遠活在二次元的皇上，又一次改變他心中的女神，將一片癡心，付諸於差點被害死的前人身上。

可是，蔣夢瑤卻知道這樣的人，根本就不能搭理他，因為，他就是一個將自己封閉起來的死宅，對待身邊的人都覺得是NPC，他不會真心待之，只是今天覺得妳好，明天覺得她好，可後天又會變換方案，他自己沒有目的、沒有責任，本來嘛，對於NPC，能有什麼責任感？

縱然他現在覺得要華氏跟他回去，他一定會對她好，可是，當華氏真的跟他回去之後，他馬上又會尋找下一個精神寄託的目標，到時候，華氏還不一樣是悲劇。

蔣夢瑤一邊看著灶邊的丸子，一邊嘆了口氣，這些道理她能想通，華氏會不會為情所困而想不通呢？

蔣夢瑤在廚房中親自盯著午膳，因為貴客來得突然，所以，她也只能讓廚房盡力準備，還好火雲城中現在各種貨品一應俱全，就算是廚房裡暫時沒有的，去街道上與大家說一說，家家戶戶都能拿出東西來支援。

蔣夢瑤緊趕慢趕，就連自己也親自動手，雖然不會掌勺，但是擺一擺盤、切一切菜還是可以的，一個早上的時間她做好了八涼、八熱的小菜，叫張家寡婦去問過在華氏院外守著的胡泉總管之後，得到許可，蔣夢瑤才在廚房安排婢女們輪番上菜。

先把八涼、八熱的小菜送上桌，然後將溫好的酒也一併送去，趁著婢女們送菜的時候，她就開始安排下一輪菜式，以熱炒為主，灶臺上火燒得極大，炒完一盤就叫婢女送一盤，這樣更迭而上，又炒了八樣葷素搭配的熱炒，正忙得不可開交之際，卻見貴客的貼身總管胡泉親自來了廚房，看見蔣夢瑤就迎了上來。

「哎喲，王妃，您怎麼自個兒在廚房裡忙活呢？這可使不得啊。」

蔣夢瑤知道胡泉的身分，是大內太監中的一把手，他親自前來，定是那位貴客有什麼要求了，於是她將手裡的菜放下，迎上前說：「都是力所能及的，不妨事。胡總管可是有什麼需要？與我說吧，我這便叫人送去。」

胡泉卻搖頭，笑咪咪地對蔣夢瑤說：「哎喲，什麼總管不總管的，今後還得靠王爺和王妃多多照應著。那位爺說了，今日是家宴，總要一家齊全了再吃，這不，叫小人來請您了。」

蔣夢瑤沒有想到，他是來喊她一起去吃飯的。

受寵若驚！

雖然不大想出席，但是蔣夢瑤已知道那位的身分，他讓胡總管親自來請了，她就斷沒有不去的道理。

蔣夢瑤將圍裙解了下來，交給張家寡婦，對她吩咐道：「菜就按照咱們定好的順序一道道炒，一道道上，炒完就送，別耽擱，我先去了。」

張家寡婦是個妥貼的人，無論做什麼都是認認真真的，所以蔣夢瑤很放心把事情交給她做。

只聽張家寡婦點頭說：「是，夫人，您放心吧，這裡有我盯著。」

雖然她不知道來人是誰，但是看蔣夢瑤他們的態度，定然是大人物且來自宮裡，她怎敢怠慢？蔣夢瑤離開之後，她又把事先寫好的菜單拿出來核對，生怕哪一道菜弄錯了味道。

蔣夢瑤跟著胡泉身後去到華氏的院子，見他們三人對坐在一張圓桌上，並沒有說話，氣氛似乎有些尷尬，看見蔣夢瑤來了，高博才站起來拉開他旁邊的椅子，讓蔣夢瑤坐好。

蔣夢瑤行過禮之後，便拘謹地坐了下來，還沒坐穩，高瑾竟然就跟她說話了，嚇得她趕緊又站了起來。

只聽高瑾對她說：「妳也忙了半天，辛苦了。」

蔣夢瑤沈著地又行一禮，說：「不辛苦，這些都是我該做的。」

高瑾對她壓壓手。「坐下吧，把酒倒上，咱們今日不管身分，都來喝一杯。」

蔣夢瑤聽他這麼說，趕忙又離開座位，執起酒壺先替高瑾添滿了酒，然後是華氏，再來是高博，最後才是自己。

酒滿之後，她便跟著高博身後，對他們兩人舉杯。

喝過酒後，飯桌上又是一陣安靜，這三個人像是先前經歷過一番激烈的辯論，然後意見相左，處於正在冷戰的架勢。

高博低著頭不說話，蔣夢瑤替他挾菜，他也只是回頭對她笑，卻是不吃，一個勁兒喝酒；而華氏手裡拿著筷子，眼睛卻不知盯在哪裡出神；高瑾則是一會兒看看華氏，一會兒看看高博，像是在等待著什麼似的。

蔣夢瑤腦子運轉飛快，由三人的反應，大約能夠猜出先前這三個人到底說了些什麼，定是高瑾叫他們回京吧。

想來也就只有這一件事，能夠讓高博這樣失落了。

京城對他來說，是惡夢，是再也不想回去的地獄。

高瑾自私慣了，他不會替高博或是替華氏考慮，他們回去之後，將會面對什麼；他只想他自己，覺得我想讓你們走就走，想讓你們回來，你們就得回來，我可以操控一切。

一頓飯吃得心裡是七上八下，眾人也沒說幾句話，高博倒還好，高瑾問他這關外的事情，他還多說了兩句，但華氏卻是從頭到尾一句話都沒有說。

吃完飯之後，蔣夢瑤忙前忙後給大家上茶，高博拉住她的手，讓她歇會兒，她這才停了腳步。

高瑾喝過茶以後，又與大家說了些家常的話，便提出要走了。

蔣夢瑤有些訝然，他竟然這麼快就要走，難得來一趟，竟然真的只是來說幾句話，吃一頓飯，就要走了？說好的想念華氏呢？

高博和華氏都沒有留他，而是一起將他送到城外。

高瑾翻身上馬，居高臨下地對高博說：「你那些騎兵很好，不過，馬可以多養，騎兵人數就不要再增加了，皇子規格不過如此，再多就要遭彈劾了。」

高博抱拳領命。

「是，兒臣遵旨。」

高瑾點頭，又看了一眼華氏，說：「朕與妳說的話，句句肺腑，朕是真心悔恨，想迎妳回宮；你們倆也別再彆扭了，朕的話說到這個分上，已是極限，就這麼決定了，這裡收拾收拾後，就回京吧。博兒的祁王封號，朕回去之後就重新冊封，妳依舊是華貴妃，前塵往事，朕皆既往不咎。國家正是用人之時，太子身邊亦要你這樣的兄弟輔佐，你有心在關外殺敵，何不回京城護著太子，做一任肱骨良臣，將來朕必定不會虧待你！」

說完這些，見高博沒有給出反應，依舊維持抱拳的姿勢。

高瑾見他這樣也不生氣，而是將目光又落在蔣夢瑤身上，說：「前些日子南疆之戰傳來捷報，妳爹爹便是此回戰役中最大的功臣，他手刃了南疆王之項上人頭，令南疆軍隊急速潰敗，過些時日，駐守南疆的將領皆要回朝，朕必定論功行賞。妳不愧是妳爹的女兒，敢作敢當，勇敢堅毅，妳回京之後，朕也會大大封賞妳。」

蔣夢瑤沒有想到，這皇上畫餅的技能竟然也用到她身上，做出一副驚呆了的樣子，看著高瑾，不知道說些什麼好了。

好在，高瑾向來獨自對話慣了，他不需要你與他對話交流，只需要你傾聽他想說的，你的任何想法、任何意見，對他來說都是多餘的，他只把他要說的話說完，那麼他與人之間的交流就算完成了。

高瑾的隊伍如來時那般風馳電掣地奔向山林，生怕別人不知道他們很趕時間一樣。

蔣夢瑤看著他離去的樣子，總覺得這個男人現在心裡一定很有成就感，在他眼中，自己已經紆尊降貴，親自到關外來接他們了，他們這些凡人就該感恩戴德，對他感激涕零，然後兩肋插刀，報效終生。

這也許是帝王常見的想法，他們高高在上慣了，早就被人們膜拜成神，對於平民就覺得你只要無條件服從，根本不需要你有任何想法、任何改變，你只要像個傀儡一般，追隨本神的腳步，那麼本神就會開恩，讓你在本神的統治之下活著。

這種被人當作傀儡、低等生物的感覺，真他媽不好受！蔣夢瑤在心中暗自呸了高瑾一口，相信高博此時內心的感覺應該和她差不多，不過，那畢竟是他親爹，不知他會不會多一分包容了。

蔣夢瑤轉頭看了一眼高博，見他重重地嘆了口氣，華氏則比先前要淡定許多，只是眉宇間的陰霾，卻是比先前又重了幾分。

三人回到廳裡之後，華氏說自己累了，想休息一下，叫高博和蔣夢瑤先回房去。

高博牽著蔣夢瑤的手回到房間，接連幾日的奔波讓他疲累至極，原以為打了勝仗回來，等待他的是無盡的歡呼，沒想到卻是踩上了這麼一大顆雷，炸得他看不清東南西北了。

高博直接躺到床上，頭枕在被褥之上，對站在床邊的蔣夢瑤招招手，讓她躺在他身邊。

蔣夢瑤先把他的靴子脫了，然後又除去自己的，這才爬上床鋪，躺入高博的懷中。

「他說一句既往不咎，我就該感恩戴德嗎？」高博突然開口說了這麼一句話，目光盯著幔帳中心的圓點，語氣頗為蕭索。

蔣夢瑤沒有說話，因為高博的這句話明顯不是問句，而是類似自言自語的話罷了，他此刻未必想聽旁人的勸解，在旁人勸解他之前，他首先要把自己的想法全都宣洩出來。

「從小到大，他看我的眼神就像是一件工具，一件能夠讓他的愛兒遠離危險、遠離迫害的工具，他何曾關心過我？他何曾關心過我母妃？那些爭鬥他全都看在眼中，不僅沒有幫過我，甚至還推波助瀾，利用我剷除多少他自己想剷除的異己，朝臣的一切罪責全都會落在我的身上，而他呢？他最多就落了一條愛子心切吧！哈，真好笑。為什麼我就該替高謙擋災？

高謙可以生活在皇后身邊，我卻連見一眼我母妃都是奢望；高謙可以自由地做他想做的一切，我就必須面對陰險狡詐，命懸一線？如今他要我回去為的是什麼，難道真的是悔恨嗎？哼，怕是高謙頂不住壓力了吧。他要我回去，繼續給高謙做擋箭牌吧？去他的輔佐太子，去他的肱骨良臣，誰稀罕誰拿去，反正我是不稀罕。」

高博長篇大論說了一大堆，又是重重一嘆。

蔣夢瑤沒有對他的話發表意見，而是提出一個關鍵的問題。「娘怎麼說，她想回去嗎？」

蔣夢瑤對高博提出這個問題之後，高博頓了頓，然後才搖了搖頭，說：「她就算想回去，我也覺得是情理之中。妳不知道她對我父皇有多癡情。」

蔣夢瑤從高博的懷裡掙脫，翻了個身，趴在那裡看著他，說：「這可不是癡不癡情的事了，如果她決定回去，那……跟把你又一次推上風口浪尖有什麼區別呢？她回去了，的確可以在心愛的人身邊，可是，她那個心愛的人對她又有多少真心呢？我不是說肯定不回去，只是，若是回去的結果是讓你繼續承擔風險，過那種朝不保夕、日日擔憂的生活，那……我就不願意了。」

蔣夢瑤看著高博頓了頓，然後又說：「同樣是男人，娘心疼她的男人，我也心疼我的男人。」

高博沒有說話，只是伸出一隻手，撫上了蔣夢瑤的臉頰，說：「我好累，咱們睡吧。打完了仗，把戰俘交到韓世聰那裡，我就馬不停蹄地趕回來了，現在好累。」

蔣夢瑤心疼地替他揉了揉額頭，說：「累了就睡吧，反正事情已經發生了，明天的事情，明天再去想好了，也給娘一個晚上的時間考慮，若是她願意回去，那……咱們就把她送回去；若是她不願意回去，那咱們就一起走，去他的王權，咱們隱姓埋名，就不信這天下沒有咱們容身之處。」

高博看著妻子的容顏，眼皮子越來越重，漸漸地合上眼睛，握著蔣夢瑤的手不願意撒開。

她說得對，縱使隱姓埋名又如何，一家人在一起快樂生活才是最要緊的。只要母妃這回願意拒絕皇上，那麼他也願意不再去想之前的苦惱怨憤，與華氏真正做一對毫無芥蒂的母子……

第三十一章

睡夢中，高博似乎回到了他六歲那年。

在御花園偶遇華氏，華氏一時竟認不出他是誰，還是嬤嬤告知，她才知曉，卻也只是摸了摸他的頭，亂紅翩飛間，她美得驚人，可是，目光注視的人卻永遠都不是他這個兒子。

又是一個場景，水榭涼亭之上，暑氣暈騰，高博第一次與華氏相對而坐，也是第一次只有他們母子在場，沒有其他人打擾。

華氏剝葡萄給高博吃，高博開心極了，可是皇后駕到，華氏立刻就將高博推開，讓他倒在地上，那一次，高博被皇后身邊的嬤嬤打了十個手板，因為他不顧宮規，私下跑來覲見自己的母妃，在沒有上諭的情況下，皇子是不能與生母單獨見面，而華氏根本沒有等到他的懲罰結束，就已經扭頭離開了。

儘管他知道華氏這麼做也是為了保護他不被罰得更重，可是高博永遠也忘不了，自己在被打手板的時候，生母華氏頭也不回離去的場景。

高博不知道自己究竟經歷了多少場景，但可以肯定的是夢中的場景，都與他和華氏有關，母子倆相處的時光，只用一夜的夢境就可以敘述完畢，可見這對母子的感情，究竟有多麼疏離。

寅時剛過，卯時初起。

睡夢中，高博的眼睛突然睜開，轉頭看了一眼近在咫尺、倚靠著他睡去的蔣夢瑤，他坐起身子，掀開被子。

蔣夢瑤也跟著醒來。昨晚見高博睡得早，在他睡下之後，她就在一旁替他擦了手腳，又思及他晚上可能會肚子餓、想吃宵夜，她便和衣而睡。

見高博起來，蔣夢瑤不禁問道：「夫君，怎麼了？」

高博摸了摸心頭，只覺得空落落的，一邊穿鞋，一邊問道：「現在幾時了？」

蔣夢瑤看了看天色，說：「怕是卯點到了。」

高博穿好了鞋，就說：「我去看看母妃。」

蔣夢瑤不解。

「這麼早去，娘怕是還沒起來吧。」這麼說著，自己也穿了鞋，跟著高博往外走去。

兩人出了房門之後，便順著迴廊往華氏的院子走去。

高博越走越快，像是預知到什麼似的，蔣夢瑤跟在他身後，一路小跑才勉強跟上。

華氏的院子如往常那般平靜，兩個伺候的丫鬟聽見院門響了，就披了衣服出來看，見是高博和蔣夢瑤，便匆匆行了禮。

蔣夢瑤問道：「老夫人還睡著嗎？」

左側丫鬟回道：「睡著呢！老夫人昨兒晚上到很晚才睡，一直伏案寫著什麼，不過，過了三更天也就睡下了，此時應該還未醒才是。」
蔣夢瑤聽了這回答點點頭，沒覺得有什麼問題，剛想對高博說，晚一點再來，可是高博卻像是魔障了般，拖著腳步，直奔華氏房間，一把推開了房門。
蔣夢瑤跟著進去，匆忙跑到華氏床前，想替高博擋一擋，怕華氏起來罵他沒規矩。
可是，蔣夢瑤到了床邊，也覺得有些不對了，高博那麼大動靜地推門，華氏怎會一點反應都沒有，依舊安睡在床榻之上？
見華氏嘴唇蒼白，大覺不妙，蔣夢瑤伸手碰了碰她，喊道：「娘，您怎麼了？娘，您別嚇我，快、快來人啊！大夫呢，快去請大夫。」
蔣夢瑤將華氏的被子掀開，就見華氏依舊是白日那套衣衫，和衣平躺著，兩隻手交握放置在腹前，雙目緊閉，神態安詳。
高博探手在華氏鼻下，良久都沒有反應，過了好一會兒後，才閉起雙眼，呼出一口氣，說：「她，死了。」
蔣夢瑤的眼淚一下子就掉了下來。
華氏是真的死了。
吞金。
就在高博他們來的前一個時辰自盡，屍體還沒有完全冰涼發硬。
在她的梳妝檯前，放了厚厚一疊書信，全都是寫著「吾兒高博親啟」，足足有二十來頁。

伺候華氏的婢女說，華氏從昨天下午就把所有人都遣退在門外，自己伏案書寫，一直寫到夜半三更才歇下。她們從外面的窗櫺中，看見華氏歇在床上，未覺有異。

高博坐在華氏的梳妝檯前，一頁一頁翻看華氏寫給他的信，信中從高博未生之時開始寫起，再到後來宮中之事，也與高博一番講解；說到她對高瑾的感情，更是涕淚縱橫，信紙上仍殘留著她的淚痕。

可是信中卻沒有寫明為什麼她要自盡，只說自己十分糾結，願長伴郎君左右，卻又恐郎君傷害骨肉，若是她一人，自當隨郎君之願，可是，她不能再一次用親骨肉的生命做賭注，她萬般糾結，只覺唯有一死，方能太平。

華氏在信的末尾說，在自己死後，不用替她土葬，直接找條河流將之放置河面，順流而下，水能通情，自會將她帶去心愛之人身邊，並且不用替她換上壽服，這身衣服就挺好的。

她知道高博不願回京，信中便說若不願回京，就帶著蔣夢瑤一路向北，渡過鷺江，隱姓埋名去齊國生存，皇上縱然盛怒，也絕不會去齊國搜尋才是。

高博的臉上還看不出悲痛，面無表情地將信看完之後，對蔣夢瑤問道：「昨日我回來之前，他是不是就已經來了？他和娘說了什麼？」

蔣夢瑤說：「是，他們倆單獨在廳裡說話的，我沒有聽見，也沒有多久時間，夫君你就回來了。」

高博將信妥貼收起，又問：「那在這之前可有什麼異動？」

蔣夢瑤想了想，說：「異動的話，怕是只有前天，娘收到了一封信，想來是皇上派人遞來的，娘收到信之後，第二天皇上沒來之前，她就已經穿上迎客的禮服，正是她現在穿著的這一套，我從未見娘穿過。」

高博又看了一眼躺在床鋪上的華氏，說：「那是我父皇最喜歡的顏色，她不會輕易穿給別人看的。」

他又想起蔣夢瑤的話，說：「外人遞進來的那封信在哪裡，妳可曾見到？」

蔣夢瑤搖搖頭，想了想後，便打開華氏的首飾盒，想著若那封信是皇上送來的，華氏必定視如珍寶，妥善藏之，可是，首飾盒裡並沒有書信，蔣夢瑤奇怪地「咦」了一聲。

從梳妝檯前走到華氏身旁，將她的衣袖翻開看了看，果真，那琥珀色的手串正被她戴在手腕上，而這一回，卻不是孤零零的一串，而是一對皆戴在手上，想起那日丫鬟所說，那封信中似乎還夾著東西，恐怕就是這個了。

蔣夢瑤喊高博來看，高博自然也是見過華氏手上那琥珀色手串，一時不解，蔣夢瑤便與之說了詳情，高博這才明白，說：「看來她為什麼會自盡，一切原因都在前天送來的那封信中了。」

「可是那封信又在哪裡呢？裡面寫了什麼，才讓娘做了這樣的決定呢？」

「……」

一個謎團在兩人心中越滾越大。

蔣夢瑤坐在床沿上，看著華氏一點點變冷，只覺得人生無常，昨天還與她說話之人，今天就這樣死去了。

叫丫鬟打了水來，蔣夢瑤爬上床，親自替華氏淨面、擦手。

高博就那麼站在床邊看著，面無表情，他這個樣子反而讓蔣夢瑤覺得擔心，他要是能很快哭出來倒是好的，就怕他憋著不哭，到時候傷了五內就難辦了。

可是華氏這裡也要人料理，高博又聽不進別人的話，蔣夢瑤只好讓自己動作快一些，整理完華氏，她才好去開解高博。

她將華氏的手拉了起來，正仔細擦拭著她的手時，突然在她的袖間看到了一封信，她意識到了什麼，趕緊喊來高博。

華氏藏在自己衣袖中的信件，正是蔣夢瑤那日看到的那封。

她將信取出，遞給高博，高博坐在床沿拆開看了起來，待看過之後，他咬牙將信搓揉拋至一旁。

蔣夢瑤見狀，不解地走下床撿起信，在一旁看了起來。

這封信的署名是瑾，信中皇上高瑾語氣十分強勢，要求華氏勸說高博回朝輔佐太子，還說當今朝堂的水是被高博攪亂的，丟給太子的是一個殘局；說華氏心懷不軌，有意為之，若是一個月內華氏不能將高博勸回，那麼高瑾便不再顧及夫妻、父子情分，要拿高博問罪，並在信中言明華氏詐死之事他已知曉，要她與高博一同回京接受懲治。

蔣夢瑤看過信件之後，就明白高博為何會這般盛怒了，這高瑾簡直就是雙面人啊，敢情這回來關外，看似誠懇的舉動卻含著這樣的隱情，不免讓蔣夢瑤覺得昨日離去時的皇上很假，假得就好像他和寫這封信的人，不是同一個人。

若真是出自同一人，那麼蔣夢瑤都想說高瑾是不是精神分裂了，前腳以十分凶惡的口氣寫信偷偷威脅華氏，後腳又以十分慈愛懊悔的姿態出現在華氏和高博面前。

蔣夢瑤的心中閃過一個疑問，便拿著信走到高博身邊問道：「夫君，你確定這是皇上的筆跡嗎？」

高博沈吟片刻，雙目盯著華氏的屍身，似乎都要迸出火花似的，兩個拳頭攥得死緊，蔣夢瑤已經從他的反應之中得到了答案。

高瑾的筆跡，高博不會不認得，就算高博不認得，華氏也不會不認得，她癡戀了一生的男人，縱然是燒成灰燼，她也能分辨得一清二楚才是，自當不會認錯。

不可否認，華氏之所以這般倉促自盡，與這封信脫不了關係，因為這封信，讓華氏徹底對高瑾這個男人絕望，原本對他的癡戀如今全都變成了苦果，讓她渾身上下每個毛孔都控制不住分泌出苦意，想著她愛了一生的男人，到最後，果真是沒有把她和他們的骨肉放在心上，萬念俱灰之下，才做出了這般衝動之舉。

蔣夢瑤雖然也感到氣憤，但是當她稍微冷靜細想，一個念頭隱隱浮上：若有心人利用這點而造假、借刀殺人也不無可能……

可如今看高博的模樣，也容不得她多想。

蔣夢瑤小心將信件摺好，放入信封之中，然後走到高博身旁，見他緊咬著下顎，盯著華氏屍身的瞳眸瞪得都有些充血，她怕他太過激動，趕緊抱住他，發現他的身子都呈緊繃狀態。

蔣夢瑤不住地拍擊他的後背，說：「高博，你冷靜點、你冷靜點，不要這樣，你說話呀！你不要這樣！」

眼看著高博的臉色似乎都憋氣憋得有些發紫，蔣夢瑤不再多想，腳下一勾，讓高博坐在地上，然後她便伸手在他的人中那兒使勁掐著，高博這是怒氣攻心了，若不及時施救，他都有可能活生生把自己給憋死。

蔣夢瑤又是掐人中、又是拍他的臉，終於讓高博緩一口氣上來，不過一陣猛烈咳嗽之後，高博就兩眼一翻，昏死過去，再也聽不見蔣夢瑤的喊叫。

華氏的死對高博來說，是個極大的打擊。

尤其在他看到那封信後，認為華氏是因為那封信才衝動地選擇自盡這條不歸路，那憤怒的表現就更加明顯了。

五內火冒三丈，既是憋悶，又是傷痛，五味雜陳彙集一堂，使他再也撐不住，病了。

蔣夢瑤讓人將華氏放入棺木之中，並將棺木暫時先運入冰窖，等高博好些了再做決定。

高博一病就是三天三夜，腦子燒得一塌糊塗，以至於蔣夢瑶一度以為他會挺不過去，拚命用冰塊給他降溫，拿酒給他不間斷地擦身子。

高博迷迷糊糊間說了很多小時候的事情，大多都是關於他和華氏的記憶。從高博的囈語中，蔣夢瑶不難聽出，其實高博對華氏是愛在心裡，畢竟是他的生母，有著旁人所沒有的血脈牽絆，無論兩人相處時間的長短，在他的內心深處，還是十分渴望華氏能像普通母親那般，對他重視、給他溫暖。

只可惜，沒出關的華氏被困在宮中，萬事都以高瑾為先，對高博雖有愛，卻未曾真的關心過他多少；而高博也從來都沒有對華氏流露出傷痛，一來是為了給華氏減輕負擔，二來是想向華氏證明，自己並不是一個軟弱的孩子，盡自己所能做著與華氏相同的蠢事——替他人做嫁衣。

華氏的死若是出於本意，高博也不會氣得五內俱焚，因為那是華氏自己的選擇，她選擇終結自己的生命，把主動權盡數交到兒子手中，這是她對高博最後的愛意——她沒有用自己來要求高博一定要回去，就是對高博最大的救贖。

蔣夢瑶知道，如果華氏一開始就希望高博回京城的話，她只要對高博說一句「我們回去吧」，高博一定不會忤逆她，縱然自己去遊說，也未必能讓他改變聽從華氏吩咐的決定；可是華氏沒有這麼說，因為她是真的明白自己前半生的選擇有多麼錯誤，不願意讓孩子繼續跟著她重蹈覆轍。

當那封信暴露之後，整件事情的性質就變得很不一樣了。首先就是華氏自盡的意願，從自主變成了被動，從自盡變成了被迫自盡。

姑且先不論信件的真偽，如果按照那封信來看，高瑾真的是一個表裡不一的人，明明信中對華氏冷言相對，威脅她讓高博回京，並且還說要懲治華氏詐死；可是高瑾在他們面前說的卻是前事既往不咎，只要他們回去，一切他絕不多計較。這樣截然不同的兩種說法竟然出現在同一個人身上，這不免就叫人越發感到被耍弄的難堪、被逼迫的痛苦了，所以高博才會一時支撐不住，染上了這次的風邪入侵，昏睡過去。

蔣夢瑤不敢離開半步，縱然是睡，也只敢在床邊趴著小睇一會兒，只要高博稍微動一動，她就猛然驚醒，然後要麼是餵水，要麼是給他降溫，反正片刻都不曾停歇。她真的好怕高博有個好歹。

高博發燒昏睡三天之後，終於降了溫度，漸漸醒轉過來。

首先看到的就是伏趴在他身側、像個蝦球一般蜷縮在他旁邊的蔣夢瑤，他抬了抬手，摸了摸她的頭。

這幾日半夢半醒間，他知道是這個傻丫頭寸步不離地在照顧他。

他的手才剛動，蔣夢瑤就醒了過來，一看見高博醒來，就想下床去替他倒水，卻被高博摟著動彈不得。

高博往裡床讓了讓，讓她躺在自己的臂彎之中。

蔣夢瑤摸了摸他的額頭，發現溫度已經退了很多，這才放心下來，說：「你可千萬不能再嚇我了，突然就倒在地上，你都不知道前兩天你身上有多燙，我都快嚇死了。」

高博將她緊緊摟在懷中，只覺得前所未有的安全感瀰漫周身，當今天下，只有這個女人對他是自始至終全心全意、全心付出的，他愛她，比自己的生命更愛，他不能讓關心自己的人再擔心了。

「對不起，我不會再這樣讓妳擔心了。」

蔣夢瑤抱著他，也覺得昏昏欲睡，之前高博沒有醒來，她是不敢去睡，生怕在她睡醒之後，高博有個閃失，可是現在他好了，她肩頭的使命也放鬆下來，真的是撐不住了。

蔣夢瑤強撐精神對高博說：「我把娘裝進棺材裡，放置在冰窖中，她說要水葬，我不敢就這麼把她送走。」

高博在她額前親吻了一下，說：「好，我知道了，這件事交給我來辦。」

蔣夢瑤點點頭，意識開始飄忽了。

「你想……怎麼辦？」

片刻的沈默之後，蔣夢瑤只覺得迷迷糊糊間聽見高博這麼說了一些話。

「咱們回京，這件事幕後定有黑手，我母妃不能白死，她一生都想葬在皇陵，與他葬在一起，若是水葬，她這個心願就永遠都無法達成。我要把她一起帶回京城，讓她進太廟供奉，讓她看著我替她……報仇！」

在高博生病痊癒之後，蔣夢瑤卻病倒了，不過並沒有高博那麼嚴重，只是覺得缺血、身子虛了些罷了。

在她臥床養病的這幾天裡，高博已經開始著手準備了。

他首先是以上呈密信的方式向高瑾試探一番口風，密信中，他把華氏自盡的消息告訴高瑾，並說華氏是因為自悔當初詐死之事，覺得心中有愧才自盡。

高瑾的回信十天便送來了，表示震驚的同時，並要求高博盡快將華氏的遺體送回京城。

高博應下之後，便命人連夜做出一只碩大的鐵箱子，將鐵箱四周皆擺入極寒老冰，然後將華氏的棺木置於其中，當天就帶著人出發，親自送華氏回京。

高博出發後兩日，蔣夢瑤的身子才爽利了，估摸著時日，就開始準備回京事宜。

高博走前跟她說，這回他偷偷進京，是為了將華氏的大體先送回去，因為時間久了，屍體會腐壞，只能儘早出發。

雖然他日夜兼程將華氏的遺體送返安京，此行卻不打算留在那兒，而是想與皇上提一個要求——如果要他回京，就把流放的二皇子、幽禁的三皇子全都赦免，反正如今東宮已定，二皇子、三皇子是因為他才遭受不公對待，因此，皇上如果真的希望他回去輔佐太子，那就要把二皇子、三皇子全部釋放，他回京才能名正言順。

這個要求，高博表面上是為了讓別人看著公平，其實只是不願意再走從前的路，把自己一個人像標竿一樣樹立在太子面前，他也需要安全。如果皇上不答應他這個要求，那麼他是寧死也不會留在安京。

蔣夢瑤暗自估算了一下高博這個要求的可行性和皇上答應的可能性，都覺得有百分之八十的可能會成功。如今高謙已經是太子了，再軟禁其他皇子也沒有什麼太大意義，並且華氏已經自盡，高瑾縱然再混帳，也一定會給死去的華氏幾分薄面。

想通了這些之後，蔣夢瑤就開始在府裡一點一點收拾東西，又因為事情還未定下，所以蔣夢瑤並沒有將他們要離開的事情告訴火雲城中的人，只是以收拾華氏遺物為由，默默整理著。

高博去京城一個月後，終於回來了，並且帶回皇上的赦免聖旨，上書：

「五皇子高博遠在關外亦心憂國事，助關外軍圍剿敵國掠奪散兵有功，特赦免其罪，恢復其祁王封號，著令即日回京。」

蔣夢瑤在看到這道聖旨之後就知道，皇上必然是答應了高博的要求，相信二皇子、三皇子也都收到了詔令。

至此，火雲城眾人才得知這個消息，有人歡喜，有人憂。

大家都在擔心，若是高博和蔣夢瑤走了，他們這些人是不是都要回到流營中去，繼續過從前那種暗無天日的生活。

高博第一時間就打消大家的疑慮和擔憂，說明即便他們去了京城，火雲城依然存在，這裡依舊是他的根據地。

他將左翁和吳肇留在此地，左翁協助管理城中大小事宜，吳肇則在此地繼續擴大馬場，皇上對此地戰馬表示讚美，說可先引進一批入軍營，若是訓導順利，還可大舉加入。

因此吳肇肩上的責任又重了一層，不過他本人就是個馬癡，祖祖輩輩也是養馬的，所以對皇上的這項指令自是欣然接受。

高博這次回京，只帶汪梓恒和三百騎兵，其他人皆留在城中，由霍青和衛寧帶領操練，協理火雲城的內部事宜。

張家寡婦得知蔣夢瑤要離開的消息，特意趁著夜色來求見，對蔣夢瑤訴說了一番誓死追隨的願望。

「夫人，您是我們母子倆的救命恩人，不管您去哪裡，我們母子倆都要跟著去；您不帶我，我就自己走，就算走斷了兩條腿，也要跟著夫人一同去。」

蔣夢瑤將她扶了起來，說：「我原本就想帶妳走，又怕妳不願，如今妳自請甚好，也回去收拾收拾，與我們一同啟程吧。」

「是，夫人。謝謝夫人。」

張家寡婦高興地直點頭，當即就抱著小蒜頭回去收拾東西了。

蔣夢瑤還想念著虎妞，卻不知道該去何處尋她，便只能在左翁處留下信件，叫她若是回來，見信便自己趕去京城與她會合。

蔣夢瑤依舊是搭乘來時的那一輛載滿黃金的馬車，畢竟關外之地，也沒有能夠兌換這麼多黃金的票號，只好像來時那般再帶回去了。

這一路，高博騎馬，而她和張家寡婦、小蒜頭坐馬車。

一路上高博並不趕路，也是怕她辛苦，但更像是在拖時間。

蔣夢瑤也不催促，一路上看看風景，與張家寡婦說說話，再逗逗小蒜頭，倒也不覺得無聊。

一個半月之後，他們終於回到安京，此時安京正值秋老虎時期，正午的烈陽讓人幾乎睜不開眼，更別說有多熱了。

到了城門前，正要進城時，卻聽見高博一聲令下，車隊停止。三百銀甲精騎在烈日陽光下耀眼得厲害，汪梓恒親自設計的火雲戰旗正在每一個騎士身後飄揚，騎士們動作整齊劃一，馬匹步伐堅定整齊，叫人一看便知是精兵良將，威武氣勢不容小覷，讓人心生敬畏。

蔣夢瑤掀開車簾一看，城門前竟然旌旗連連，人山人海站著一堆人，為首之人竟然還穿著明黃色的衣袍。

難不成……是皇上親自來接了？

不可能！蔣夢瑤很快就自我否定這個猜測了。

待那人再向前走了幾步，她才看出了那人，竟然是當今太子高謙。

高謙帶著文武百官親自出迎，高博翻身下馬，扶著蔣夢瑤下車，然後夫妻兩人連袂去到高謙面前，雙雙跪地參見道：「臣弟攜內子參見太子殿下。」

高謙臉上滿是笑容，依舊溫良謙恭，親自彎下腰去將高博扶了起來，並對蔣夢瑤揚手虛抬，也是請起的意思。

「博弟無須多禮，弟妹也請平身，都是一家人，何必拘禮呢。」

蔣夢瑤雙手交握身前向後退了一步，謹守妃禮。

高謙看了她幾眼，再以眼神致禮，蔣夢瑤也不扭捏，當即回禮。

文武百官也按規矩向高博行禮，高博亦拿出與從前囂張跋扈的氣勢極不相同的平易近人，與每一位前來迎接的官員回禮致敬，這一親民舉動，讓官員們全都面面相覷，都在心裡震撼極了。

曾經的煞神小霸王走了一趟關外，這就變種了？又見高博旗下這隊騎兵著實慓悍異常，心中更是五味陳雜，尤其是當年被推上風口浪尖、彈劾祁王的那位御史，現在的心情更像是坐過山車一樣，從最高盪到最低，害怕極了，生怕祁王回朝第一件事，就是拿他祭旗。

高謙好脾氣地等高博一一致禮之後，才拉起他的手，姿態親暱地一同入城，立刻就有宮人來到蔣夢瑤身前伺候，說是皇上在宮中設宴，要為祁王殿下與王妃接風洗塵。

蔣夢瑤讓車伕帶著張家寡婦和身後裝著一應行裝的車馬先去國公府。在他們還未出發之前，戚氏就得到祁王要回朝的消息，寄了信告訴蔣夢瑤每天都有人在府外候著，她隨時回府都行。

因為是祁王家的車隊，戚氏一看就能認出，定會好好招呼張家寡婦母子倆，所以蔣夢瑤也不太擔心，與張家寡婦交代一番，便坐上宮中派來的八抬金絲軟轎。

蔣夢瑤曾經見過老太君出席宮宴時，乘坐鸞錦抬轎入宮，身為王妃自然高於誥命，由此可見，皇上對她這個王妃還是相當看重的。

從安排太子親自出城相迎，再安排八抬金絲軟轎接她入宮，這些舉動倒是讓蔣夢瑤摸不透皇上的真實心思，就好像他前腳派人送信威脅華氏，後腳又親自前往關外相見，一訴衷腸。

這很明顯是屬於精神分裂的世界啊！

可是那皇上看起來又不像是精神分裂，並且，他對高博的看重似乎也不是表面上那樣，真搞不懂這個皇上在想什麼……

好吧！死宅的世界，她不懂；精神分裂的世界，她更不懂，只好見招拆招，一切跟著她相公的腳步走就好了。

高博先行隨太子騎馬入宮，蔣夢瑤入了宣華門之後，就被請下轎子，另換了一座金絲軟轎，抬轎之人也是換了一批，又繼續向前走去，車身周圍滿是低頭徐行的宮婢、太監，一番折騰之後，蔣夢瑤終於被帶到宮中宴客之地——浮華殿中。

高博早在殿中恭候，有很多文武大臣已相繼到來，他在人群中看了一眼蔣夢瑤，兩人還沒說得上話，蔣夢瑤就被請入東廂一處屬於夫人們的宴所。

蔣夢瑤首先看到的就是老太君，徐徐地向她行禮。

滿屋子的老夫人、中夫人、小夫人，她認識的可沒有幾個，老太君是一品誥命又是國公夫人，她自然被安排在最前面了。

老太君在外面還是很注重國公府門面的，握著她的手，和藹可親地問道：「好孩子，快起來，一路趕回來，可累壞了？」

蔣夢瑤心中感嘆這可是老太君第一次這麼正眼瞧她，第一次和她這般輕聲細語地講話。她搖搖頭，溫婉有禮，拿出了和離京前截然不同的氣質說：「勞老太君惦念，阿夢不累。」

老太君眼前一亮，要知道蔣夢瑤的一張臉在蔣家可是出落得最為水靈，從前不喜歡她，一來是因為大房沒出息，還有就是因為蔣夢瑤表現出來的桀驁不馴很是扎眼，可是她沒想到，去了一趟關外，這丫頭竟然就像是一夜長大了般。

「不管怎麼樣，回來就好，妳的母親日也念、夜也念，終是把妳給盼回來了，如今該是在府中準備呢。」

聽老太君提起戚氏，蔣夢瑤心間一暖，說：「阿夢待會兒隨老太君一同回府，拜見父親、母親。」

蔣夢瑤的父親蔣源今日也在受邀之列，不過他在官列，蔣夢瑤是女眷，見不到他。聽說他這回在南疆立了一份大戰功，等兵部整理好文書之後，怕也是要再升官，到時候戚氏肯定也會被一同封為誥命，只是在冊封之前，戚氏還沒有資格入宮趕赴皇家宴會。

幾個人也一同上前與蔣夢瑤打招呼，經由介紹，她才知曉，為首的便是太子妃曹婉清，她生得不那麼豔麗，但一看就知道是大家閨秀出身，言談舉止十分得體莊重，與蔣夢瑤行過一番禮節之後，也說了幾句寒暄話。

「妹妹遠走關外，勇氣可嘉，著實叫人佩服。」

曹婉清的聲音宛如黃鸝，清脆動人，端莊的外表之下，似乎隱藏著不小的魄力，從她說話時，盯著對方的銳利目光便能看出她定也是個厲害角色。

蔣夢瑤對她莞爾一笑，豔冠群芳，絕色傾城，說：「太子妃過獎了。」

說完，她環顧一圈，並未看見蔣璐瑤，想來她是太子側妃，並不能出席吧。

緊接著便是兩人同時上前，一位是二皇子正妃孫倩蓉，一位是三皇子正妃柳雲霏，孫倩蓉生得濃眉大眼，只是膚色不白，想起她也曾追隨二皇子流放邊關，想來也是吃了一番苦頭，最近才回來，與之行禮見面。

柳雲霏則是一副小家碧玉的模樣，生得容貌不錯，就是神情有些寡淡，三皇子被幽禁之時，她曾一度遁入空門做了俗家弟子，在白馬寺住了好長一段時間，因此對蔣夢瑤並不是很熱情，但蔣夢瑤也以見嫂子之禮對她。

一番行禮之後，蔣夢瑤才被安排在與曹婉清相鄰之處坐下，反而位分高於孫倩蓉與柳雲霏。

曹婉清對她也頗為照顧和氣，蔣夢瑤已非從前那個蔣夢瑤，她已經長大了，並且成功站到心愛男子的身邊，從前她只是為自己而活，可是如今，她的肩上卻多了責任。

她的言行舉止再也不會只代表她一個人，她的一舉一動將都會被人記錄揣摩，再不能像從前那般想做什麼就做什麼了。

一頓接風宴，說是為了三位皇子的回歸而舉辦，可是明眼人都看得出來，這是為祁王準備的，皇上曾經的心上寵兒再次回歸，得到的待遇自然不同，有人甚至還知道一些內情，此次二皇子與三皇子能夠回歸，也是托了祁王的福。

二皇子流放了一趟關外，變得畏縮了很多；三皇子幽禁了幾年，也是越發沈默寡言了。

蔣夢瑤坐在席間，看了幾眼與皇上高坐帝臺之上的皇后袁氏，只見她妝容得體，衣著華貴，臉上卻無甚笑容。

高博回歸的事情，肯定讓她十分鬱悶，因為之前就已經為華氏舉行過盛大空前的喪禮，如今屍身歸位，也只是少數幾個人知道內裡曲折罷了；聽高博說，皇上將華氏的屍身裝入金絲楠木製的棺材中，然後送入皇陵，與皇后享同等待遇，永世受太廟供奉。

這些事情皇后定然是知道的，她也肯定察覺出皇上對她已經不像從前那般言聽計從，再加上後宮諸事讓她心煩意亂，還未全部解決，華氏的兒子又如龍捲風一般強勢颳了回來，這叫她如何能不心煩？

原本今日宴會之後，皇后應該私下再召見幾位遠道歸來的王妃，可是，袁氏連這個都沒能做到，只推說身體不適，就只叫宮人賞賜了禮品，便讓蔣夢瑤她們出宮去了。

皇上留高博在宮中過夜，高博卻以成年皇子不留宮闈，並且宮外還有岳父、岳母未曾拜見的理由婉拒了皇上。

皇上也沒說什麼，就讓他去了，還說，祁王府他早已備好，就在東城最東，緊挨著皇城的一所宅院，重新大肆修葺了一番之後，賞做祁王府邸。

高博謝過隆恩之後，就出宮去了。

第三十二章

蔣夢瑤隨著老太君秦氏的車駕一同回了國公府，戚氏收到消息，早早就在門外候著，看見車駕來到，竟也迎了上前。

蔣夢瑤從車上走下之後，還未對她行禮，就被戚氏一把抱在懷中，戚氏自是熱淚盈眶，蔣夢瑤也覺得鼻頭有些酸楚，明明上一回戚氏去關外，她也沒有覺得這麼傷感。

老太君下車之後，拄著枴杖說：「行了，這不回來了嘛。母女倆有的是時間相處，快讓夢丫頭進去吧。」

戚氏擦了一把眼淚，對老太君說了一聲。

「哎，孫媳曉得了。阿夢走，隨娘回家。」

蔣夢瑤破涕為笑。

孔氏迎上前來，表面上看不出任何情緒，言笑晏晏地拉著蔣夢瑤看了好幾眼，說：「從前我就說過，咱們府的夢丫頭是個有福之人，果真被我說中了。這是有大福之人，可比咱們府裡的其他丫頭，懂得審時度勢得多，也是聰慧過人，料到真人還有迴旋之日。」

蔣夢瑤臉上帶著笑，對孔氏說：「我道嬸嬸從前都不喜歡我，原來竟是這般高看我，倒叫阿夢好生慚愧呢。」

她不是沒聽出來孔氏諷刺她的話，說她故意在高博落魄之時委身，說她會鑽空子罷了。這些話，孔氏想來也是憋了多時，她當初嫁給高博遠走關外的時候，她們可不是這麼說的，都說她腦子有病，哼，如今卻來說這些便宜話。

府中的人這幾年倒是多了不少，蔣家的兒子也有了好幾房妻妾，放眼望去，竟有好多面孔都是蔣夢瑤不認識的。

高博與蔣源的馬隊隨後也到了，高博從馬上翻身而下，來到戚氏身旁，實打實行了個賢婿禮，可給足了戚氏顏面。

戚氏趕忙上前扶他。

「不必多禮。」

「岳母自當受得。自上回一別，小婿心中頗為掛念，岳母現今身子可好？」

高博與戚氏毫無架子，說話並不生分，這叫戚氏很是心花怒放，原本她都已經做好給女婿行禮的準備，可是女婿給她面子，語氣十分親厚，並沒有身分上的變化。

戚氏開懷一笑，說：「你有心了，我的身體早就好了。」

高博又說：「小婿給您帶了好些山參野貨回來，上回關外事多，照顧不周，岳母可莫要見怪啊。」

高博說著便對戚氏眨了眨眼，戚氏忍不住橫了他一眼。

「你這孩子……」

從前對這女婿的不滿意，如今也完全轉化成了十分滿意。

蔣源也下了馬，蔣夢瑤見他似乎比上一次見面要更加老成許多，上唇留了兩撇小鬍子，膚色黝黑了不少，身材更加結實了。

蔣夢瑤已經長成了大姑娘，自然不能再像從前那般飛跳起來撲入蔣源懷抱，父女倆只能這麼面對面站著，蔣夢瑤率先憋不住，笑了出來，蔣源這才笑了。

蔣夢瑤甜甜地喊了一聲。

「爹，女兒回來了。」

蔣源笑得像是十七、八歲的少年郎，直點頭，眼裡也似乎是泛著淚光的。

「好了，瞧你們這一個一個的，這是兒孫回來，又不是要離開，快些進府吧。」

老太君心情大好，蔣家又出了一個有出息的閨女，蔣璐瑤雖然嫁給了太子，畢竟是側妃，而蔣夢瑤可是實打實的正妃，在檯面上也是很過得去。

老太君這個人呢，就喜歡有本事、有出息的人，正宗的牆頭草，誰有本事她跟誰，以前大房沒落，她對大房的人沒正眼瞧過，如今大房有了出息，她自然就沒有嫌棄的道理了。

這種態度的轉變，從蔣源封官開始就已經很明顯了，現在蔣源又立下大功，升官在即，他女兒也嫁給王爺做正妃，如今的蔣家大房可不能同日而語了，老太君雖老，但心裡也清楚得很。

從宮宴中出來，又赴了一回家宴，大家聚在一起說說話總是應該的。

臨晚，戚氏留蔣夢瑤和高博在府裡住宿，蔣夢瑤還不知道合不合規矩，正糾結著要不要答應的時候，高博倒是很爽快地答應了。

他們倆還是住當時成親的那個房間，大紅的喜字，多年還未變色，可見戚氏在家的時候對這房間的管理並未鬆懈。

從主院出來，又在大房院中小聚了一會兒。

蔣顯雲長高了不少，對蔣夢瑤和高博他並不陌生，再加上他的性格委實開朗，所以幾人聊得還挺歡暢。

不過蔣夢瑤最小的弟弟蔣顯申，今年才三歲，並沒有見過蔣夢瑤，也是有些怕生，看見他們竟是哭了起來。

戚氏說，這個小子不知為何，好像天生膽小，見了人就哭，也不知道像誰。

蔣夢瑤就說，會不會是戚氏懷他的時候舟車勞頓，孩子成天聽著車轂轆聲，娘胎裡就帶出了害怕也說不定。

她倒是不介意和這個小傢伙相處，幸好蔣夢瑤生來就一副和善的面孔，蔣顯申哭了兩回，也就好了，到蔣夢瑤他們回房去的時候，他竟然還伸手要她抱了抱，奶聲奶氣地喊她「姊姊」，可把蔣夢瑤開心壞了。

和高博兩人洗漱完回到房間，正解著外衫，高博突然抱住了她，在她耳旁親暱地問道：

「那小子忒好玩的，咱們也生一個吧。」

蔣夢瑤被他暖暖的氣息噴得耳廓癢癢的，笑著避讓道：「什麼叫好玩呀！生孩子是來玩的嗎？」

高博隨之附上，說：「那妳要不要？」

蔣夢瑤被他圈在懷中，嬌羞一笑。

「這豈是我想要就能要的？還不得看緣分嘛。」

他倆成親這麼多年了，蔣夢瑤的肚子還是沒有反應，不過，她和高博都不著急，兩人年紀擺在這裡，年輕的父母總免不了會對孩子有所疏忽，年歲大一些再生孩子的話，對各方面都比較好。

話雖如此，但小夫妻倒也沒有刻意避開。

笑鬧著躺到了床上，高博摟著蔣夢瑤重重地呼出了一口氣，說：「轉了一圈，到底還是回來了，只不知前路又將如何去走，咱們又將面對怎樣的風險了。」

蔣夢瑤耳中聽著高博平穩的心跳聲，說：「兵來將擋，水來土掩，多簡單的八個字。多想無益，見招拆招吧。」

高博在她額前親吻了一下，說：「好一個見招拆招。我倒是還好，自小就是這樣過來的，就是妳……」

高博沒有繼續說下去，但是言語間的擔憂還是透露了出來，蔣夢瑤翻身趴在他身上說：「我怎麼了？你與我成親這麼長時間，難道還以為你的娘子是個任人拿捏的軟柿子？」

被蔣夢瑤這麼一反問，高博突然就想起她在流營大殺四方的模樣，趙懷石的落網、山上賊寇的突襲，哪一樣不是靠她撐著，流營村才不至於受人洗劫。

不可否認，他的娘子有見識、有魄力、有能力，自是與一般軟弱女子不同，可饒是這樣，高博還是忍不住要擔心她。

蔣夢瑤又說：「你顧好你自己就好，我這裡自己也會小心，大丈夫們鬥的是朝堂生死，明刀明槍，女人們鬥的是唇槍舌劍，彎曲心腸，不過都是野心和利益驅使下的東西，咱們沒有野心，也不看重利益，正所謂無欲則剛，誰能害到我們？」

高博對蔣夢瑤的話表示贊成，點頭說：「娘子說得對，咱們無欲則剛，不需要去怕任何人。」

夫妻倆相視一笑，高博見她容顏如花，不禁動了心思，翻身壓了過去，一夜春宵。

第二日一早，高博便與蔣源一同上朝。

蔣夢瑤起床之後，戚氏就已經準備好早飯。

老太君昨天就主動說免了蔣夢瑤早晨的請安，讓她安心在這裡休息就好，老太君都這麼說了，孔氏和吳氏自然也不能說什麼，蔣夢瑤也樂得接受老太君的示好。

自始至終，她對這個曾祖母並沒有太多的看法，只當她是一個以夫為天、崇尚強者的無知婦人罷了，沒什麼好計較的。

飯廳之中，蔣顯雲手裡拿了一本書在看，蔣顯申坐在高椅上盯著滿桌的食物，不自覺流下了口水。從他好吃這一點上來看，就一定是蔣源的種無疑了。

「阿姊早。」

蔣顯雲看見蔣夢瑤走來，站起來與之打招呼。

蔣夢瑤點點頭，對蔣顯雲說：「這麼用功啊，吃早飯還看書。」

蔣夢瑤坐在桌前，看見蔣顯申一雙滴溜溜的大眼睛緊緊盯著桌上的一顆肉包子，連她坐在旁邊他都沒有發覺，笑著將那顆肉包子拿起來遞到他面前，蔣顯申才肯抬起雙眼，賞了蔣夢瑤一眼，卻是不敢接過那顆包子。

戚氏帶著兩個丫鬟走進飯廳，看見蔣夢瑤已經起來，一雙眼睛都笑眯了，對蔣夢瑤說：「阿夢怎這麼早就起來了，我還想著去叫妳呢。」

戚氏一邊說一邊讓身後的丫鬟把她早起做的點心都擺在桌上，並看了一眼蔣顯申，接過蔣夢瑤手裡的包子遞到他手中，小不點兒這才敢吃。

她又對蔣顯雲說：「你這書早不背、晚不背的，偏偏大夥兒吃早飯了，你才背，存心是不？」

蔣顯雲特別無辜，叼著一支花卷說：「娘，今天先生要檢查背書，我現在不背熟一些，待會兒就得挨板子了。」

蔣顯雲是大房的嫡長孫，功課之重，自然不是蔣夢瑤那個時候能夠比的，不過，這也不妨礙蔣夢瑤身為長姊說他幾句。

「你這叫臨時抱佛腳，縱然記住也是強記，沒兩天就又忘了。」

話雖這麼說，卻還是給他挾了一個春捲放在碗裡。

蔣顯雲和蔣夢瑤比較熟悉，自然不怕她，說：「姊姊此言差矣，我這不叫臨時抱佛腳。」

蔣夢瑤和戚氏對望一眼，戚氏抬手準備敲他一記腦門，卻被他給躲開，說：「我這叫臨陣磨槍，不亮也光。」

說完，就抓起兩顆包子，拿著他的書跑出了飯廳，戚氏在後面追了兩步便放棄，對蔣夢瑤大大嘆了口氣，說：「看到娘親的辛苦了，自從有了這兩個小子，妳娘我就一天好日子都沒過過。」

蔣夢瑤當仁不讓地吹噓道：「那是，哪能每個孩子都像女兒這麼聽話呀，是不是？」

得，她還真沒把自己當個人物，這就爭起寵來了。

誰知道戚氏還沒說話，旁邊那個就不服氣了，把嘴裡塞得鼓鼓的，可是說話卻一點沒變音，鄭重地對蔣夢瑤說：「不是，寶寶最聽話。」

「……」

母女倆看著這個三歲就爭寵的小孩，滿頭黑線，卻是被他萌笑了。

坐下吃飯的時候，戚氏對蔣夢瑤說：「今兒妳那些姊妹也都會回來，都說要見一見妳，妳怎麼看？」

蔣夢瑤喝了一口粥，愣了愣，然後才說：「哦，娘是說晴瑤和月瑤嗎？」

戚氏點頭。

「嗯。她們昨兒原就想來，硬是被老太君壓著，說想讓妳休息一晚，這不今兒一早，她們府上就遞了帖子進來，我先代妳收下了，都是一家姊妹，總要做得面上過得去才行。」

「我知道了，娘。」蔣夢瑤回道。

突然她又想起一件事，接著問道：「還有璐瑤呢？昨兒以為她會出席宮宴的，卻只有太子妃出席了。」

提起蔣璐瑤，戚氏又是一陣長吁短嘆。

「唉，阿璐也是個可憐人，兩個孩子都沒能保住，自己也去了半條命，每每回來都是哭得眼睛通紅，看著就叫人心疼。」

蔣夢瑤奇怪地問：「兩個孩子都沒能保住？」

戚氏點頭。

「是啊，第一個孩子是和太子成親後一個月就有的，不過，沒能過三個月，就有人來府裡報了小產；第二個是最近才沒的，就是纖瑤回來之後沒多久，太子府直接來人報的，咱們都去看過她，精神倒還好，就是傷心，瘦了一大圈。連掉了兩個，也不知以後還能不能有了。」

戚氏說完這話之後，又是一陣唉聲嘆氣，看來蔣璐瑤的日子過得是真的不太好了，想著蔣璐瑤和她一般年紀，就已經掉了兩個孩子，這似乎不大合常理。

蔣璐瑤的性格太軟弱，剛入府就懷了孩子自然會遭有心人嫉妒。蔣夢瑤想起昨天在皇家宴上看見的太子妃曹婉清，瞧著雖然是大家閨秀，舉手投足是正妃風範，可是眼裡的野心是掩蓋不住的；太子府裡還有另一個側妃，似乎是驃騎將軍家的嫡長女，蔣夢瑤沒有見過，也不知是何方神聖。

「太子府這幾年也著實亂了些，太子娶妻納妃之後，不到兩年又納了三、四個入府為妾，我就說這府裡女人多了，合該起亂子，偏偏阿璐丫頭又是個中看不中用的淚人兒，遇事只會哭，哭到最後，都不知道孩子是怎麼沒的。」

蔣夢瑤咋舌。

「啊？太子又納妾了？」

看不出來，高謙還是個多情種啊。看著溫良謙恭，一副想要追求自由、追求幸福的模樣，可是納妾這種事他做得倒是得心應手。

「是呢！你們走的這幾年，聽阿璐丫頭說，前後納了有四個呢，全是朝廷官員的女兒。」

戚氏掰著手指頭給蔣夢瑤算了算。

蔣夢瑤格格笑了一聲。

「還真是會咬人的狗不會叫，哈……呃，不是，我說錯了。娘，妳別生氣，女兒的意思是說，太子殿下深藏不露……」

戚氏放下了要敲她的筷子，橫了她一眼，說：「納妾的男人十有八九，妳以為人人都與妳一般好運，嫁了個不納妾的郎君嗎？」

蔣夢瑤表示不服。

「娘，妳怎麼知道高博以後不納妾？反倒是天下女人都該羨慕妳才是，我爹那才叫專情癡心呢，年紀一大把了，卻絲毫沒動過納妾的心思，娘這是變相在誇自己吧。」

「嘖，妳這孩子……」

戚氏再也忍不住站起來，想要像小時候那樣去捏蔣夢瑤的耳朵，卻被她飛快地閃開，握著戚氏的手討饒。

「哎呀，娘，女兒不說了，不說了啊。快吃吧，粥都涼了。小胖子，你也快吃。」

蔣夢瑤用食物岔開了話題，轉眼看了一眼蔣顯申手裡的肉包子，就在她和戚氏說話的時候，這小子已經幹掉了兩顆肉包子，正在啃第三顆，小小年紀，就這麼有出息，也讓蔣夢瑤不可抑制地生出一股佩服之意來，意味深長地對戚氏說了一句。

「這小子……頗有乃父、乃母之風啊，有前途！」

「……」

戚氏又想站起來打她了。

蔣源知道女兒在家，所以下朝之後就早早回來，蔣夢瑤還是頭一回看他穿武官朝服，見他回來，又是在自家大房的院子裡，行為就頗為無所顧忌，圍著蔣源轉了好幾圈，才嘖嘖地說：「怪不得人家都說人靠衣裝馬靠鞍了，我爹穿上這一身還是很氣派的嘛！」

蔣源見她一臉欠揍，就想去捏她的臉，被蔣夢瑤躲開了，她往他身後看了一眼，問道：「咦，高博呢？他怎麼沒和爹一起回來？」

蔣源把軟甲卸了遞給戚氏，回道：「皇上留殿下在宮中有話說。妳也別一口一個高博了，他是王爺，妳再不濟也可稱他為夫君、相公，這樣指名道姓的像什麼樣子。」

吐了吐舌，蔣夢瑤看了一眼戚氏，戚氏也不幫她，白了她一眼，蔣夢瑤才無奈地說：「哦，知道了。」

蔣源又說：「妳在家裡這樣無妨，就怕妳出去了收不住習慣，被旁人聽了去，到時候我看妳怎麼辦。」

蔣夢瑤試圖狡辯。

「怕什麼，高博都不介意……」

看見蔣源又瞪眼了，她趕忙改口。

「我是說我的夫君不介意這些小事的。」

蔣源氣結。

「女婿不介意是他厚道，若旁人揪著妳這錯漏不放，妳當如何自處？都這麼大了，妳說妳怎麼就不能長點心眼呢？」

蔣夢瑤看著蔣源一副「哎喲，我這成天替妳操碎了心」的模樣，她也是無奈極了，生怕自己再反駁一句，就引來男女雙打。

蔣源和戚氏真不愧是親爹娘，在外面的時候總為孩子著想，可當孩子回家了，又是橫挑鼻子豎挑眼，總覺得孩子長歪了。

蔣夢瑤識時務地點點頭，做出一副虛心受教的模樣，把這個話題給岔開了。

中午吃過了飯，高博還沒回來，蔣夢瑤正想著要不要去祁王府溜一圈，高博走前才跟她說了王府的位置，他們這都回來兩天了，怎麼說也該回自己的府邸瞧瞧，要不然旁人又會說他們不滿皇上的賞賜了。

唉，人生真是太艱難了，做什麼都有人說。

跟蔣源和戚氏說了一番之後，蔣夢瑤正要出府，就聽門房派人來傳話，說是祁王府的大管家汪梓恒來請王妃回府。

汪梓恒一躍成為王府的大管家，蔣夢瑤也是覺得新奇，當場就與爹娘說了聲，便帶著張家寡婦和小蒜頭出去了。

汪梓恒正站在府外瞧著國公府的氣勢，見蔣夢瑤走出，便慌忙迎了上來。

「哎呀，王妃，從前我只聽說過國公府氣派，如今一見，何止是『氣派』兩個字可以形容的啊。」

蔣夢瑤與張家寡婦對視了一眼，這個汪梓恒才學是有的，不過說話誇張的毛病卻也大，兩人不約而同地白了他一眼。

汪梓恒笑了笑，還要再說什麼，就聽張家寡婦說：「別貧嘴了，不是說請王妃回王府嗎？」

「是是是，妳別催嘛，我也是剛忙完府裡的事，就來請王妃了，也是想叫王妃替我瞧瞧，還有哪裡不到位的。快請，快請。」

汪梓恒說完之後，蔣夢瑤就隨他往馬車那兒走去，張家寡婦卻不肯放過他，繼續打趣。

「喲，升了總管，汪總管這說話的語氣可就牛氣烘烘了，竟然還要請王妃替你做事，也不怕風大閃了舌頭。」

汪梓恒指著張家寡婦也不客氣了。

「妳這寡婦嘴壞，王妃您可千萬別聽她胡說啊。」

蔣夢瑤早就習慣這兩人的唇槍舌劍了，並不做批判，只是抱著小蒜頭上了車，讓他們倆坐在車墩子上吵吵去，只怕一來二回吵，吵出了感情，可不要怪她。

皇上給高博安排的府邸在東城最東，緊挨著皇城，占地頗大，從周邊看就著實夠讓人震驚，雖沒有關外的火雲城那般規模，但火雲城那是按照城池的規格來建，這祁王府自然不能與城池比大小，卻比他們在火雲城中的主屋大了好幾倍有餘，內裡皆已翻新，雕樑畫棟，美輪美奐。

據汪梓恒說，祁王府中如今共有八十五名奴婢，四十個嬤嬤，還有柴伕、伙伕、馬伕各十人，各院子管事三十人，反正林林總總加起來，整個祁王府竟然有兩百三十多人，也讓蔣夢瑤夠震驚的了。

國公府中有兩房，子嗣還算興旺，府裡也不過就兩百多人，可是這個祁王府，說起來真正要伺候的就只有她和高博，竟然也養了這麼多人，只不知這一份錢是從哪裡出了。

當然蔣夢瑤這心底裡最關心的問題並沒有說出口，準備晚上和高博再討論，現在她發現自己最先要做的，就是在兩百多人面前說一番話。

這就是趕鴨子上架，頭一遭的事，現在群眾全都站在府外，等候她的訓話，這畫面也是夠壯觀的。

蔣夢瑤沒那麼大的肺活量，就對汪梓恒說，再由他以大嗓門向大夥兒擴音傳播，也不過就是幾句表面話，大意就是——大夥兒好好幹，要多幹活兒少說話，幹好了年底雙薪，幹不好就捲鋪蓋回鄉下云云。

大夥兒也對蔣夢瑤的話表現出空前的順從，像是經過長久訓練似的，每說完一句，大家就不約而同地喊一句——

「是。」

蔣夢瑤面對這群早被訓練好的機器人，實在是沒有再多的說話熱情，就叫大家散了，自己由汪梓恒親自領著去轉了轉祁王府中的亭臺樓閣。

汪梓恒說，高博昨天曾回來過，定下了滄瀾苑為主院，因為滄瀾苑中有山有水，位置不算是最隱秘的，就好在周圍沒什麼遮蔽物，旁人就算想監視也無處藏身。

蔣夢瑤也覺得這裡挺好，覺得高博不愧是從小就搞心理戰的，放著最隱秘的院子不要，偏偏選一個最不隱秘的地方居住，周圍沒什麼可以躲藏的地方，雖然大範圍叫人一覽無遺，可是要就近監視也比較困難了，這就是所謂的大隱隱於市了。

府裡的一切早就在他們回來之前全都已經安排好了，高博又欽點了主院，蔣夢瑤能做的事就沒什麼了。

把張家寡婦母子倆安排好了之後，她又轉了一圈，決定還是回去國公府，因為高博昨晚說，他們要在爹娘身邊住滿十天，盡一盡孝道再搬回王府，雖然王府一切準備妥當了，但今晚還是住在國公府裡。

高博一回國公府，就和蔣源坐下來喝茶下棋，倒是沒有去王府看看他們今後要生活地方的興趣。從這一點上就能看出來，高博對那府邸並不熱衷。

蔣夢瑤回來之後，見翁婿正白山黑水廝殺得不亦樂乎，蔣顯雲一會兒站在高博身後，一會兒又站去蔣源身後，也是沈迷其中。

蔣夢瑤不想和這幫爺兒們下棋，逗了一會兒小胖子後，就問了戚氏所在，便去廚房找娘玩去了。

戚氏正看著廚下做晚膳，看見蔣夢瑤回來了，就迎了過來，問道：「王府怎麼樣？」

蔣夢瑤在廚房外面的小屋裡坐下，隨意說：「挺好的，皇上全都安排好了，就是覺得地方太大，伺候的人太多了。我都不知道這麼多人，憑高博……呃，憑我家相公的俸祿能不能養得起。」

戚氏正在嚐主廚送來的小菜味道，聽蔣夢瑤一說完，差點把手裡的菜碟給打翻了，她這閨女不做商婦真是可惜了，第一關注的永遠是在錢上。

將菜碟交給端菜的丫鬟，戚氏又漱了口，然後才一邊擦手一邊對她說：「妳放心好了，既然是皇上安排的，那這筆錢定然是從宮裡出的，妳瞎操什麼心。」

蔣夢瑤聽到這裡，才放下心來，補充了一句。

「那太好了，我正想著若是要我們自己出，我就裁人，裁掉七成，留三成在府裡就夠了。」

已經不願與這個鑽錢眼兒裡的閨女說話了，戚氏繼續嚐著丫鬟陸續送來的菜餚。蔣夢瑤見她在忙也覺得沒趣，想再去看看高博他們下棋。

蔣夢瑤走到門檻處，戚氏卻突然對她又喊了一聲。

「對了，今兒妳出門之後，太子府那邊就來了請柬，我粗略看了看，似乎是太子妃請妳明日去太子府賞花。」

蔣夢瑤盯著戚氏看了好一會兒，然後才反應過來，問道：「這個天兒，賞什麼花？不會是……」

廝殺。

「菊花！」

臥槽，太重口味了吧！

蔣夢瑤拿著太子府的請柬回到房間，高博也回來了。

他和蔣源下了一個下午的棋，兩人匆匆吃了幾口飯之後，就乾脆把棋盤搬去書房，繼續

她回房前一刻才聽戚氏說要去讓他們歇手，沒想到高博這麼快就回房了。

「妳在看什麼？」

高博將腰帶掛在屏風上，走到蔣夢瑤身旁問道。

蔣夢瑤把請柬遞給他，自己就跑進屏風後面去換衣服了。

高博在屏風外說：「回來之後，這些事都是不可避免的，妳且看著辦吧，縱然是太子妃邀請，她若有什麼過分言語和行為，也不用對她客氣，咱們回來可不是為了受氣來著。」

蔣夢瑤換了一身粉色的綢緞中衣自屏風後走出，令高博眼前一亮。

蔣夢瑤垂著頭一邊繫衣結，一邊說：「縱然不是受氣來的，但也不能一上來就針鋒相對吧；更何況，人家只是叫我賞花，又沒說要欺負我，你就擺這姿態出來了，不知道的還以為是咱們想挑事呢。」

高博一把摟住她，將她拉近自己，說：「我這不是擔心妳嘛！就是想告訴妳，縱然是太子妃，咱們也不用怕。」

蔣夢瑤怎會不知他的好意，仰首嬌笑地瞧著他，說：「連太子妃都不怕，夫君你好厲害啊。」

高博一語雙關地反問：「難道在妳心裡，為夫不厲害？」

蔣夢瑤在他肩頭敲了一記，說：「討厭。」

蔣夢瑤說著就要掙扎著離開，卻被高博從後面偷襲一把扛了起來，她調笑著他一同入帳幔，與她的好夫君進一步探討探討他到底「厲害不厲害」的問題。

第三十三章

一早，太子府就派了華貴的軟轎前來國公府門前等候蔣夢瑤。

蔣夢瑤命張家寡婦隨行，戚氏原給蔣夢瑤安排了六名侍女，都是要跟她一同去的，按照戚氏的話叫做——壯壯聲勢，不過被蔣夢瑤拒絕了。

又不是打架，帶那麼多人幹什麼？

太子府的位置與祁王府離得並不遠，算是在兩條街道上的平行方位。

蔣夢瑤到了之後，張家寡婦扶著她下車，就見太子府門前有一左一右兩隊人站著，像是迎接一般。

左邊為首站著的是個濃眉大眼的姑娘，生得十分健康，人也很有精神，看見蔣夢瑤下轎，便明白了來人的身分，上前迎接見禮，說：「祁王妃駕到，有失遠迎，還請恕罪。」

蔣夢瑤看了看右側那也走上前來的女子，便明白眼前這姑娘是另一個太子側妃，驃騎將軍家的嫡長女趙娥。

蔣璐瑤帶著一臉病容來到蔣夢瑤身前，如往常一般對蔣夢瑤溫和一笑，聲音有些羸弱。

「姊姊歸來一切可順利？我這是身體累的，不然早就去拜見姊姊了。」

蔣璐瑤說了這麼些話，又輕咳了幾聲，蔣夢瑤還沒開口，就聽趙娥說：「哎呀，妳這病見不得風，快去那石獅子後頭躲著些風，妳與祁王妃是姊妹，她不會怪妳的。其他客人來了，我去見禮招待就行了。」

她轉首又與蔣夢瑤說：「祁王妃您可莫見怪，阿璐姊姊身染風寒，好幾個月了都不見好，可是今日太子府宴客，太子妃派我倆在門前相迎，偏偏又攤上個大風天，她這病怕是又要拖一段時日了。」

蔣夢瑤連連點頭，牽著蔣璐瑤的手，與她來到石獅子後站定，問道：「是風寒嗎？那之後……身子沒好全是不是？」

蔣璐瑤原就不好受，一聽見蔣夢瑤關切的聲音，當場就想掉眼淚，她硬是逼自己將眼淚收回去，才對蔣夢瑤搖頭說：「不礙事的，等忙過這一陣，將養幾日便好了。」

蔣夢瑤看著她憔悴的模樣，不禁心疼，說：「這太子妃到底是什麼意思？怎會安排妳們在外迎客？」

縱然她們是側妃，可是聽說太子府裡不是還有三、四個侍妾嗎？再怎麼也輪不到她們這兩個側妃出面啊。

蔣璐瑤淒婉一笑，說：「太子妃說侍妾身分低微，不宜出面，尤其今日來的都是貴客，我與趙家妹妹便責無旁貸，在這兒迎客了。」

蔣夢瑤想起曹婉清那端正的做派，想來是極其看中位分之人，治下也十分嚴苛，侍妾因為身分低微，連面都不能露，不容許她們與貴客交談攀附，而兩個側妃還算是入她的眼，所以安排出來迎客；這在倫理道義上看起來似乎沒什麼問題，只不過是太子府尊敬上門客人的表現，派出兩位側妃出府相迎，但若是往深了想去，難道不會有人覺得，這是太子妃刻意打壓兩位側妃嗎？

回頭看了一眼跑前跑後的趙娥，又看了看無奈的蔣璐瑤，蔣夢瑤嘆了口氣，說：「我先進去，待會兒咱們再聊。」

蔣璐瑤點頭，叫貼身婢女送蔣夢瑤入府。

今日來的倒真的都是些貴客，有公主、郡主，還有幾位三公府的媳婦。蔣夢瑤如今的身分倒也不差，蔣國公府大房嫡長孫女，嫁的又是祁王，與這些人在一起倒也不會顯得身分不對。

太子妃曹婉清安排的是開放式的宴席，未到用午膳之時，大家就湊在一起閒聊、話家常。

原本打算在花園裡設宴的，只可惜今日風大，便改在花園中心地帶的小榭裡舉辦了，這小榭四面都是透明琉璃瓦，可以看得見四周，又能擋去風寒。

曹婉清看著端莊，交際起來倒也相當老練，上下應對得體，說話分寸得宜，小榭之內一派和睦。

蔣夢瑤來到之後，曹婉清就親自迎上前，將慶陽公主和幾位三公府的媳婦介紹給她認識，這些人身分相當，自成一個小圈子，她們也只接受與自己屬於同圈子的人，蔣夢瑤倒也算合適。

慶陽公主長得與青雀公主有幾分相像，談起這分情誼，慶陽公主也不吝說：「我小時候就聽青雀姊姊說過，當年在國公府遇見妳的事，對妳頗為想念，只可惜，沒多久，她就遠嫁南疆了。」

提起青雀公主，蔣夢瑤多少有些唏噓，慶陽公主見她這般，又說：「那南疆王原是個七十歲的老頭，年紀大得足以做青雀姊姊的曾曾祖父，偏偏還恬不知恥娶了十幾歲的青雀姊姊；聽說這回南疆被破城，就是王妃的父親蔣校尉居首功，南疆王的頭顱也是他親手割下，算是救了我青雀姊姊，我們姊妹無不對蔣校尉感激。」

蔣夢瑤謙遜一笑，嘆了口氣問道：「也不知青雀公主如何了。」

南疆王死了，青雀也不能回來，也不知該當如何處之。

慶陽公主湊近蔣夢瑤，小聲說了一句。

「南疆城雖破，但國尚在，只是變成咱們的附屬國，年年都須交貢送銀，老南疆王死後，是他的兒子繼位了，青雀姊姊又嫁給新的南疆王。還好這個南疆王是老南疆王的小兒子，今年三十多歲，年紀倒也不那麼過分了。唉，反正就是我青雀姊姊命苦唄。」

慶陽公主說著，就自斟了一杯果酒喝下去，蔣夢瑤聽了心情也不大好，想著當年與青雀一番交往，她是那樣一個活潑開朗的女孩，可是，在面對命運時，卻是這般無可奈何。

「金釵墜地鬢堆雲，自別朝陽帝豈聞。遣妾一身安社稷，不知何處用將軍。」

這也許正是皇家女的悲哀吧，一生榮寵皆在當權者一句話、一個決定，這慶陽公主定是真心為青雀嘆息的，因為她們同為公主，有了青雀這個前車之鑑，慶陽公主就不得不聯想到自身了。

幾位公府夫人也不免傷情，就在此時，太子妃又領著另一位衣著華貴之人來到了這個貴不可言的圈子，說：「妳們在聊些什麼？怎面上都是這副模樣？」

安國公家的長媳周氏站起來說：「咱們在說遠嫁南疆的青雀公主，大家都不免感傷，妳只顧招呼旁的人，我們這兒是顧不上了，對不對？」

曹婉清假意埋怨地橫了周氏一眼，說：「就妳會挑事，我哪敢怠慢列位，這不上趕著給妳們介紹來了嘛。」

說著身後走出一人，華儀美服，姿態萬千，曹婉清說：「這位是戚家長孫媳婦，南平郡王閻家的嫡長孫女，她的父親便是我的舅家，她是我的舅家姊妹，說起來，與祁王妃也是頗有淵源。」

眾所周知，蔣夢瑤的娘是戚家名義上的大小姐，嫁出府之後，與戚家就恨不得老死不相往來的關係，而這位是戚家的長孫媳婦，那這裡頭果真就是連著關係，只不過這層關係是好還是壞，那就是不須言語明擺著的了。

曹婉清來拉這條線，就不知是什麼意思了。

「妹妹給眾位姊姊請安了。祁王妃果真如傳言中那般是個絕色人物，妹妹今日見了心生佩服，姊姊好俊的樣貌、好俊的人品。」

這個閻氏張口就誇，倒叫蔣夢瑤有些不適應，曹婉清將她送來之後，便又被旁的事物喊去了。

眾人請閻氏入座，閻氏偏挑蔣夢瑤身旁坐下，一副想要和她親近的姿態。

蔣夢瑤也不好拒絕，就那麼和她同坐，心裡為這戚家的長孫媳默哀。要是她太夫人知道她來與戚氏的女兒攀談，回去不會受家法處置吧？

「妳家可是那有丹書券的南平郡王家？」周氏能入得安國公家門也是相當有見識的，對京中各家事宜無不瞭解通透。

閻氏點頭。

「是，南平郡王閻鐵昌便是我祖父，當年有幸於龍虎峽救過先帝一回，先帝垂愛，賜過一券丹書，世族罔替。」

在場眾位也了然點頭，這個朝代中被皇帝欽賜過丹書的家族十根手指頭都數得過來，蔣國公府曾受過兩券，一券是先帝的，一券是今上，可謂是極盡榮寵的世家了。

閻氏似乎還是比較願意和蔣夢瑤說話，與大家報了家門之後，便又對她說：「我嫁入戚家之時，便是姊姊隨祁王遠走關外之時，未能早些與姊姊相見，謂為憾事，好在姊姊與祁王殿下吉人天相，也是聖心眷顧，今後若是姊姊不嫌棄，咱們兩家當走近些，可好？」

蔣夢瑤對於閻氏的提議很是驚訝，只不知她說這話有沒有經過她家長輩的批准。

她還未說話，周氏就接著說：「妹妹妳當真是年輕，對戚、蔣兩家長輩之事怕是不大瞭解吧？」

幾位國公夫人對視幾眼，蔣夢瑤也低頭喝茶沒有說話。

周氏又道：「妹妹，咱們這些人都比妳大，厚顏受了妳一聲『姊姊』，這便告訴妳，這些話與咱們說說便就罷了，回去之後，可千萬別與妳家太夫人說，否則可就鬧矛盾了。」

閻氏聽了周氏的話，臉上有些掛不住，此時水榭門前走來兩個人，蔣璐瑤與趙娥並肩而入，想來是與太子妃彙報待客情況，現在時辰到了，該來的客人都已經來了。

果真兩人去了太子妃身後，說了些話，太子妃便點點頭，表示知道了。

蔣璐瑤在眾女客間轉了一下，看見蔣夢瑤，便向她走來。

蔣夢瑤與在座列位夫人、公主道了聲失陪，便站起身去迎她，姊妹倆牽著手去了一處僻靜角。

蔣璐瑤剛坐下，眼淚就止不住流出來，接著就是幾聲輕咳。

蔣夢瑤見狀，不禁站起身來替她順氣，說：「人前別這樣，叫人笑話了。」

蔣璐瑤點頭，這才忍住了哭，說：「我知道，就是看見家裡人忍不住罷了。家裡妹妹們都羨慕我押對了寶，嫁入了太子府，可是都不知道我過得是什麼日子；回去與我娘說，她也只說我沒用，讓我一定要忍著，可是……」

蔣夢瑤嘆了口氣，說：「妳娘說的沒錯，妳是要忍著，因為事已至此，妳已經嫁進來了，若是此時不忍著，那又該如何呢？尋常人家，咱們蔣家勢大說不得還能壓上一壓，可是太子這兒……真不好壓。」

蔣璐瑤點頭。

「這些道理我都明白，就是心裡憋悶。太子對我倒還很好，時不時會去我房裡陪我說話，開解我，若不是有他，我早在第一個孩子沒了的時候，就吊頸自盡了，哪還能活到今日在這裡受人欺負呢。」

說著又要哭，蔣夢瑤給她擦了擦眼淚，看到太子妃曹婉清正往她們這裡看來，便將身子偏了一偏，擋住蔣璐瑤正哭泣的臉，說：「好了好了，別再哭了。今日不是說話的時候，過些日子妳尋個機會回家探親，我這十日都在國公府裡，十日之後就回王府，我如今回來了，咱們總能再見面，快把眼淚擦了，太子妃過來了。」

蔣璐瑤一聽太子妃過來了，就趕緊把臉上的淚水給抹了，剛擦完，太子妃的聲音就在她們身後響起了。

「姊妹倆在這兒偷偷說什麼呢？不是在說我壞話吧。」

蔣夢瑤站起來，回身與之相對，說：「太子妃說的什麼話，不過是話些家常，我們姊妹好幾年未見，一時感觸也是有的。妹妹可一直說太子妃對她很好，說太子和府裡姊妹對她都好，好得我都要嫉妒了，哪裡有什麼壞話說呀。」

太子妃被蔣夢瑤說得笑了起來，說：「瞧妳這小嘴，我看咱們的祁王殿下就是被妳這能說會道的小嘴給說服的吧。妳嫉妒咱們幹什麼呀，現在整個京城的女人，可都在嫉妒妳呢！」

蔣夢瑤微微一笑，說：「嫉妒我什麼？難不成京裡的姊妹們都嫉妒我出走關外好多年，不聞家鄉事，不聽家鄉音，物資匱乏、苦寒難當嗎？」

太子妃也笑了起來，看見蔣夢瑤身後的蔣璐瑤，難得和顏悅色地說了一句。

「妳的身子還沒好，就先休息吧，待會兒我叫趙家妹妹送客便是。」

蔣璐瑤對太子妃行過了禮，就低著頭走了。

太子妃與蔣夢瑤又回到客圈中，沒過一會兒，花園裡傳來消息說是花圃都張羅好了，請各位貴人前去觀賞。

太子妃親暱地牽著蔣夢瑤的手，與大家一同去了花園之中。

耳邊不乏吟唱菊花的詩句脫口而出，要麼就是形容這菊花如何高潔，要麼就是形容這菊花有多麼芳香，這些再平常不過的話聽在蔣夢瑤這個被現代文化浸淫太久的人來說，委實聽著有些重口味，不禁慢慢離開了這圈子，漸行漸遠，走到花園最角落處的涼亭坐下，準備算了算時間，等吃飯的時候，再湊上去和大家會合。

可坐下還沒多久，就聽一個聲音在她身後響起。

「王妃難道不喜歡菊花嗎？」

你才喜歡菊花！

蔣夢瑤回頭，見是對頭家的媳婦兒閻氏，心中對這姑娘的意圖表示十分懷疑。

她笑了笑，就當是默認了。

閻氏在她身旁坐下，蔣夢瑤覺得她肯定有事，果然，過了片刻之後，閻氏就說話了。

「有些話真的難以啟齒，但是若不說，我的婆婆可真就沒了活路。」

蔣夢瑤不解地看著她，只聽閻氏繼續說：「我娘家是南平郡王府，這個姊姊是知道的，我家先祖與成安郡王是同期的戰友，龍虎峽營救先帝一事，便是我家先祖與成安郡王所為，兩人在事後皆被皇上賜了丹書券，封了郡王；只是成安郡王是京城人士，故世居京城，我的先祖是南寧人，故回了南寧，封號也是南平郡王。我嫁入戚家也是平安郡主提議的，我嫁來之時，並不知曉太夫人當年之事，只是隱約聽下人們談起過，隻言片語，並不全面，只知道太夫人所為之事，很不得人心就是了，自從成安郡王歸去之後，成安郡王府也就敗落了。」

閻氏說到這裡，聲音不禁有些哽咽。

「這些話我只當姊姊是親生姊姊才說的，在家是半句都不敢提的。從前戚家有成安郡王撐著，所以處處皆通達，如今沒了郡王，太夫人也沒了依傍，戚家的生活是越來越不好了；別看我今日穿得這般鮮亮華貴，其實這都是我從娘家帶來的。戚家男丁雖多，可是皆隨太老爺的軟綿脾性，讀書又不是料子；戚家女孩也早已嫁做人婦，不再管娘家之事。我的婆母前些年患了病，須每日用三兩人參吊氣，可是如今的世道，人參是越來越貴，三兩好些的人參價格都能抵得上三兩金了；這些年為了給婆母吊氣看病，我們大房家中幾乎都掏空了，我的嫁妝也貼補著用，可眼看人參就快吃不起了，我家婆母每日在家以淚洗面，只說當年若不是太夫人做了那些缺德事，如今好歹還能求一求姑媽相助，只是姑媽與戚家早已不相往來，戚家也沒有臉面求姑媽相救。姊姊，求您回去向姑媽說說，讓她看在老太爺的分上，救一救我的婆母，救一救她的弟媳吧。」

蔣夢瑤聽她說了一大堆，終於弄明白她想說什麼了，大意就是，戚家那個母夜叉平安郡主的長媳得了重病，需要人參吊氣，可是這些年人參價格漲得飛快，她家快吃不起了，所以想求她娘救命。

大概就是這個意思吧！

只是令蔣夢瑤沒有想到的是，這姑娘千方百計混進太子府，就是為了和她說這些。

想起了戚氏和她說的恩怨，蔣夢瑤一時也不敢隨口答應，就說：「這件事我可做不了主，要不我回去問一問我娘，這些事不管怎麼說都是上一輩的恩怨，咱們就別摻和了。妳既是太子妃的舅家姊妹，為何不求助於太子妃，反而來向我說呢？」

閻氏憂傷一笑，回道：「雖說是舅家姊妹，可是，畢竟她此時是太子妃，我若為了婆家之事求她，將來就別想在京城中立足了，怪只怪我們戚家滿門，竟不能出一個有用之人。」

蔣夢瑤自然知道閻氏這話是什麼意思，當初戚家若是有一個人長進些，在成安郡王還沒死之前就入朝做官，那今日的情況可就不是這個樣子了；只是戚家這些年，不僅沒有半個男丁考入科舉，就連學問也未曾聽說過有戚家的名聲。她分明記得從前聽戚氏說過，她的外公戚昀那可是學富五車的一代、鴻儒等級的，可是子孫們性格軟弱不說，學問也不通徹，當真是想斷了戚家書香世家的門第。

在太子府用完了午膳，下午又安排了一些打牌、下棋、彈琴等娛樂活動，一直玩樂到傍晚，很多夫人都提出了告辭，蔣夢瑤也在那一撥中。

當她回到國公府的時候，高博和蔣源又在下棋，看見蔣夢瑤回來，兩人只是抬頭看了她一眼。

蔣源習慣性地指了指廚房的方向，主動說：「妳娘在廚房。」

蔣夢瑤見蔣源一臉凝重，和她說話時眼睛都沒離開棋盤。高博在一旁端著茶杯喝茶，從茶杯後頭遞了一眼給她，心情不錯的樣子，蔣夢瑤立時明白現場戰況，這是蔣源被困住了，明顯這一盤是高博棋高一著。

高博這傢伙真是太賊了，他一定是故意的，昨天她回來的時候還一個勁兒地聽蔣源在說：「哎呀，女婿，你這樣不對，應該這樣那樣……」

原來昨天是高博讓他的，今天就報仇來了。

不理這對活寶翁婿，蔣夢瑤是真的有事說，就卸了一身的繁重衣衫首飾，換了一身輕便綢服去了廚房。

戚氏還是坐在老位置，像個美食家一樣，坐在那裡等待廚子把菜送來給她嚐味道。

看見蔣夢瑤回來了，戚氏趕緊嚐過後，就遞給端菜的丫鬟，然後起身，把她拉去廚房外的那間小屋，對她問道：「怎麼樣？」
蔣夢瑤說：「去了不少人，也不是單請我一個，和璐瑤說了幾句話，她過得挺不好的，還有……」
戚氏見她猶豫，趕忙問道：「還有什麼？」
「還有就是……」蔣夢瑤邊說邊密切關注著戚氏的表情，說：「今兒我在太子府裡遇見了戚家的長孫媳婦，和她說了幾句話。」
戚氏原本以為蔣夢瑤要說什麼，誰知道竟然是說這個，不禁有些洩氣，說：「唉，我還以為妳想說什麼呢，提她做什麼。」
蔣夢瑤見戚氏這反應，便也不做隱瞞，說：「娘先別急，聽聽她都和我說了什麼。」
接著蔣夢瑤就把閻氏下午與她說的話又對戚氏說了一遍。
戚氏蹙眉問道：「這是她親口跟妳說的？」
蔣夢瑤點頭。
「是啊，不然我怎麼知道呢。她說她過幾日再等我回覆。娘說，我該怎麼回應？」
戚氏提起戚家的事情，總不是那麼暢快，想了好一會兒後，才說：「這事……我尋個空，問一問妳外祖再說吧。」
蔣夢瑤奇道：「外祖？娘與外祖還有聯繫？」
戚氏說：「有，偶爾他也傳些書信給我，問一問我這裡的情況，不過想想，好像也有兩個多月沒收到他的信了，改明兒我讓人偷偷去探一探。」

蔣夢瑤嘆了口氣，說：「唉，你們這樣搞地下活動，真難為了『父女』兩個字。外公也忒不男人了，這麼多年也沒想著偷偷找妳，偷偷給妳些貼補。」

「小孩子家不懂就別亂說，妳外公可不是那樣的人，想我嫁來國公府的前些年，若不是他暗地裡塞些銀錢給我們度日，咱們家哪能像今日這般好起來呢。」

蔣夢瑤沒聽過這段，當即奇道：「真的假的啊？我還以為外公是徹底怕了那母老虎，連親生女兒都不顧了呢。」

戚氏也是難得與蔣夢瑤說起戚家的事，這一說，還都停不下來了。

「怎麼不顧，他這一生就只愛妳外婆一人，他為了讓我活下來，從小到大不知受了多少委屈，這些年他是越發消沈了，進出家門都有人看著，我也是偷偷在遠處看過他幾眼，憔悴得厲害，只不知這樣的日子還要熬多久。」

見戚氏陷入了悲傷，蔣夢瑤趕忙岔開話題，說：「那……那閻氏跟我說的這件事，咱幫是不幫？戚家自從成安郡王死後，說是一年不如一年了，如今她那婆母又得了重病，沒有人參吊氣就活不長了。」

戚氏看了一眼蔣夢瑤說：「容我再想想吧。縱然我要幫她，卻不知那個女人肯不肯了。」

蔣夢瑤想想也對，她現在叫戚氏拿主意，可是到最後沒準兒就是賠了夫人又折兵，人家根本不領情；再說，蔣夢瑤覺得戚氏一定是打從心底不願意幫忙的，要不然，以她現在的財力，整個京城的人參八成都控制在她手上，她要想幫忙，根本不需要讓人家知道，幾句話的事情就能幫到了，可是她沒有，顯然是還沒有嚥下那口氣呢。

所以，蔣夢瑤就不逼著戚氏做決定了，若是閻氏追問起來，她就自己先看著辦好了。

晚上，蔣夢瑤一邊替高博捏肩，一邊向他說了白天發生的事情，包括戚家的事也是毫不隱瞞，全都說了出來。反正戚氏和戚家的樑子那是整個京城的人都知道的事情，沒什麼好隱瞞的。

高博聽後除了意外戚家已經落魄到這個地步之外，還有一點納悶。

「曾經戚昀的文才轟動一時，我也是聽宮裡的老人說，他的文才之高，當世罕見，先帝還曾意欲聘他為帝師，可是後來他家裡出了大事，嫡妻慘死，他一蹶不振，這事才擱了下來；再後來，他就漸漸沒落了，戚家從他之後，就再也沒有出過賢輩之人，也是奇怪。」

蔣夢瑤想了想，說：「也許有很多人自己學問很好，可是不會教子女，不會教學生呢。你們高家的先帝幸好沒有讓他進宮做帝師，要不然就是誤人子弟了。」

蔣夢瑤是從小看著戚氏的淚水長大，所以對戚昀這個男人並無好感，此時也提不起任何幫他說話的心來。

高博搖搖頭，表示不解，聳了聳肩膀，然後讓蔣夢瑤也坐下，他反過來給她捏肩，蔣夢瑤正好捏得累了，就舒服地靠在椅背上享受某人的服務啦。

「妳不懂，當年戚昀的才學之名真的很高，他的詩作文章就是今天也被國子監引用著，他若是無才，難道國子監的先生、學子們全都是瞎眼的嗎？所以說，依照我看，戚昀有才，只不過嫡妻死後他太過傷懷，以至於對後世都沒有任何期盼，才變成如今這樣。」

蔣夢瑤聽完後就噘著嘴沒有說話了，高博見她這般，又說：「妳明日去問岳母，若是她真擔心外祖的話，我派暗衛去戚府查一查，這樣便能知道真假了。」

蔣夢瑤點點頭。

「好吧，明日我再問一問娘，看她說起外祖父的神情，想來還是很惦念他。」

「行，那妳問完，告訴我，我隨即就安排。」

高博爽快的話讓蔣夢瑤心情大好，回頭看了他一眼，兩人相視一笑，濃情密意在房間內擴散。

蔣夢瑤嗲聲嗲氣地指了指後背，一邊撒嬌，一邊放電。「夫君，還有這裡、這裡、這裡！都要按到哦。」

這個小妖精一定是想榨乾他，高博如是想道，真是甜蜜的負擔啊，不過他喜歡！

翌日，蔣夢瑤就去問了戚氏，戚氏猶豫再三後，確定不會給女婿添麻煩，才同意讓高博去探一探，因為她也真的很擔心父親。

從前父親每個月都會給她傳兩封信出來，最少的時候，兩個月也有一封的，可是最近已經兩個多月了，他還是沒有傳信，戚氏擔心他是不是哪裡不舒服或是出了什麼事。

蔣夢瑤安慰她不要胡思亂想，說晚上等高博回來就讓他去安排。

中午的時候，老太君叫戚氏別在大房裡忙活了，讓大房和二房都湊在一起吃頓飯，說是國公爺再過兩個月也要回來了，若是看到大房和二房的關係融洽了，必定會欣慰。

老太君發話了，家裡沒人敢不從，雖然蔣顯雲將不願意擺在臉上，卻敵不過戚氏一句「不去家裡也沒飯吃」的威脅，只好去了。

蔣源和高博許是被政事絆著了，到了中午，翁婿雙雙都沒有回來，就只有蔣夢瑤和戚氏帶著蔣顯雲、蔣顯申去了主院。

老太君如今對大房的態度可是熱絡許多，對待蔣夢瑤尤其親切，讓她親暱地坐在自己身邊，素日這個位置都是孔氏坐的，今日則換成蔣夢瑤。

孔氏、吳氏還有戚氏，都在一旁幫忙上菜、擺碗筷，這是家裡媳婦們該做的事，若是有男子在場添了酒盞，媳婦們還要兼帶添酒、添菜的。

今日府裡只有幾個小爺兒們，不逢時節是不被允許喝酒的。

大半家子坐了三桌未滿，主桌上坐的是老太君和一幫嫡妻、嫡子，庶子、庶女則坐了一桌，姨娘坐了大半桌，今日也算是人比較齊全，湊在一起吃了頓飯。

因為得知蔣夢瑤昨日去太子府赴宴，老太君在席間問起蔣璐瑤在太子府的事，蔣夢瑤沒有說很多，只說了「身子未癒」這幾個字。吳氏聽後低下了頭，她這個做母親的自然是知道女兒生活的內情，如今聽蔣夢瑤說起這檔事，也覺得心傷。

誰料老太君卻在席間大剌剌地說：「哼，妳別替她說話，那個丫頭也是個沒出息的，好好地懷上了兩個，全生下來多好，她倒好，一個都沒趕上，還不如不懷。」

吳氏的頭垂得更低，孔氏在一旁給老太君布了菜，說：「是呀，聽說阿璐懷了的時候，我那是打從心底高興，還在菩薩面前求了定要是個小子，那樣的話可就是皇長孫了，咱們國公府得有多大分的榮寵啊，唉，沒承想竟是這個結果呀！真叫人可惜。」

說到這個，老太君就更氣了。

當蔣璐瑤第一次懷孕，派人回來報訊時，老太君激動得都快要當場跪下磕頭喊「阿彌陀佛」了，當天就帶著府裡女眷去白馬寺還願上香，祈求是個男孩，那樣的話，皇長子生在他們蔣家的女兒身上，這今後還有誰能越過蔣家去？

可是還沒高興幾天，一個晴天霹靂就劈了下來——孩子，沒了！

這個消息讓老太君一驚之下病了好幾天，然後第二個來的時候，她也高興，可……唉……

孔氏見狀又繼續說：「那孩子小時候在府中是多麼妥貼的孩子啊，沒想到去了太子府，倒變得這般不知輕重了。」

吳氏捏著筷子的手似乎都在發抖，微微抬眼看了看孔氏，然後說：「孩子會有的，阿璐隨我，能生，不像有些人一輩子都是個啞炮，沒嚐過開花結果的滋味。」

吳氏這是真被惹急了，才會不顧場合說出這種話來。

因為孔氏上下都好，唯獨這個缺點讓吳氏拿捏終生，偏偏這就是事實，孔氏想賴都沒得賴去，指著吳氏直瞪眼。

孔、吳兩人這樣的戲碼已經爭吵了十幾年，老太君也已經聽得耳朵長繭了，桌子一拍，兩隻鬥雞才坐了下去，卻還是四目對著，一副做意識交鋒的模樣。

老太君不願意看她們，轉過頭看著蔣夢瑤說：「阿夢啊，妳要聽話，快些給王爺生兩個胖小子出來，咱們蔣家也算對得起王爺了，知道嗎？」

蔣夢瑤正在吃蝦，聽了老太君的話後臉上堆起一抹笑，連連點頭，說：「是，阿夢記下了。」

老太君這才滿意地點點頭，越看她越喜歡，竟然還親自替她挾菜。

蔣夢瑤受寵若驚地看著這個老太太，心道：這老太太絕對是個奇葩，沒有自己的原則和堅持，一味地討好對她有利的一方，老國公因為出於對她和家庭的責任感，在外拚殺，打拚出這樣一份驚天動地的家業，儘管秦氏是個村婦出身，可國公爺依然沒有納妾，這就說明，國公爺是從骨子裡尊重她的，秦氏卻不懂這分尊重，兩人自年輕時就沒有共同語言，如今年老了就更加沒有。

蔣夢瑤也是近年來才聽戚氏說起老太君為什麼那麼討厭蔣源，因為當年蔣源的父親蔣易差點把她給害死。那個時候蔣家還住在邊關，賊寇來襲，挾持秦氏和蔣修做餌，引誘當時還只是將軍的國公爺上鈎，想不費一兵一卒就拿下邊關縱隊，這樣不僅蔣國公鎮守的那一角會失守，賊寇入侵帶來的影響都是深遠不可計。蔣易當年還是個十幾歲的孩子，卻能當機立斷做出反應，敵我對峙之時，親手用箭射了秦氏，讓敵軍知道我方的態度；也是蔣易那一箭，給了國公爺一個反攻的機會，成功驅趕了賊寇，並救下被挾持的秦氏和蔣修。

蔣國公誇獎了蔣易和他剛入門的媳婦駱氏，原來那一箭竟是駱氏催促而出，自那之後，老太君對蔣易和駱氏就打從心底恨上了，覺得兒子、媳婦要殺她。她只是個普通婦人，不懂相公口中的大義，只記得兒子射了她一箭，是兒媳煽動的，差點把她給害死。

有這項緣由在其中，就不難想像老太君為啥不喜歡蔣源和大房了。一來是因為大房確實沒用，二來就是覺得蔣源和駱氏長得十分相像，這才對大房苛待，到後來蔣易和駱氏雙雙死去，留下蔣源，老太君就更是不聞不問。

蔣易夫婦死的時候，蔣源才兩歲，走都走不穩，蔣易夫婦死後，也沒個人帶他，那時候蔣家還沒被封國公，家裡也沒那麼多人伺候。因為蔣源走路還走不穩，怕他出去會出事，老太君就把蔣源關在一個小房間裡，每天叫人送東西去給他吃，偶爾才放他出來見見光，所以蔣源一直到五歲都不會說話，曾一度被人傳為是傻子，她這才意識到問題，再這麼下去，她肯定會被人戳脊梁骨說的啊。於是那個時候，才開始對蔣源好了些，給他找了專門伺候的人，每天給他送好吃的，然後才有了十幾歲就胖成一座山的蔣源。

蔣夢瑤不知道蔣源心裡對這個女人有多少恨意，但絕對不會喜歡就是了。

從前高博被貶、褫奪封號的時候，這個女人是有多遠就躲多遠，雖沒有加害他們，可這避之唯恐不及的態度還是很叫人寒心；別看她現在對她挺好，蔣夢瑤相信，一旦她和高博再出事，這個勢利的老太太一定會又一次拋棄他們。

正吃著飯，坐在吳氏身邊的蔣毓瑤突然喊了一聲。「娘，您怎麼哭了呀。」

大家這才意識到，吳氏竟然一個人捧著碗在偷偷哭泣，被蔣毓瑤問了一聲，吳氏才低頭把眼淚給擦了。

老太君卻覺得觸霉頭，晦氣極了，一拍桌子，怒道：「哭什麼哭，也不怕晦氣！要哭滾回妳院子裡哭去，自己沒用也就罷了，生的種也沒用，還敢在這裡哭？滾滾滾，看了就心煩。」

吳氏剛止住的淚又決堤了，抬頭看著老太君，委屈地說：「老太君，您說我們沒用，那麼您呢？若是阿璐第一回出事的時候，咱們國公府能去鬧一鬧，能去給阿璐撐個面子，那害了我女兒之人她還敢害第二次嗎？可是我那樣求您，您都不肯去幫她一把，只會怪她沒用！那孩子雖說不聰明，可是自小體貼忠厚，您也沒少誇她，如今她遭難了，您非但不幫忙，還在這兒埋怨，在您眼中，家裡就只要有出息的人，所有沒出息的人就該去死，是嗎？」

老太君沒料到吳氏會突然發瘋，愣了片刻後，才怒不可遏地罵道：「妳個瘋子在說什麼，腦子壞了就好好在房裡待著，竟敢這樣與我說話，妳這是大逆不道！妳就是沒本事，妳生的閨女也沒本事，我說錯了嗎？妳們沒本事給家裡帶來榮耀，不僅如此，還想給家裡招禍，我還要供養著妳們這些廢物做什麼？趕緊給我滾回去，一個月之內不許出房門一步，敢出一步，我就叫舫兒休了妳另娶！」

吳氏一聽老太君已經這般說話，連「休妻」都說出來了，一時太過氣悶，便說：「老太君啊！妳的心是石頭做的嗎？我自從嫁入蔣家，替蔣家生了六個孩子，六個啊！我現在一身的毛病，妳一句話就想把我休了嗎？我縱然沒有心計、沒有手段，可是我沒有功勞也有苦勞啊，妳著實太讓人傷心了、太叫人寒心了啊！如果真要說有用沒用，那麼妳呢？」

吳氏像是被扎了尾巴的貓，一下子就跳了起來，指著老太君，孔氏也跟著緊張地站了起來。

戚氏趕忙從位置上走出，來到吳氏身後拉扯她，低聲說：「快別說了，妳瘋了不成？好好回房去反省，再說老太君可真要生氣了。」

吳氏看了一眼戚氏，又看了一眼孔氏，只見孔氏一臉看戲地盯著她，戚氏卻是滿臉真摯的擔心，吳氏就更加激動了，低下頭隱忍了半天。

戚氏以為她終於忍下了那口氣的時候，吳氏卻又突然抬頭，再也不顧一切指著老太君就罵道：「妳才是這個家裡最沒用的！什麼都不會，什麼都不做，就要一大家子的人無條件地供養妳，尊妳為太君，可是妳自己捫心問問，妳為這個家做了什麼？家業是國公爺掙的，面子是兒孫自己掙的，妳呢？妳做什麼？若是沒用的人都該死的話，那麼第一個要死的就是妳！妳個老嫗，想休了我？我為妳蔣家生兒育女，一身的毛病妳竟然想休我！妳只管叫蔣舫去休，他前腳休我，我後腳就吊死在妳蔣家門前！我倒要看看，後世之人是如何評價妳這個不得好死的老……唔唔唔……」

吳氏真像是瘋了，說起話來完全就顧不上什麼，一股腦兒把這些年受的氣全都給倒了出來，最後還是戚氏捂住了她的嘴，才不至於迸出更髒、更大逆不道的話。

老太君已經被氣得渾身發抖，口眼歪斜了。要是在現代，這老嫗這等反應那就是像要中風了，可是蔣夢瑤卻知道，這老嫗只是裝裝樣子，這是要對吳氏發大招的節奏啊。

蔣夢瑤從前覺得吳氏這個人沒腦子，如今看來她的確是沒腦子，這種話都不能忍著放在肚子裡，老太君不需要說其他的，單就一條辱罵長輩，就足夠吳氏有罪受了。

果真，只見老太君順了氣之後，就對吳氏發落道：「還翻了天不成！來人啊，把這個賤婦綁起來丟到柴房去，我倒要看看，在這個家裡，是她該死，還是我該死！反了、反了，這是要造反了。我蔣家吃好喝好地供著妳，妳非但不感激，還對我口出惡言，我若不好好教訓妳，妳就不知道我的厲害！去，拿家法來，我要看著她被打嚥氣了才罷休。」

孔氏立刻反應過來，說：「是，孫媳這就命人將那賤婦捆去柴房，聽候老太君發落。」

戚氏卻對老太君說：「老太君，弟妹是無心的，她這是氣昏了頭，被魔障附了身，待會兒就該醒悟、就該後悔了，您可千萬別往心裡去，她不是有心的呀！看在她為蔣家生兒育女的分上，您就饒了她吧。」

吳氏癡癡呆呆地跪在地上，自己也被嚇壞了，剛才那一股衝勁過了之後，她的兩條腿就不受控制地軟了下來，現在要不是靠著戚氏，她根本連坐都坐不起來。

抬頭看了一眼正在為她求情的戚氏，又看了火速領命而去請家法的孔氏，這種危難關頭，最能看清一個人的本性，想起往日對戚氏的種種刁難，吳氏更多的就是後悔了。

老太君這個人，她就像吳氏說的，沒用。但是她不許別人說她沒用，吳氏這回是真的惹毛她了，這麼一鬧，飯也不吃了，直接綁了吳氏就往柴房去。

蔣夢瑤來到戚氏身邊，戚氏嘆了口氣，說：「唉，快去喊妳爹回來，把妳大叔也喊回來，家裡這是要出事了！」

吳氏已經被捆去柴房好一陣子，蔣源和蔣舫他們也不知今日在外頭有什麼事，府裡的人去探過好多回，兩人都不在所內。

蔣夢瑤坐在椅子上喝茶，見戚氏一會兒嘆氣，一會兒踱步的，不禁道：「哎呀，娘，妳就休息一會兒吧，吳家嬸嬸一時半刻死不了的。」

從前吳氏擠兌人，現在不過是狗咬狗嘛，雖然她也不贊成老太君用暴力，可是她們在這裡乾著急也沒用啊。

戚氏看了一眼蔣夢瑤說：「死不了是死不了，可是妳不知道妳吳家嬸嬸的身子，這些年是一年不如一年了，這回若再受了傷，將來也不知要將養多久。」

蔣夢瑤卻不置可否。

「是，她身子不好不能挨打，我也知道，可是這也不是咱們能管的事啊。論輩分老太君最大，論權力孔家嬸嬸最大，兩個權力最大的女人想要整一整吳家嬸嬸，旁人如何能插手？就算等國公爺回來壓制老太君，也得等下個月啊。」

戚氏聽了蔣夢瑤的話，不禁又是一陣踱步，最後還是決定跑一趟柴房，說：「不行，得去阻止一下，別到時候真的惹出什麼亂子來。」

蔣夢瑤看著戚氏急急離去的背影，突然想起一件事，她爹在南疆立了大功，等國公爺班師回朝，她爹就該封官晉升了，若是這個時候吳氏一嚥氣，家中有了白事，封賞也不知能不能進行了。

雖然不知道戚氏去救吳氏是不是這個原因，但她知道，自己親娘不是聖母白蓮花，就不那麼擔心了，反正她對吳氏倒沒有多恨，戚氏想救，就讓她救吧。

第三十四章

戚氏趕到柴房的時候，吳氏已經被打了好幾下，家法由兩個僕人抬著站在一邊，先是掌嘴，一寸厚的板子打在嘴巴上，沒兩下牙齦就出血了，再打個十幾下，牙齒估計也要脫落了。

戚氏在門外看了一會兒，就想進去，卻被守在門邊的孔氏攔住去路，對她瞪眼道：「沒妳的事，妳管了做什麼？不過就是掌兩下嘴而已，又死不了人。」

戚氏沒理她，還想進去，孔氏卻橫過一隻手擋在戚氏面前。

只見戚氏淡定地退後一步，看著孔氏好整以暇地說：「妳最好給我讓開，我現在只是想管管這裡的事，別等妳惹急了我，我就要管管妳們次房的事了。」

孔氏輕蔑一笑。

「哈，管我次房的事？妳管我們什麼呀，妳有這個資格管我嗎？」

戚氏篤定勾唇，湊近了孔氏輕聲說：「次房的哥兒、姊兒哪個沒有受過妳的虐待，妳自己心裡有數，妳縱然是嫡母，可是也不該那般苛待庶子吧，他們再如何，都是蔣家的血脈；妳也看到兒媳、孫媳這身分在老太君眼中是個什麼東西，我們這些外姓人，自然是比不上血脈親厚的，妳說若是老太君知道妳時常虐打庶子，妳猜她是偏袒妳多一些，還是偏袒蔣家的血脈多一些？」

孔氏面色驟變，幾乎是咬牙切齒地說：「妳要作死，我又何必攔妳！對妳好，妳卻當成驢肝肺，也罷，想死誰還不成全妳呢。」說完，便把身子往旁邊一讓，讓戚氏進去了。

戚氏進去之後，去到老太君身旁，老太君正一邊喝茶，一邊看著吳氏被掌嘴，吳氏臉上已經腫得很厲害，嘴裡鮮紅一片。

戚氏彎下身子，對老太君說：「老太君，吳家弟妹這些年身子弱，您打兩下出出氣也就罷了，若再打可要出人命了。」

老太君這些天才給了戚氏好臉色，當下又煩她了，說：「鬧出人命便罷，怕什麼，要妳來囉嗦。」

戚氏又說：「老太君，您不看僧面也要看佛面，吳家弟妹給蔣家生了六個子女，最小的如今才剛會走，她沒有功勞也有苦勞是不？若是真把她打出個好歹來，那六個哥兒、姊兒可該怎麼辦呀。」

老太君絲毫不為所動。

「怎麼辦？到時候我再叫舫兒娶一房續弦，他們依舊是國公府的嫡出。」

「這可不對了，老太君。」

戚氏儘量放緩聲音對老太君曉之以理。

「續弦到底是續弦，六個哥兒、姊兒都是從吳家弟妹的肚子裡出來的，如何是續弦能夠代替的？將來若是幾個哥兒都大了，問起自己的親娘，老太君這不是平白給自己招不爽快嘛！更何況，吳家弟妹今日犯的是口誡，您都把她的嘴打成那樣了，也是受了懲罰；我總聽相公說，國公爺在軍裡常誇您仁愛，將士們也無不對您這位國公夫人心生敬佩，若是真在國公爺回府的節骨眼兒上鬧出亂子，豈不是要連累老太君您的名聲嗎？不值當啊！」

老太君聽到這裡才回頭看了一眼竭力勸說的戚氏，一番猶豫之後，看著吳氏已經被打得快要昏死過去，也是去了半條命，這才肯揮了揮手，說：「住手！今日就饒妳一回，下回若是再犯，打死！」

老太君說完這些，便站起身，由僕婢們簇擁著出了柴房。

孔氏只見到戚氏在老太君耳邊說了很長時間的話，緊張到一顆心都要從嗓子裡跳出來了，生怕戚氏偷偷把自己虐待庶子一事告訴老太君，不過老太君出來，並未看她一眼，孔氏心裡才放心了，跟在她後頭離去。

等老太君和孔氏離開之後，戚氏才過去把滿臉是血的吳氏扶起，問道：「妳怎麼樣？我扶妳回去，叫人給妳請大夫。」

吳氏只覺得自己的一張臉都像是要炸開似的，嘴巴已經完全麻木了，說不出話，只好看著戚氏吃力地把自己搭在她肩上，一步一步拖著她往院子裡走去。

戚氏把吳氏送回房間之後，就讓蔣毓瑤看著吳氏，她又去張羅給吳氏喊大夫，沒一會兒便隨大夫一同回來，看著大夫驗傷、開藥，這才把藥方交給了丫鬟水清，讓她去熬藥。

戚氏坐在床沿看著吳氏，給她擦去額上的汗，吳氏的身子滾燙得厲害，她原本體質就差，這一回又趕上了這事，臉色忽紅忽白，喉嚨裡滿是呻吟，戚氏見她這樣，不禁大大嘆了口氣。

蔣毓瑤跪在吳氏床前掉眼淚，戚氏把她拉起來，讓她坐在床沿上，說：「別哭了，待會兒和水清一起餵妳娘喝藥，我去給她拿幾副上好的人參來，多養養，不會有事的。妳爹回來了，妳就如實跟他說，是妳娘太在乎他了，老太君說要讓妳爹休妻，妳娘才出言頂撞老太君的，知道嗎？」

蔣毓瑤點點頭，然後就對戚氏跪了下來，麻利地磕了兩個頭，說：「謝謝大嬸嬸救了我娘，這分恩情，毓瑤一輩子都會記在心上的。」

戚氏把她拉起來，說：「傻孩子，說什麼傻話，咱們都是一家人。妳且好好看著妳娘，她要說話妳湊近著聽聽，想喝水就餵水，我去拿人參送去廚房，讓他們煎了送來。」

「是，毓瑤寸步不離娘身邊。」

戚氏又摸了摸蔣毓瑤的頭頂，這才轉身離去，叮囑屋裡屋外的丫鬟小心伺候。

就這麼忙活了一整天，蔣源他們才從外頭回來。

聽了蔣夢瑤轉述白天發生的事情，蔣源也跟著搖頭。

「那個女人是越來越專橫跋扈了，不過妳吳家嬸嬸也不是什麼好人，挨打就挨打了，隨她去吧。」

蔣夢瑤正拿帕子給高博淨手，聽了蔣源的話沒多說什麼。

戚氏從外頭也打了水進來，邊走邊說：「唉，吳家弟妹也不知這回會不會破相，鼻子以下全都腫得不成樣子，老太君下手也忒……」

戚氏看了一眼高博，沒把那個「毒」字說出來，不過，大家也是心知肚明。

高博說：「從前我也見過宮裡的妃嬪被掌嘴，都是那樣的，只要骨頭不斷，過些時候就好了，也就是看起來可怕。」

「反正啊，妳吳家嬸嬸就是沒腦子，有些話憋死在肚子裡也是不能說的，什麼『老嫗』，她也真敢說，還說老太君沒用，這些話縱然老太君不治她，傳出去，總有人戳她脊梁骨說她不孝的。」

戚氏接過蔣源擦過的毛巾，蔣源接著說：「我看她罵得對，就是老嫗，她……」

蔣源的嘴被戚氏捂住了，在戚氏警告的眼神之下，蔣源才訕訕一笑。

此時夜幕降臨，天將黑卻還沒黑得通透，趙嬤嬤帶著蔣顯申在院子裡玩，突然，院子裡落下一個人來，嚇了趙嬤嬤一大跳，抱著蔣顯申趕忙往屋裡鑽。

高博走出去，對大驚失色的他們說：「別怕，是我的人。」

說完，只見那黑衣人逕自上前，在高博耳旁說了幾句話，高博的臉色就變了，他說完之後，就如來時那般無聲無息地走了。

蔣夢瑤走出來對高博問道：「怎麼了？發生什麼事了嗎？」

高博看了一眼戚氏，說：「外祖父似乎……出事了。」

高博的話讓戚氏愣在當場，蔣夢瑤和蔣源對視一眼，蔣夢瑤就率先走到戚氏身後扶著她，蔣源則對高博招手，四個人就去了書房。

關上門之後，戚氏就迫不及待地對高博問道：「你們外祖父出什麼事了？」

高博見戚氏嚇得臉色都變了，安慰道：「岳母莫急，外祖父人沒事，就是被軟禁了。」

蔣夢瑤蹙眉不解。

「什麼？軟禁！誰能軟禁他？」

蔣源嘆了口氣，說：「除了那個平安郡主還有誰？原以為她年紀大些會多些分寸，可如今看來，那個女人似乎天生就不知道分寸兩字怎麼寫。」

戚氏失魂落魄地坐在椅子上，鼻頭一酸，眼眶就紅了起來，說：「妳外祖父一生受她欺凌，到了這把年紀還受她這等氣，我、我真是……真是太不孝了。」

蔣夢瑤安慰道：「娘，妳別這樣，之前咱們也不知道外祖父過的是這等日子，如今知道了，自然不會不理，明日我便與妳去戚家討個公道。」

戚氏看著蔣夢瑤，又看了看高博，只見高博立刻接話，說：「妳們自當去便是了，平安郡主若敢對妳們動手或出言不遜，自有我去收拾她！」

高博這麼一句話，已經是將所有的權力都交到蔣夢瑤和戚氏手中了，也就是說，明日妳們儘管去，一切後果他擔著。

蔣源也說：「從前咱們是不知道那女人竟會對岳父這般壞，以為她能念在夫妻之情，對岳父好一些，可是她竟這樣做了，咱們也無須再忍了，縱然是拚一拚，也要把岳父救出來。」

得到一家人的支持，戚氏心裡才算好受些，想起這些年父親在那女人手中受的苦，戚氏就恨自己為什麼不早些把父親帶出來。

眾人一夜輾轉難眠。

第二日一早，高博和蔣源他們上朝之後，戚氏和蔣夢瑤也起床，匆匆用過了早飯，就坐上祁王府的軟轎，帶上禮品往城南戚家走去。

蔣夢瑤帶了汪梓恒、張家寡婦和祁王府裡十來個親兵與婢女，來到戚府門前，未下轎，就叫汪梓恒去傳話。

因為蔣夢瑤用的是祁王妃的名頭，所以戚府上下不得不全都出府相迎，為首的便是曾經作為戚家代表、去過國公府好幾回的表嫂雲氏，她是戚昀的姪媳婦，因投效時機得宜，這些年來，雖是表親出身，卻頗得平安郡主重用。

看她能領銜府中眾人，就知道她在戚家的地位絕不低。此時她正面露尷尬，領頭對著蔣夢瑤的轎子行禮，拜道：「參見祁王妃。」

眾人參拜之後，張家寡婦才將蔣夢瑤的轎簾掀開，就聽蔣夢瑤在轎中輕聲說了一句。

「先扶我娘，謹慎著些。」
張家寡婦領命，指了指跟隨在她身後戚氏的轎子，四名丫鬟便低頭小步挪去，每一分寸都是按著規矩來，叫人一看便知這是大家調教出來的。
蔣夢瑤由張家寡婦扶著，從轎中走出，她的容貌自是一等一的出眾，雲鬢蠑首、白皙如雪，精緻的五官完全承襲了戚氏的美貌，臉上沒有笑容時，看著有些端莊嚴肅，唇角一勾，卻又撩撥得人心亂如麻，不知這天仙有何指示。
戚氏今日也是盛裝了一番，她生得極其柔美，在華衣美服的襯托之下，更是美得驚人。戚家早就得知戚氏已不是從前那肥碩如山的可憐蟲了，她如今在京中可是大人物，縱然商婦的身分使她不光彩了幾年，但這些年卻是硬生生地被她扳回局面，她在京中至少有上百家商鋪，幾乎涵蓋所有行業，叫人怎敢再小覷，更別說，她如今還多了一個做祁王正妃的女兒，聲勢更是今非昔比了。
雲氏深吸一口氣，迎了上來，先對蔣夢瑤行禮，而後又去戚氏跟前行禮。「不知今日王妃與姊姊前來所為何事？」
戚氏看著雲氏，還未開口，蔣夢瑤就說：「雲嬸嬸千萬別客套，都是一家人，嫁出去的女兒回來探探親也是正常不過的了，雲嬸嬸是戚家的表親，原比我們還算是客，如何好叫嬸嬸出面招待，戚家……沒人了嗎？」
雲氏臉上一陣青白，有些尷尬，她在戚家做事好些年了，已經徹底融入戚家，差點忘了她只是表親的事實，而府裡眾人也沒有誰敢在她面前說她是表親；可是蔣夢瑤這樣當著所有人的面說出來，自是叫她面上無光，卻又找不出反駁的理由，畢竟戚氏才是這戚家堂堂正正的女兒，且還是嫡妻長女，回府探親本就是再尋常不過的事了。

蔣夢瑤回頭看了一眼戚氏，伸出手，母女倆便相攜越過了雲氏。

此時人群中走出一人，是那日與蔣夢瑤在太子府見過面的閻氏，只見她表情欣喜、雙目有神地看著蔣夢瑤。

蔣夢瑤對她笑了笑，閻氏便迎上來對她和戚氏行禮，並且親熱地稱呼戚氏為姑媽，戚氏聽蔣夢瑤說過她，因此知道她為何這般熱情周到，便彎身扶她起來。

閻氏起來後，便招來其他幾個畏縮的女人，想來她們也是戚家的媳婦了，蔣夢瑤的目光掃過她們，她們卻還是沒有閻氏的勇氣，上前來與蔣夢瑤和戚氏攀談，而站在她們身後的幾個男子，眉宇雖都俊秀，卻都低著頭、一副木訥的模樣，連頭都不敢抬起來看蔣夢瑤她們一眼，更別說過來招呼了。

果真如閻氏所言，戚家男兒雖多，可是能上檯面的卻是一個都沒有。

閻氏見幾個妯娌都不敢上前，便主動擔了領路職責，把蔣夢瑤和戚氏等人領入戚家。

戚氏一入門，眼睛忍不住四處看，這裡不管怎麼說都是她長大的地方，這麼多年迫不得已從未回來過，可是這並不代表她對這裡不想念。

蔣夢瑤故意走得快了些，閻氏跟上，兩人走在最前頭，蔣夢瑤對閻氏說：「帶我直接到老太爺那裡去吧。妳的事，我已放在心上，保妳婆母吊氣無虞。」

閻氏一陣感激之後，卻又是苦惱，小聲對蔣夢瑤說：「王妃，不是我不帶妳去，只是……老太爺被太夫人鎖在沛園之中，只有太夫人一人有開門的鑰匙，其他人根本沒辦法進去。」

蔣夢瑤停下腳步，閻氏嚇了一跳，也停了下來。

蔣夢瑤看著閻氏，又道：「也就是說，你們太夫人軟禁了老太爺？」

閻氏大驚地看著蔣夢瑤，一時不知道如何說，因為在戚家所有人都知道，太夫人脾氣暴躁、不好惹，而老太爺是個悶葫蘆，這夫妻倆相處的模式就是女強男弱，老太爺平日裡在府中被欺負慣了，不僅僅是老太爺，太夫人在府中向來就是橫行霸道，府裡就沒有不被她欺負的人，大家自身都難保了，又如何能去管老太爺呢？

更何況，大家覺得，太夫人雖然強勢，但內心卻是愛著老太爺的，應該不會苛待老太爺，所以也無人站出來，他們府裡眾人只當尋常，卻沒想到在外人看來，這就是軟禁！

可知道這些又能怎麼樣呢？他們又鬥不過太夫人！

蔣夢瑤看了一眼正往她們跑來的雲氏，對閻氏說：「帶我去沛園，不用你們開門，我自有辦法。」

閻氏飛快地瞥了一眼身後就要追上的雲氏，千鈞一髮之際，把心一橫，對蔣夢瑤說：「王妃請隨我來！」

在閻氏眼中，蔣夢瑤就是他們戚家最後的機會了，若是這個機會再把握不住，那麼戚家將來就再無翻身之日了。

太夫人象徵著戚家的一個時代，可是她已經把事情攪得一團糟，若再任由她鬧下去，將來她去了，倒是留下爛攤子給一家人收拾，與其這樣，不如放手一搏；一來可以讓自己在戚家站穩腳跟，二來可以奪取雲氏手裡的部分權力，讓他們嫡親的子孫們可以更加名正言順地管理戚家，不讓人鳩占鵲巢，狐假虎威。

蔣夢瑤就是看透了閻氏對雲氏的怨憤，存心要她做出選擇，所以才會叫她帶她們去沛園，給她個機會和雲氏對臺，若不是這樣，蔣夢瑤隨便拉個人，一番命令與威脅，都能把她帶去沛園，何須閻氏呢？

閻氏帶她去，那就說明閻氏歸從她，反對太夫人一黨的決心。

一行人飛快在前面走著，雲氏也是越過了曲橋之後，才意識到閻氏要把蔣夢瑤帶去哪裡，在後面一路跑一路喊道：「王妃，王妃留步，那裡……那裡不能去啊！」

蔣夢瑤和閻氏只顧往前走，不一會兒一行人就走到一處四周滿是落葉的院子前，院門斑駁，一把嶄新的大鎖將大門由外頭緊鎖，四周沒有任何聲音，寂靜得不像是有人居住的樣子。

蔣夢瑤對身後護衛使了個眼色，幾名護衛就衝到門前，正要將鎖劈開踹門，卻聽身後傳來一道聲如洪鐘的喊叫。

「誰敢在此放肆！黃口小兒還不速速散開！」

蔣夢瑤回頭，就見一個五、六十歲的婦人被兩個丫鬟扶著自曲橋上走來，眉眼自有一股狠辣之氣，眼睛大得像是要瞪出來一般，叫人見了就知這老太太不好惹。

蔣夢瑤向戚氏看了一眼，戚氏不動聲色對她點了點頭，蔣夢瑤便知道，這位就是傳說中的狠角色平安郡主了！

眾人讓到一邊，可見這位囂張一輩子的太夫人在府中積威甚重，大家雖然都擺在面上不喜歡她，但看見她時卻都畏縮地往後退去。

閻氏也知不妙，低著頭不敢說話，但她如今算是戚家娘家勢力最大的人，倒也不像其他人那般懼怕，只是有些尷尬罷了。

平安郡主韋氏冷著臉，經過眾人，來到蔣夢瑤面前。蔣夢瑤掛上一貫的笑容，卻是站著不動。

雲氏上前跟韋氏附耳說了幾句，韋氏掃了一眼站在一旁隨時準備撲上來保護女兒的戚氏，冷笑道：「我道是誰，原來是妳，我說過妳今生今世都別想再回來這個地方！」

戚氏面無表情看著她，說：「我為什麼不能回來？這裡是我爹的家，是我娘的家，妳一個鳩占鵲巢的填房憑什麼不讓我回來？」

韋氏的臉色更冷了一些，說：「我就不讓了，又如何？給我滾！滾出戚家的大門，再不許妳回來！」

戚氏同樣回以冷笑，以不遜於韋氏的聲音說：「我也再說一遍，妳沒資格叫我滾！這裡是我爹娘的家，是我的家，妳管誰也管不到我，我不回來便罷，我若要回來，誰又能攔我？」

韋氏揚手就要打戚氏一個巴掌，卻被蔣夢瑤一手格開了，將戚氏護到身後，對韋氏笑道：「平安郡主好大的脾氣啊！都這一大把年紀了，火氣還這麼大，小心晚上睡覺時中風，那可就害人害己了；家人想把妳扔了，又怕被旁人戳脊梁骨，可不扔，妳生活既不能自理又忒討厭，可讓人左右為難，是不是？」

蔣夢瑤的一番話在眾人中引起反響，大家都在心中號叫，已經有多少年沒有人敢這麼對戚家太夫人說話了，要知道，戚家太夫人的娘家雖然敗落了些，可是當年郡王死前，還留了不少親兵給韋氏。

韋氏氣得眼睛都快掉出來般，她眼睛原本就大得過分，現在就更加不像個人，看著就叫人覺得恐怖，難為蔣夢瑤還敢與她對視，並能維持淡定的微笑。

「妳就是這小賤人的賤種？好利的嘴！敢不敢進前一步，我撕了妳的嘴，妳信不信？」

蔣夢瑤果真進前一步，說：「我進了，妳撕吧！」

韋氏的牙關咬得旁人都能聽見她嘴裡咯吱咯吱的聲音，蔣夢瑤卻毫無自覺，又繼續說：「現在就給我寫個牒子送去宮裡，就說平安郡主辱罵祁王妃，說祁王妃是賤種，那就是連祁王一起罵了，罵了祁王就等於是罵了太子、罵了聖上，這可如何得了？一個深受皇恩的郡主，吃著皇家的糧草，卻對皇家之人口出謾罵，這與世間所說的禽獸又有何分別？禽獸尚且能夠知恩圖報，這麼看來，這位平安郡主豈不是連禽獸都不如？告，必須告！這樣禽獸不如的人若還繼續養著，再過幾年，豈不是要掀了皇城根柢、造反作亂了吧。」

蔣夢瑤的這番言論聽得戚氏和張家寡婦皆抿嘴笑著，張家寡婦接過了話頭，恭謹地說：「是，奴婢回去之後，立刻就替王妃寫摺子呈上去，必不能叫此等禽獸不如之人玷污了皇家的名聲。」

韋氏已經被氣得面紅耳赤，她年少時就是在成安郡王的寵溺之下長大的，向來要風得風、要雨得雨，就算看上了個有婦之夫，她照樣能把原配打死，自行婚配的厲害角色。成安郡王在的時候，旁人不敢惹她，事事都順著她，成安郡王死後，大家對她也已經產生了習慣性懼怕，再掀不起什麼大浪了。

如今這個看來不過十幾歲的小女娃竟然敢這樣當著她的面與她這般惡言相向，縱然她知道這丫頭的身分，卻還是忍不住想動手教訓她，就像她從前無數次教訓身邊的人一般，哪一個不是被她教訓得服服帖帖？

「來人啊！把這個滿嘴胡言亂語的臭丫頭抓起來！我要進宮面聖，我要在聖上面前告她這目無尊長的混帳丫頭！」

戚家的人面面相覷，自是都不敢對蔣夢瑤動手。又不是吃飽了撐著，有眼睛的人都能看出，如今到底是誰更得勢一些。

蔣夢瑤是現任的祁王妃，祁王是誰？是皇上最寵愛的兒子啊！而韋氏呢？縱然當年成安郡王在世，面對祁王妃也不敢這般放肆，更何況如今成安郡王早已作古，如今大家仍稱她為平安郡主，就是看在僅有的天家顏面上了，蔣夢瑤如今卻是實打實的天家媳婦，這一比對，誰還敢動手？

蔣夢瑤收斂起笑容，正色與韋氏對望，眼中早已有了殺氣，高博曾經說過，認真起來的蔣夢瑤很可怕，有一股叫人不得不臣服的氣勢。

韋氏也覺得這丫頭突然變臉了，周身的氣勢全都變了，心頭一緊，手心裡也開始冒汗，可是強勢了一輩子的她，是真的不知道如何低頭，想著若真是鬧大，最多去郡王府請出先帝賜的丹書劵，用先帝的旨意說話就行了。

這麼一想，心裡也多了幾分底氣。

卻見蔣夢瑤步步緊逼，說：「郡主說得好奇怪，我如何目無尊長了？在場眾人之中，我沒瞧在眼裡的只有郡主妳一個人，可妳是我的尊長嗎？不好意思，妳只是我外祖納的一個填房，我的外祖母才是我的尊長，可惜她已經死了，我想不尊重都難了。試問，我只是不尊重了一個非親非故的死老太婆，如何就是目無尊長了呢？」

韋氏被她氣得直後退，蔣夢瑤分毫不讓。

「我今日是來見我外祖父，妳這個非親非故的老太婆為何阻攔？妳身為填房，卻鳩占鵲巢，將主人家關在這偏僻小院中，難道是想侵吞主人家的家產，霸占他家良田獨自享樂？妳身為填房，不知敬愛丈夫，又犯口舌，這便是七出之一了，我外祖父直接將妳休棄再娶也沒什麼，妳卻仍在這兒不知悔改，當真是秋後的螞蚱，蹦躂不了幾天了吧。妳善妒，打死主母，又是一出；妳這德行自然也是不順父母，又是一出；七出之中妳就犯了三出，休妳三、四回都綽綽有餘了，妳還有什麼要說的嗎？」

韋氏被蔣夢瑤逼得步步後退，臉色一陣紅一陣白，卻在蔣夢瑤口若懸河之下硬生生插不上嘴。

蔣夢瑤終於停下了話，韋氏已經達到不能用言語形容的憤怒了，一個箭步就撲向蔣夢瑤。

眼看韋氏就要撲上她，眾人提著一口氣看得發愣，戚氏和張家寡婦也嚇了一跳，可是蔣夢瑤逼著韋氏步步後退，已經離她們好幾步了，現在他們就算上前救人也已來不及了。

誰知道，韋氏還沒撲到蔣夢瑤身前兩尺，就被蔣夢瑤抬腳踹在胸前，往後躺倒而下……

這一變故又是讓人始料未及的。

他們沒有想到韋氏會撲過去和蔣夢瑤肉搏，更沒想到蔣夢瑤竟然抬腳踹了韋氏……這要是一般的婦人，面對的即便不是尊長的老人家，也多少存有幾分同情心。

可是同情心這種東西，蔣夢瑤似乎一點都不想用在韋氏這個女人身上。

踹妳沒商量，誰讓妳撲過來的，老娘就是這麼踹野狗的好不好？

韋氏身後的兩個丫鬟要去扶她，卻被蔣夢瑤的一記眼刀嚇住了，兩個丫鬟對視了一眼，最終還是決定往後退了兩步。

蔣夢瑤走到韋氏身前，笑靨如花地蹲了下來，替韋氏拂了拂胸前的腳印，用十分和氣的語氣對韋氏說：「這位非親非故的老太婆，我就想問妳，到底是什麼勇氣支撐著妳敢對我動手？妳是有人？還是有權？」

說到這裡，蔣夢瑤又冷下了臉，湊近了臉都皺在一起的韋氏面前，壓低了聲音說：「妳囂張的時代早就已經過去了，不管妳接不接受，那個時代也離妳遠去了，現在是我囂張的時代，妳記好了。快些站起來，我就讓妳看看，我這個時代是怎麼囂張的。」

蔣夢瑤站起身，對遠離戰圈的兩個丫鬟打了個響指，說：「把妳家太夫人扶起來吧。」

兩個丫鬟上前之後，蔣夢瑤又突然對她身後的人說：「去給我把這院子的圍牆拆了！原想好好地自門而入，既然人家不讓，那就把牆給我拆了！恭迎老太爺回府！」

蔣夢瑤今天帶的人，都是從前與她在關外相處過的親兵，對這位王妃，大家可都是打從心裡佩服的，如今被她點來戚家，又親眼見識他們王妃照舊驚人的戰鬥力，無不對她心服，聽她命令一出，十幾個人便領命而上；他們都是受過訓練的，別說是推倒一面不算結實的牆壁，就算軍令要他們移開一座山，他們也要祖祖輩輩都堅持完成使命。

當即找了鐵錘，一下一下，將這沛園的外牆一點點敲碎，放眼整個戚家，竟沒有一人敢上前阻攔。

這是為什麼呢？

當然是因為他們家戰鬥力最強的那個人，已經被人一腳給放倒了！

韋氏的存在，對戚家老小而言，那就是懸樑鋼刀般的存在，府裡就沒有人不怕她；所以，韋氏都倒了，其他人……

呵呵，拆就拆吧，反正他們也阻止不了。

韋氏被兩個丫鬟扶著站了起來，看見蔣夢瑤的人果真不遺餘力地在拆除面前的圍牆，不禁又怒氣攻心，卻是不敢再上前搏鬥了，改用言語進行「斯文」攻擊。

「妳、妳、妳欺人太甚！我要上書，我要告到皇上跟前去！妳給我等著！」

蔣夢瑤冷笑一聲。

「去吧，准了。」

一個被寵壞的潑婦，她還真沒放在眼裡，別說她進不進得去皇宮，就算進去了，還有高博在駕前擋著，她有什麼好怕的。

拆的就是妳家的牆！妳想怎樣？

眼看著沛園的外牆被一點點敲碎，韋氏在一旁大叫。

「妳這個臭丫頭，妳今日敢帶人來拆我戚家的牆，仗勢欺人，我必叫妳惡有惡報！」

蔣夢瑤轉過頭來看著她，又看了一眼戚氏，兩人皆冷哼一聲，蔣夢瑤說：「仗勢欺人？惡有惡報？妳這是土匪告官府劫道啊，再說了，這院子是我外祖父的院子，妳也知道這裡姓戚，我倒要把外牆打破，叫我外祖父來罵一罵我！」

說話的工夫，沛園的外牆就被敲碎了大半，為首護衛前來向蔣夢瑤請命。

「王妃，牆已破，可以入人，剩下的……」

蔣夢瑤眼都不眨一下，說：「還剩下做什麼，全破！」

「是。」

護衛領命而去，再敲半刻，整個沛園外牆盡數坍塌，只留下一扇門扉，還可笑地用鎖鎖住，戚氏走到外牆邊向裡觀望，頓時鼻頭發酸，眼中的淚不自覺流了下來。

眾人上前，皆看見沛園之中，一株參天老槐樹下以鐵鍊拴著個衣衫破爛的老人，老人瘦骨嶙峋，白髮蒼蒼，眉宇間抑鬱消沈，目光有些呆滯地看著前方，他人就在院中，可是院中外牆倒塌於他似乎都無任何影響，他就那麼不閃不避地坐著，懷裡抱著一個破爛的枕頭，枕頭裡面的麥麩已經露出，顯然是年代久遠了。

這個人自然就是蔣夢瑤的外祖父——戚昀了。

當年的才子晚年竟落得如此下場，淒涼悲慘，這樣的光景是他們在沛園外面時所不能想見的。

戚氏幾乎崩潰，大喊著衝進廢墟。「爹——」

隨著戚氏的一聲喊叫，幾個戚家的人也跟著衝了進去，一起喊道。

一時間紛亂不堪，戚昀很快被眾人包圍，卻依舊沒什麼反應，戚家大郎戚峰撲在戚昀的腳前哭得最凶，抱著戚昀的雙腿直說自己沒用，說自己對不起爹爹……

戚氏在戚昀面前呼喚。

「爹，爹，我是阿柔啊，我是阿柔！我是阿柔啊，爹，你看看我……看看我啊。」

戚昀在聽見「阿柔」這個名字時，動了動，呆滯的目光才回過神來，看向了戚氏，像是仔細辨認之後，才微微牽了牽嘴角，然後又低頭看著自己手中的枕頭，將臉貼到枕頭上。

戚氏認得這個枕頭，是她娘容氏的，在她小時候，戚昀就告訴過她，這沛園便是她娘死之前與爹爹共住的地方，如今物是人非，曾經的花前月下、良辰美景已是過眼雲煙，飛速逝去，只留下滿目瘡痍，斷腸人傷。

對這樣的戚昀，戚氏覺得十分不敢相信，說：「爹，你這是怎麼了？這些年你不是時常與我通信嗎？如今只是兩個月未通信，為何你就突然變成這樣？」

戚峰擦了眼淚，對戚氏說：「長姊啊，爹爹這些年寄給妳的信，都是我替他寄的，他被關在這裡之前，就寫好了這幾年要與妳來往的信件，叫我每個月都偷偷地送去給妳，就是為了讓妳放心；可是到兩個月前，爹爹交給我的信，已經全都寄完了，我又不敢模仿他的筆跡寫給妳……」

戚氏跌坐在地上，難以置信地看著戚峰，傷心欲絕地落下了眼淚，然後才直起身子，揚手就給了戚峰一個重重的巴掌，揪心地說：「你既早就知道爹爹被軟禁在此，為何你不早告訴我？為何你不救他出來？你們與我是同父異母，你們的母親如此惡待父親，你們這麼多子女竟無一人敢站出來與之對抗嗎？眼睜睜看著老父受如此惡待，你們的心當真是石頭做的嗎？」
戚峰被戚氏打了個耳光，非但不生氣，反而跪在她面前，一個巴掌接著一個巴掌的自己搧，悔不當初。
「我不是人！我不是人啊！我枉為人子，我不配活在這個世上；但是長姊啊，這些年府裡兄弟都沒有再見過父親一面，只知他被母親關在沛園，總想著母親是愛父親的，不至於對父親苛待，是我們糊塗，是我們錯了！妳打死我，我也沒話說的啊，是我沒用！我沒用啊！」
戚峰說著就要往戚昀身後的老槐樹上撞去，被身後的戚家兄弟拉住，二郎戚芹來說：
「長姊，這些年咱們根本連爹爹的面都見不到，她說了，我們只要敢過那曲橋一步，就是與她作對。她手裡有幾十個兵，只要有人靠近曲橋，就會被那些人拉去毒打，大哥這些年總想偷偷去看看父親，被打得最多，妳看他臉頰上那道疤，還有手背上的，都是被她的人打的。她……她不僅沒把父親當人，連我們這些子女，她都沒有當人對待啊；父親被關之前還好，我們自當有父親照應著，可是父親被關了之後，我們就連後院都不敢進，如何知道她竟對父親這般惡毒啊。」
戚氏已經泣不成聲了。
戚家兒子、媳婦全都跪了一圈，也是哭哭啼啼的。
韋氏在牆外喊道：「一幫吃裡扒外的混蛋，我拚死拚活養活你們這一大家子，你們非但不感激我，還這般倒打一耙，我只恨當年把你們生下來，沒有當場掐死你們，才害得我如今這步田地。你們果真是戚昀的種！我這麼愛他，為他生兒育女，為他操持家務，對他千般好他都不放在眼裡，只記得那個早已死絕的女人，我若不把他關到醒悟，他只當我韋家沒人，好欺負我了！」

戚峰從地上站起來，指著韋氏說：「妳閉嘴！妳怎麼還敢說是爹爹欺負妳？妳對我們可有盡過妻子和母親的責任，妳可曾對我們有半點愛護？這麼多年，我們有誰沒受過妳的打罵？妳若是待父親好也就罷了，可是妳竟這般狠心，還敢口口聲聲地說自己愛他，妳這是愛嗎？縱然妳是我們親母，可是，整個府裡，誰不知道妳這些孩子都是怎麼來的？他們都在戳脊梁骨說妳是賤婦啊！就妳一個人不知道罷了！」

韋氏氣得跺腳。

「孽子！你胡說八道什麼東西！來人啊，來人啊，把他們都給我關起來，把他們都關起來！」

韋氏的人在四周觀望著，就是沒人上前，戚峰他們用鐵錘把鎖住戚昀的鎖鍊砸壞了，解開鍊子，將戚昀扶了起來，戚昀誰都不要，就抓著戚氏的袖子不放。

戚氏忍著淚，扶著戚昀走出了沛園，瞪著韋氏，恨不得把她的肉一口一口全咬下來。

戚氏沒有動手，韋氏就自己忍不住了，衝上去要把戚昀留下，可是她的手還沒碰到戚昀，就覺得髮髻一緊，整個人就被拖倒在地上，還沒呼喊只覺得眼前一閃。

蔣夢瑤的拳頭就要落在韋氏的臉上，卻被戚氏喊住了。
「阿夢住手！」
蔣夢瑤收了手，看著戚氏，說：「娘，這麼可惡的女人，幹麼不打？」
戚氏恨恨地看了一眼臉色煞白的韋氏，說：「她是該死，不過妳卻不能打她。她深受皇命，若是妳打了，將來若是被人告了，反倒成了她有理，這件事我們自不會善罷甘休，在那之前，打她有何意義？」
蔣夢瑤站直了身子，居高臨下看著用胳膊擋在臉前面的韋氏，輕蔑一笑，說：「原來妳也有怕的時候。放心吧，我今天不打妳。」
蔣夢瑤說著就走了兩步，隨戚氏領著戚昀走到戚府門口，叫張家寡婦幫著戚氏把戚昀扶上轎子帶回國公府，蔣夢瑤卻是不上轎子，等戚氏他們都上去之後，才對汪梓恒低聲吩咐了幾句，汪梓恒便帶著護衛們又闖入宅子裡。
蔣夢瑤對送他們出來的閻氏招了招手，閻氏慌忙過去，蔣夢瑤低聲與她說：「那個老太婆這般惡毒，但凡有點血性之人是不是都想揍她？機會我給妳了，若是能如我的願，那今後戚家便算是跟著我娘了，我娘雖無誥命在身，可是她手裡捏著的是安京的經濟命脈，妳自己想清楚了，是願意繼續跟那個無恥的老太婆過暗無天日的悲慘日子，還是跟著我娘和我過好日子？」
閻氏看著蔣夢瑤，自然是明白蔣夢瑤的意思，卻還有些猶豫，要說她不想抓住這次機會是騙人的，韋氏不管從哪個方面說，都比不上蔣夢瑤這條大腿來得粗壯，從前尚如此，何況今日？

可是，閻氏懼怕的是韋氏身邊那幾十個成安郡王留下來的護院打手，一時不能做決定，說：「王妃的意思我明白，可是那老太婆身邊……」

閻氏的話還沒說完，就見汪梓恒領著護衛，從府內押了三十多個灰頭土臉的漢子，都是從前幫著韋氏整治戚家的那些打手。

蔣夢瑤看著閻氏但笑不語，閻氏的臉上露出驚喜，然後才果斷地對她說：「王妃請放心，這裡交給我們動手就好。您出手，恐會叫人詬病，但若由我們這些兒孫動手，外人看來也不過就是我們戚家的家務事，與他人無關。」

蔣夢瑤對閻氏滿意地笑了，然後才坐上轎子，一行人如來時那般，排場十足地離開了戚府。

呵呵，她不能動手打她，可也沒說，旁人不能動手打呀！

蔣夢瑤離開之後，閻氏就轉身對跟著她出來的戚家兄弟姊妹們說：「母親德行有失，叫人不恥，孝字雖大，可也抵不住天下悠悠眾口，但凡還有血性的，就隨我入內教訓那失德之婦，重振我戚家門風；若是沒有血性的，那就繼續活在旁人的鼻息之下，永生永世做一個不敢出頭的鼠輩。她已經失去了供她張牙舞爪的毒牙，咱們這麼多人，難道還怕一個半百老嫗不成？隨我入內！」

戚家眾人面面相覷，有幾個還有些畏縮，可是更多的是追隨閻氏而去的人，眼看兄弟姊妹們走得差不多了，那幾個猶豫的人也趕忙跟了上去，一行人喊打喊殺地入內，閻氏率先揪住韋氏的髮髻，把剛剛站起來的她又拖倒在地，戚家子孫一人一腳，一人一拳，打得韋氏哀號不斷，罵天罵地，呼喊不應！

第三十五章

回到國公府之後，戚氏就帶著戚昀去客房休息，蔣夢瑤在門外看了一會兒她這個從未見過面的外祖父，除了為他感到可憐可悲倒也沒有太多情緒，畢竟沒有相處過，可是戚氏就不一樣了，哭得像是淚人一樣，像個孩子似地撲入了戚昀懷裡。

戚昀就那麼坐著，撫摸著女兒的頭髮，滿臉的疲憊。

蔣夢瑤嘆了口氣，不忍打擾他們父女重逢，就離開了這裡，回到院子，看見蔣源正急急走入。

見著蔣夢瑤，蔣源就迫不及待地問道：「怎麼樣？妳外祖父沒事吧。」

蔣夢瑤呼出一口氣，說：「只能說沒死，被軟禁了好幾年，整個人都有點糊塗了。娘正在那裡陪他，爹要去的話，還是過一會兒吧。」

蔣源也覺得十分不好受，點點頭，同意了。

「知道了，我晚點再去看他。」

蔣夢瑤看著他，問道：「爹，我今天動手打了那個女人，你說她會不會告上朝廷？」

蔣源並未對這件事有多大的驚訝，只是愣了愣，然後就說：「告就告吧，咱們家如今還怕她不成？妳外祖父今後怕是要常住這兒了，那個女人若是敢以此騷擾，也別對她客氣。」

蔣夢瑤勾住了蔣源的胳膊，嘿嘿一笑，說：「好，有爹這句話我就放心了。你是不知道，我讓人把關外祖父的地方拆掉之後，在廢墟裡看見他的第一眼有多震撼，就連我這個從未見過外祖父、對外祖父並無太多親情的人都想立刻撕了那個女人，我真不知道這個世上怎會有這樣蠻橫惡毒的女人，對待她口口聲聲說是愛的丈夫都可以如此虐待，可想而知她是怎麼對其他人了。」

蔣源看著蔣夢瑤嘆了口氣，說：「那個女人對妳外祖父哪裡是愛呀，那分明就是近乎病態的占有，她不允許她的男人心裡想著別的女人，她要那個男人一言一行都按照她的想法去做、去說，可這世上哪有這樣聽她話的傀儡呢？我原以為，這麼些年她也該想通這個道理了，沒想到……」

父女倆都大大搖頭，不願再去深想那個女人的內心到底有多噁心。

戚氏忙了大半天，終於把戚昀打理乾淨，服侍他吃了東西，等他睡下了才肯回到院子裡。

蔣夢瑤和高博在下棋，蔣源在看書，見戚氏走入，蔣源就放下書本，迎上去問道：「岳父大人如何？大夫怎麼說的？」

戚氏勉強彎了彎唇，說：「大夫說我爹長期心結抑鬱，身體耗損嚴重，若不是救得及時，再過段時間，怕就藥石罔效了。」

蔣源點點頭，說：「今後就讓岳父在咱們這裡靜養吧，咱們這兒人手多，藥也齊全，妳照應起來也方便。」

戚氏感激地看著蔣源，眼淚又忍不住掉了下來，卻仍不放心。

「可爹總是在我們這兒也不是辦法，那個女人……」

蔣夢瑤在棋盤上落下一子，對戚氏說：「娘，那個女人妳就別費心了，高博說交給他就好。是不是，高博？」

高博抬頭看了她一眼，唇角勾起笑容，朗聲對戚氏說：「是啊，娘，平安郡主的事我一力擔了，您只需將外祖父照顧調理好就行了，放心吧。」

戚氏得到一家人的支持，此時流下的淚水都是欣慰高興的，蔣夢瑤見她娘終於放心了，這才把心思放在棋盤上，對高博說：「怎麼樣？下了沒？我剛剛那一招……」

蔣夢瑤誇讚自己「厲害」的話還沒說完，就被高博給打斷了。「被破了，唉，又失了半壁江山，還有繼續的必要嗎？」

蔣夢瑤整個人幾乎都想撲到棋盤上了，哀號出聲。「不是吧，又輸了？不算、不算，你……你趁我不備！往後退一步，呃，不是，退兩步。」

原來高博剛才說話時的笑容是這個意思，太壞了。

高博不想理會這個輸了就耍賴的女人，站起來就想走，卻被蔣夢瑤拉著不讓，非要他退兩步，高博不肯，蔣夢瑤就不讓他走，小倆口在棋桌旁鬧了好一會兒，差點打起來，高博才勉強陪這個不知道「落棋無悔」是什麼意思的妻子繼續玩下去。

第二日上朝，待眾臣皆啟奏過當日重要國事之後，御史大夫秦簡也步出行列。

百官震驚地看著秦簡，一般御史出列，那就是要參誰！百官擔憂地看著御史大夫的背影。

「臣有本奏。前日成安郡王的長女平安郡主在家遇險，說有人強入她府邸拆牆打人，成安郡王乃先帝所親封的郡王，曾幾度救先帝於危難；平安郡主身為郡王之女，在郡王故去之後，依然享有郡主之銜，在家無端遭難，實乃我朝律法之恥。郡主原想請出先帝所賜丹書券入宮親自面聖，可郡主年事已高，遭此大難，一時難以出府，特請臣代為啟奏，以盡御史之責。」

皇上居高臨下說：「何人這般大膽，敢去郡主家中行橫？」

秦簡目不斜視地盯著自己手中的奏本，直言不諱道：「平安郡主所告之人，便是當今祁王殿下之正妃蔣氏。」

朝堂中一片譁然。

皇上也抬起了頭，看了一眼並無異色的高博，深吸一口氣，不確定地問道：「誰？」

「祁王正妃蔣氏。」

秦簡是御史大夫，做的就是諫言的工作，這朝中官員十有八、九都被他參過，他也算是參人中的戰鬥機了，所以，儘管這一次所參之人勢力強大，但他依然無懼無畏，勇敢地說了出來。
皇上沈默了片刻，然後轉向高博，問道：「祁王，可有此事？」
高博上前一步，面色凜然。
「啟稟父皇，確有此事。」
眾人再次譁然。你要不要承認得這麼爽快、這麼正直啊？人家現在在告你妻子，你連替你妻子稍稍爭辯一下的衝動都沒有嗎？
只聽高博又道：「不過秦御史說錯了一點，這件事不是王妃蔣氏胡作非為，而是本王的主意，御史下回要參本王的王妃，當可直接參本王就好。」
堂中又是一陣寂靜。
秦簡也被震撼了，狡辯道：「啟稟王爺，下官只是就事論事，並沒有針對王爺的意思。」
高博繼續面無表情。
「本王也沒有說你是針對本王，本王也是就事論事。」
秦簡突然有一種打在棉花上的感覺。
皇上從帝位上站起來，宣佈退朝，並把秦簡和高博一同傳喚去了御書房。
御書房中，皇上從龍案後頭負手踱步而出，看了看表情如常的高博，又看了一眼態度恭謹的秦簡，然後對秦簡說：「到底怎麼回事？你弄明白了嗎？就在這裡參告？」

秦簡額上淌下一滴汗，鎮定地說：「是，臣手中還有平安郡主親自寫的狀紙，臣給陛下唸一唸……」

皇上不耐地揮手。

「唸什麼唸？你直接說吧。」

秦簡領命。

「是。事情是這個樣子的……」

深知陛下沒什麼耐性，所以秦簡就把平安郡主狀紙裡面的內容簡述之，其中不乏一個老太太無端在家裡受到歹人欺負的憤怒與辛酸，並希望朝廷不要因為她是功臣遺孤就不重視等心情陳述。

高博在旁聽著，一句話都沒有說。

在平安郡主的話裡，完全就把蔣夢瑤描述成一個闖空門的強盜，不僅打她的人、搶她的老公，還砸了他們家一片古老的院牆……把祁王妃那種囂張跋扈的形象描述得栩栩如生。

秦簡說完之後，又對皇上跪下，說：「陛下，平安郡主是老臣遺孤，若是在這件事上不給她一個滿意的交代，只怕會影響士氣，說陛下苛待遺孤，試問這般下去，還有誰願意給皇家效力，願意在戰場上拚殺呢？拚到最後，就連家族都保不住，這可如何是好啊！」

皇上嘆了口氣，盯著高博好一會兒，然後才開口說：「遺孤的情緒當然要顧！姑且不說祁王妃打人、搶人一事，單說她砸了人家的牆這一件就很不應該。」

秦簡點頭如搗蒜。

「是，陛下英明。此等惡事若然姑息，那今後文武百官都不敢在府內安睡，因為隨時都可能會有人闖入他們家，砸了他們家的牆壁啊。」

皇上抬眼看了看極力諫言的秦簡，這個人在高博沒被貶出關之前，就總是參告高博各種異行，如今高博回來了，他依舊不改其態度，繼續參告，也算是專一長情了。

鑑於有這樣一個衷心的臣子，皇上也決定要將一碗水端平，說：「秦愛卿言之有理。祁王，你怎麼看？」

高博又看了一眼秦簡，唇角勾笑，說：「全聽父皇發落。」

皇上點點頭，說：「祁王妃行為囂張，理應受罰，胡泉，去把工程司的李玉找來。」

大內總管胡泉領命而去，秦簡丈二金剛摸不著頭腦，因李玉專司宮廷建築之事，他們在說祁王妃行為囂張的事，找工程司的來幹什麼？

不一會兒，李玉就跪著進來了。

皇上對他一番說，李玉拿著算盤就趴在地上噼哩啪啦地算了起來，良久後才抬頭道：「啟稟皇上，以一般宅院的外牆而言，大約為十丈，如今的磚石一文錢能買五塊，造就一片十丈寬的外牆最多需要兩千塊磚，也就是四兩銀子，再加上石膏和人工，這麼算下來大概需要十二兩。」

高瑾點頭，揮手叫李玉退了下去，將秦簡和高博招來身前，說：「祁王妃無故砸了平安郡主家的牆，實屬不該，朕就罰她按照市價的兩倍賠償給平安郡主，也就是二十四兩。祁王，你可有不服？」

秦簡傻眼。這還有什麼不服的？包庇護短都已經寫在臉上了好不好！

原以為可以藉此告祁王一本，沒想到被皇上四兩撥千斤就這麼給撥了回去。祁王果然是聖上的真愛。

高博神色如常地點點頭，說：「是，兒臣替內子領罰。為表誠心，兒臣願將賠償金額提為整數，就是二十五兩，回去就命人送去戚家給平安郡主。」

難得皇上還一臉讚賞，那臉上明白地說著——哎呀，果真是朕的好兒子，太大方了。

秦簡已經癡呆了，包庇的遇上了不要臉的，這什麼世道！

皇上一句「補償」，平安郡主家牆被拆一事就這麼結了。

至於平安郡主被打這件事，皇上事後也對當時的情況進行調查，發現平安郡主不是被祁王妃打得幾乎半身不遂，而是戚家人自己打的，雖然打的原因尚不明確，但至少確定與祁王妃沒有關係。

所以，當高博派汪梓恒用紅色的絨布托盤，送了二十五兩銀子到戚家，並且很體貼地送到被打成豬頭的平安郡主的床前時，又一次成功地將平安郡主給氣暈了過去。

蔣夢瑤和高博在國公府裡住了十多天之後，就要正式搬回王府居住了。

在那之前，蔣夢瑤去拜訪了一下久違的寧氏。寧氏早就知道她回來了，但是料想這丫頭初歸幾日定是忙得很，便沒有去國公府找她，如今等到蔣夢瑤親自上門，寧氏已經是左手抱著一個，右手牽著一個，背上還揹著一個，正帶著孩子們玩呢。

蔣夢瑤去到天策府後，寧氏也捨不得把手上的孩子放下來，蔣夢瑤給他們帶了好吃的甜品，幾個孩子就圍著桌子吃了起來。

張氏從裡頭走出來，圓圓的肚子讓蔣夢瑤吃驚不小。

「步家嬸嬸，我走前妳挺著肚子，我回來了妳還挺著肚子，當真是要憑妳一人之力振興步家嘛！」

張氏沒了初成親時的靦覥，說話也豪放起來。

「這有什麼呀！我能生就給他多生幾個，家裡的事都是奶奶在操持，我就生生孩子，可輕鬆了。」

寧氏也對這個孫媳婦滿意得不得了，對張氏連連誇獎。

「我們步家不知是上輩子積了什麼德，竟然娶了鶯歌兒這樣的好媳婦回來，現在妳步叔叔也回來了，不管怎麼樣，也打了兩回勝仗，這些都是托妳爹爹的福氣，回頭替我謝謝他。我這把老骨頭總不會忘了，是他把我們步家的獨苗帶去戰場，讓他真正做了一回男子漢，如今娶了這麼一房好媳婦，給我生了這麼多小毛頭出來，我此生也是無憾了。」

張氏果真被寧氏調養得豐腴，這臉上都有了雙下巴，看著肉感十足，頗有些性感，只見她對寧氏說：「奶奶，您說什麼無憾不無憾的，咱們的好日子才剛開始呢。」

寧氏高興極了，自從家裡多了幾個調皮搗蛋的孩子，寧氏臉上的笑容那是一天比一天多，做起事來也是渾身使不完的勁兒，越活越年輕說的就是她這樣的狀態吧。

蔣夢瑤探望了師奶，見師奶過得開心，心裡也十分高興。

寧氏問起了虎妞，畢竟虎妞才是她真正的徒弟，蔣夢瑤便如實與寧氏說了，寧氏倒沒覺得太奇怪，只說：「我原就覺得那孩子不簡單，如今看來我是猜對了。她走便走了吧，憑她那一身的功夫，咱們不負她，旁人也傷不了她。」

蔣夢瑤點頭說：「只求她自己回火雲城，看到我給她留的書信自己回來就好了。」

寧氏卻搖頭。

「未必能回，人和人終有離別時，聚時高興，離時也別傷感，只求盡興罷了。」

寧氏說著這一番高深的話，就連蔣夢瑤也不是很瞭解了。

在天策府用過一頓飯，蔣夢瑤下午才回了國公府。

翌日一早，汪梓恒就帶著一大批車隊前來迎接王爺、王妃回府了。

幾日後，一頂藍頂素淨的小轎停在祁王府門前，閻氏從轎子裡走出，步上了門前臺階，門房似乎已經收到通傳，只問了她姓名，便有僕婢上前領路，穿過秋意甚濃的花園，去到了滄瀾苑。

蔣夢瑤正在院子裡修剪一盆花草，旁邊四個丫鬟手中皆拿著一只托盤，放著蔣夢瑤修剪用的工具，與她修剪下來的花枝。

閻氏被帶到之後，蔣夢瑤就回身叫幾個丫鬟退下，把閻氏帶到花園中心的亭子裡。

閻氏對她行了禮，蔣夢瑤揮揮手，叫她坐下，這才問道：「那日之後，戚家情勢如何？」

閻氏立時答道：「自那日之後，太夫人就一病不起了，倒也不是什麼大病，就是受了一番皮肉之苦後，內外夾擊，五內有了火無處宣洩，這才成疾。不過這一回是真的壓制住她了，原本她受辱之後，便拖著病軀寫了狀紙，由雲表嬸幫著遞交給御史臺，幸好王妃吉人天相，聖上英明，才未叫那老婦的奸計得逞。」

蔣夢瑤抿嘴一笑，說：「她是個一輩子都活在自己世界裡的女人，自私又偏叫人惡寵成那般無法無天的模樣，目中無人到她那般境界，也是世間少有的。」

「是，王妃說得是，那惡婦如今遭了惡報，真大快人心。戚家雖多是她的兒孫，對她卻都是恨至骨裡的，上回王妃是沒瞧見，眾人對她……那般樣子，親生的幾個雖未動手，可是我們妯娌幾個可是人人都動手了，親生的幾個也無一人上前阻攔，我們這些外姓人，又如何會手下留情呢？」偷偷地湊到了蔣夢瑤耳邊，閻氏說：「五、六十歲的年紀，兩條腿都折了，肋骨也斷了一根，牙齒更是掉了七、八顆，今後怕是再站不起來了。」

蔣夢瑤垂目聽著閻氏的表功，嘴角泛出笑容，目光讚賞地看著閻氏。閻氏也是個聰明人，說完了這些之後，也就沒再刻意渲染什麼，因為她知道，對蔣夢瑤來說，並不在乎那個過程如何，她只在乎最後是什麼結果，直接告訴她結果，比吹噓過程要有用得多。

閻氏自是想在蔣夢瑤這裡謀一份差事，而這個想法也是閻氏經過深思熟慮的，因為她家也是前朝之臣，如今天下換了主，縱然有善待前朝功臣的條例在，可是這樣一日日破敗的門庭又能維持多久？成安郡王府就是一個很好的例子，在成安郡王死後，曾經風光的郡王府變成如今這副落魄相，若是她再不為自己、不為家人考慮，將來等到她的娘家也沒落了，那一切可就來不及了。

眼下蔣夢瑤就是她最好的去處，她倒不是看在當今聖上對祁王有多麼偏寵，而是看上蔣夢瑤這個人值得跟隨。當年祁王被褫奪封號，貶去了關外，所有人都說祁王這輩子回不了安京、會死在關外云云，可是就在那樣的傳言之中，蔣夢瑤仍舊選擇跟隨祁王一同出關，這分勇敢的情義就足以說明，她是一個值得託付的人，這樣的人只要你一心一意跟隨，那麼她有什麼好處，必定不會少了你。對親者親，對仇者厲，這樣的人才是最好的效忠對象。

蔣夢瑤看了一眼閻氏，閻氏立刻又湊近了她，只聽蔣夢瑤說：「那個女人把我的外祖父害得那樣慘，妳覺得她斷一根肋骨和幾顆牙，就行了？」

閻氏立刻試探問出。

「要不……殺了？」

蔣夢瑤看著閻氏，這個女人眼中流露出一種十分想要表現的勇猛，這正是她此時想要的。她要能做事、有膽色的人，這種膽色足夠支撐她面不改色地說出，殺死夫家作惡多端的太夫人。

蔣夢瑤相信，只要自己此時一點頭，那麼至多明日，韋氏就會「莫名其妙」地死在家裡，對外也只會說是太夫人傷了身子，靜養無效，駕鶴西歸。她相信闔氏有這個本事做得神不知鬼不覺。

在闔氏試探的目光中，蔣夢瑤並沒有點頭，而是搖了搖頭，說：「妳覺得我希望她壽終正寢，一了百了，死後還有香燭供奉，僧侶超度，兒孫哭靈嗎？」

闔氏有些不解。

「那王妃的意思是……」

蔣夢瑤不再賣關子，直接說：「我要她叛離家門，無家可歸，一身病痛，沿街乞討，食不果腹，衣不蔽體，毫無尊嚴，苟且偷生，受盡苦楚之後抑鬱而亡。」

語畢，看著闔氏發愣的表情，蔣夢瑤笑得很燦爛，這就是所謂的一面佛陀一面魔。

闔氏吞嚥了下口水，突然生出一種，自己在與虎添翼的錯覺來；但闔氏也是有想法、有能力的人，只是愣了片刻的神，就反應過來，眼中迸射出冷光來。「我知道了，請王妃放心。」

他們戚家橫豎都是要繼續走下去，而只要有韋氏那個女人在的一天，戚家就永無寧日，既然如此，那就不要怪她心狠手辣了。

蔣顏正又一次帶著勝利歸來，由皇上與太子親自出城相迎，場面盛大。

攻破南疆的大部隊早兩個月前已隨蔣源一同歸來，蔣顏正在戰場上做最後的交接與布防，至今才率親兵歸來。

這一場仗打得著實漂亮，因為蔣源擒賊擒王的壯舉，讓我軍減少三成的傷亡，這份大功，等到蔣顏正回來之後，皇上就正式封賞了。

蔣源當之無愧被封為龍虎禁衛軍統領，龍虎禁衛軍是皇家最後的一道防線，內有三萬禁軍，正式的從二品官，步擎元則頂替了蔣源校尉的官職。

蔣源一下子升了兩級，雖然不是第一個得到這般殊榮與恩寵的臣子，但他絕對是晉升最快的。這其中，與多方的支援脫不了關係。

蔣顏正對這個孫子很滿意，很少舉薦人的他，這一回也免不了在皇上面前多誇獎了他幾句。

皇上想封賞蔣顏正，可是國公已是加一品，封無可封，自然要從他的子孫那兒封賞了，再加上蔣源還是高博的岳父，這多層關係一算下來，皇上又不是傻子，不封他封誰啊。

一時間，蔣國公府大房的名聲傳遍了京裡，從前的廢柴再不復存在，所有的輕視如今都變成了奉承；就像戚氏那樣，從商之初被所有人看不起，可是當她的店鋪越開越多、錢越賺越多之後，曾經的嘲笑留給她的只有驕傲，蔣源亦是如此。

老太君高興極了，原本是想給蔣源辦一場賀宴，卻被蔣源拒絕了，說是無須鋪張，只是叫戚氏記下同僚送來的賀禮，錄入冊子之後，按照禮單一一回禮謝過即可。

戚氏因蔣源的晉升，也第一次受封為誥命夫人，品級隨夫，雖然沒有什麼實權，但是朝廷每月都會對其發放二品官的俸祿，雖然在戚氏面前，朝廷的那點俸祿著實不夠塞牙縫，可是這份殊榮，才是最讓人高興的。

且說自從戚氏被封二品誥命之後，老太君就想將孔氏手中當家主母的權力收回讓戚氏當，幸好戚氏果斷拒絕了，推說自己不懂家務，還是孔家弟妹合適，老太君這才打消了念頭。

蔣夢瑤得知這件事之後，也覺得老太君的想法有點好笑，她憑什麼認為她娘會接受呢？她娘在外面也有一番事業可做，為什麼要困在家裡，替她沒日沒夜地辦家裡的庶務呢？

雖然是有一分叫府裡人尊重的意思，可是就好像一個人擁有一座金山，你用一堆碎銀子來誘惑他，他是肯定不會看在眼裡的；現在的戚氏根本不在乎府裡的人尊不尊重她，她幹麼頂著二品誥命的身分，去給老太君辛苦地賣命呢？

更別說，孔氏日夜操勞這麼些年，也沒換來老太君多少好臉，說奪權就奪權，根本沒有給孔氏任何尊重與臉面，在這樣一個見利忘義的老太婆手底下做事，戚氏真是吃飽了撐著嗎？

而蔣顏正回來之後，蔣國公府就打算辦一場宴席替他接風，不過這場宴席倒沒有宴請往昔親朋，蔣顏正說只要在家裡聚一聚就行了。也許是長年征戰真的有些疲憊，這個年紀的他似乎對家也有了一些依賴。

既然是家裡人團聚，那麼不管是府裡的還是出嫁的，統統都被喊了回來，在主院相聚。這一回，不管是府裡的老爺、少爺們，就連出嫁的女孩，全都攜家帶眷請入了府。

老太君原本以為太子高謙不會前來，畢竟蔣璐瑤是嫁做太子側妃，雖比侍妾要高上一等，但終究不是正室，不過，這一回高謙卻出乎所有人的意料與蔣璐瑤一同回到國公府裡。

高博在前一晚就帶著蔣夢瑤回來了，此時正在大房院中與戚昀下棋，因此太子來時，他並不在場。

吳氏是蔣璐瑤的生母，堪堪承得太子高謙一聲岳母，這些日子她也陰霾夠了，太子攜女兒回來，總算是叫她揚了一回眉，只不過，這回她卻是歇了不少攀比的心，只想看著女兒過得好些，她也就夠了。

太子駕到，蔣家這回的宴席規格可就又得向上提一提了，老太君當即就帶著孔氏、吳氏和戚氏去廚房監督準備，花廳之中有蔣舫、蔣昭帶頭招呼這些小輩。

一觀這許久未見的女兒、女婿，在場眾人多少也看出了些端倪：蔣纖瑤夫婦看起來是貌合神離，李清似乎總是想方設法與蔣纖瑤離得遠些；蔣晴瑤夫婦堪稱琴瑟和鳴，太府卿嫡長子嚴子韜生得周正，謙謙君子、溫文爾雅，對待蔣晴瑤也是和聲細語的溫柔，羨煞了旁人；蔣月瑤的夫君趙俊寧容貌生得還算不錯，可就是通身的痞氣，一看便知是市井混多了，沒什麼才學的樣子，不過，對待蔣月瑤也是不錯，在廳裡轉了一圈，手裡拿了好幾塊精緻的糕點，每樣都沒忘記拿兩份，一份給蔣月瑤送來。

蔣顯文、蔣顯傑、蔣顯泰和蔣顯嘉前幾年也都娶了妻室，蔣顯文是個書呆子，也就只有一個妻子，沒有納妾，但是蔣顯傑他們幾個次房的庶子，倒是三妻四妾未曾停歇，不過今日也只帶了各自的正妻出席。

主院之中，蔣顏正與蔣源坐在一起說話，看見太子和高博來了，兩人也站了起來。高謙和高博對蔣顏正抱拳作禮，蔣顏正親自將他們扶起，又接受了其他人的見禮，大家這才坐了下來。

「今日也是想乘機將孩子們聚一聚，我一生征戰，與家人聚少離多，一晃眼，竟也這麼多年過去了，不知不覺也有了這麼一家子人。人老了，對家就有了感悟，尤其是這兩年，在邊關總是想著家裡，想著和孩子們一起多待些時日，也是藉這個機會，讓你們這些孩子們都認識認識，將來也好有個照應，怎麼說都是一家人。」

高謙點頭說：「國公爺為國為民，實在叫人敬佩，父皇曾多次在我面前提起，當世英雄豪傑非國公爺莫屬，吾等小輩皆應仿效之。」

蔣顏正聽了高謙的話，揮了揮手，在兒孫裡掃了一圈，落在高博身上，道：「王爺一時困頓，遠走關外，我在邊關亦有耳聞，此時歸來，可喜可賀。」

高博淺淺一笑說：「時局之事，不過因地制宜。我做了該做的，不敢當『困頓』一說，如今歸來，也是想與太子共同進退，為國再效一番力罷了。」

蔣顏正似乎對高博的這番話很讚賞，當即拍桌讚道：「好。男兒大丈夫就該有這胸襟，君臣之道，莫過如此罷了。君自當獨立天下，臣以君為首，建功立業，該當如是。」

這番豪氣干雲的話，旁人說來許是沒有這麼大的威懾影響力，而蔣顏正說出來，卻有非同一般的感染力；因為誰都知道，蔣顏正就是朝廷最忠心的臣子，他用自己的實際行動，印證自己是個忠臣義士，為國為民幾十載，沒有起半點反叛之心，無論時局艱難也好，平靜也好，他都一心為國，就他身上的這分忠誠，就堪當「國公」兩字。

待他們說了一會兒話之後，府裡的其他小輩才有機會上前與國公爺見禮。

一番行禮之後，老太君帶著三個孫媳給大夥兒端來果盤茶點，蔣顏正問起蔣顯文等一干府內男兒的課業，吩咐了一番切莫重文輕武。

對於蔣夢瑤她們這些女孩，蔣顏正倒是沒什麼特別吩咐，叫她們見了禮之後，就去一旁聊天了，府裡的兒孫、女婿這些，則都被蔣顏正喊去後院的演武場，說是要看看大家的武藝如何，就連李清這個手無縛雞之力的書生都給一起拉去了。

廳中就只剩下以老太君為首的女眷們，老太君忙了一個早上，感覺有點累，就坐下來和重孫女們說說話、聊聊天，廚房和宴會的事情，就讓孔氏、吳氏和戚氏她們全權負責去了。

中午大夥兒吃過飯後，女眷們都在主院的花廳中聊天。

因為高博總喜歡往國公府跑，所以平時蔣夢瑤和戚氏相處的時間倒是不少，不過，蔣璐瑤和蔣纖瑤就很難見一次吳氏了，上回吳氏受傷，蔣璐瑤以探望她的藉口回來時，都沒能與吳氏單獨聊上。

吃過飯之後，吳氏就領著兩個女兒坐到一旁，因花廳裡人多，她們坐得偏了些也不算是單獨見面，但也說了不少話。

戚氏被孫姨娘和蔣晴瑤母女圍著聊首飾，蔣夢瑤和蔣月瑤則在一旁抽籤子玩。

一場聚會總地來說還算是成功的。

臘月過後，就是大年夜。

這是蔣夢瑤和高博回京之後經歷的第一回皇家年夜，大家齊聚一堂，在景福宮中設宴，歌舞迎歲。

蔣夢瑤與曹婉清坐在一處，孫倩蓉與柳雲霏坐在一處，看過歌舞之後，又有後宮妃嬪各尋由頭獻舞獻曲，一搏帝心。

蔣夢瑤在人群中看著高高在上的帝后，貌合神離四個字用在他們身上是再合適不過的，全程坐下來，竟然連一次交流都沒有。

高瑾這個男人雖然是個二次元的中二病晚期，不過倔強起來倒是真的倔強，就好像是那種有節操的豬，說不吃豬食就不吃豬食。

另一邊，皇子們也坐在一起，以太子為左上首，單獨一桌，其次便是高博，與高博同坐在一桌的是六皇子高銘，高銘雖排行第六，卻是皇后嫡出，因此，比二皇子和三皇子坐得近了些，但終究越不過已經封王的高博。

皇家聚會，看的是人心，實則無趣極了，年三十晚上，安京城中鞭炮聲從未間斷，令人炫目的火光照亮了半邊天。

蔣夢瑤和高博自宮中的宴會回來，沒有回祁王府，而是直接去了國公府，敲響了門房。

蔣源和戚氏陪著戚昀正在屋裡守歲，兩個弟弟似乎已經去睡了，戚氏坐在燈下打瞌睡，手中捏著兩顆橘子，蔣源和戚昀倒是很有精神，兩人下起棋來，表情都輕鬆不到哪裡去。

看見蔣夢瑤和高博進來，蔣源再也顧不上什麼顏面，拉著高博就坐下來，非要和他翁婿聯手抗「敵」。高博無奈，只好將肩上的薄毯交給蔣夢瑤，自己與蔣源盤腿坐上了暖炕。

戚氏醒來，看見女兒、女婿不知什麼時候來了，臉上一陣驚喜，接過了蔣夢瑤手裡的毯子掛到內間，然後問道：「你們什麼時候來的，可有吃晚飯？」

蔣夢瑤摸了摸肚子，說：「晚飯吃是吃了，不過沒吃飽。我吃了兩口飯，高博就喝酒，連一粒米都還沒下肚呢。」

戚氏聽見女婿還餓著，這可怎麼得了，當即捲起袖子說：「這過年怎麼能連飯都沒吃呢？你們等著，我給你們去炒幾樣菜，咱們一家再坐在一起吃一頓年夜飯。」

蔣夢瑤聽了這個建議連連點頭，在火爐邊烤了一會兒後，就隨著戚氏去到了擋風門簾前頭，說：「娘，我和妳一起去，咱們好些年沒有一起過年了。」

母女倆迎風去了廚房。

暖烘烘的花廳內，白山黑水，廝殺得異常激烈，氣氛緊張中帶著融洽。

就在此時，屋外又飄起了鵝毛大雪，瑞雪兆豐年。

蔣夢瑤和戚氏去到廚房，突發奇想，想吃餃子了。

只要是女兒開口，戚氏自然不會覺得麻煩，當即挽起袖子，就拾掇起餃子餡，蔣源和戚氏都是寬厚之人，兩人也都是由低處走到今日，所以對待伺候的下人並不嚴苛，也是盡心體諒，因此，國公府的大廚房，日夜都有人值守，不過，大房這裡的小廚房卻是規矩得很，一天伺候白日六個時辰就夠了，因此現在這個時候，廚房裡是沒有廚子的。

不過，戚氏對這些事也不陌生，蔣源有時也會想嚐嚐她的手藝，今晚難得女兒、女婿回來，縱然是想吃龍肉，她也要想法子給他們做出來，何況只是餃子呢。

恰好廚房裡有現成的肉糜，也有洗乾淨卻沒來得及用的蔬菜，這做起來就更加方便了。

高博和蔣夢瑤都是簡約派，有的時候廚子不在，蔣夢瑤的手藝是他們倆之間算頂尖的那個了，不過在戚氏眼中恐怕難登大雅之堂。

戚氏見蔣夢瑤和麵的手藝有些笨拙，橫豎廚房裡就她們母女倆，便不客氣地說：「我說妳也要學學這些家事，雖然王府人多，用不著妳動手，可是，偶爾親手做些小菜給夫君嚐嚐，也是增加夫妻感情的良方。」

蔣夢瑤拍了拍手上的麵粉，說：「娘，我已經會做很多了，我的手藝比高博不知道高出多少去了。他做的菜那才叫一個極品，味道永遠只有一種——焦；顏色也永遠只有一個——黑，相比之下，我做的菜，那可是色香味俱全。」

戚氏失笑，搖頭說：「妳這孩子，當真是被女婿寵得越來越無法無天了，妳竟也好意思與妳的夫君比廚藝？君子遠庖廚，妳這個做妻子的，竟然讓自己的相公有機會進廚房，妳也是太沒規矩了。」

蔣夢瑤看著戚氏吐了吐舌。「他哪有寵我？」

戚氏停下了攪拌餃子餡的動作，看著蔣夢瑤，正色說：「就妳這樣子，我都覺得愧對女婿。唉，也不知妳上輩子是積了什麼福氣，這輩子能嫁給女婿這樣的相公，可別身在福中不知福，妳若是膽敢欺負了女婿，我第一個跟妳沒完！」

蔣夢瑤哭笑不得。「娘，妳說什麼呢！我怎麼會欺負他呢？娘，妳真是變了，從前妳的眼裡就只有女兒，可是現在妳看看，張口女婿、閉口女婿，女兒都被妳遺棄到哪個邊邊角裡去了呀！」

戚氏看著蔣夢瑤故作拈酸吃醋的模樣，不禁失笑，說：「妳呀！嘴尖舌巧，也不知是隨了誰！」

蔣夢瑤走到戚氏身旁挨著她，說：「娘，女兒像誰，這還用說嘛。」

戚氏白了她一眼。

「去去去，少貧嘴！妳也別弄了，去把手洗了，暖爐自己捧著去吧。」

「娘，妳不用我幫忙啦？」
蔣夢瑤看著滿手的麵疙瘩，有些失落。
戚氏揮手，說：「妳幫什麼呀，越幫越忙，快去洗手吧！」
蔣夢瑤知道戚氏這是心疼她，而她的廚藝確實很不精湛，和麵和了這麼半天，麵粉都沒有調勻，要是再讓她繼續下去，沒準兒這餃子得要等到天明才有得吃。
蔣夢瑤洗過手，在廚房的四角炭盆裡加了炭，將屋子裡燒得暖烘烘的，自己再捧著手爐坐到窗邊，藉著月光看著屋外紛飛的大雪，只覺得這日子真是好生愜意。
從前小的時候，她也曾這般守著在廚房忙碌的戚氏，不過那個時候，她家的情況可不如現在這般能讓人人都高看，爹爹和娘親為了能夠給她一個更加好的環境，做了很多努力。到後來，她嫁給高博，她永遠也忘不了戚氏當時的哀怨表情，因為那個時候，高博已經被褫奪封號，貶去了關外，並且聽聖上的口氣，那是一輩子都回不來了。
可是，就因為自己一句「願意」，爹爹和娘親就頂著各種壓力，讓她和高博成親，然後送他們出城。
其實在她和高博這段婚姻中，犧牲最大的是蔣源和戚氏，這也是蔣源後來為什麼拚命去掙軍功，而戚氏也拚命掙錢的緣故。他們想憑著自己的努力能多幫襯她，蔣夢瑤當然知道，他們這麼做到底吃了多少苦，單就她和高博離京之後，京裡的流言蜚語就足以讓戚氏不敢出門。

當時她不知道，現在卻明白那一車黃金，根本就是蔣源和戚氏當時身上的所有，他們給蔣夢瑤多少東西，就說明他們對蔣夢瑤的這樁婚姻有多麼不放心。

高博定然也是知道這些，所以對蔣源和戚氏他是打從心底裡尊敬。高博雖是皇子，可是到底沒有感受過這種來自父母的無私愛護，他是真的把蔣源和戚氏當成他的父親、母親一樣在愛護，而他尊敬蔣源和戚氏，那就等同於尊敬蔣夢瑤。

透過廚房的窗櫺，看著燈火通明的花廳西窗上，那一抹她再熟悉不過的身影，心中頓時像是吃了蜜糖一般，嘴角也不由自主地勾起。

雖然嘴上沒有承認，但是蔣夢瑤知道，戚氏說得一點都沒錯，她果真是嫁了一個世上最好最好的相公。在旁人眼中，高博是城府深沈、心狠手辣的閻王，可是在蔣夢瑤乃至整個蔣家大房的心中，高博卻是一等一的女婿，一等一的相公。

很快餃子就包好了，蔣夢瑤幫忙燒水，母女倆很快就招呼花廳中的男人準備吃餃子，招呼的聲音和餃子的香味，直接把睡眼惺忪的蔣顯雲也給召喚了出來。

花廳裡有一張圓桌，餃子馬上就要出鍋了，蔣夢瑤和戚氏帶來醋和醬油，另外還有蔥花、蒜末和麻油，按照個人喜好調了醬料。

蔣夢瑤喜歡吃醋，高博卻不喜歡，在她碗裡蘸了一下之後，就再也不肯蘸第二口了，戚氏給他另外調了香油蒜末醬，高博這才驚豔地直點頭。

高博靜靜坐在那裡看著屋內祥和的畫面，露出真心的一笑。他是真的沒有想過，自己有一天竟然也能融入一個滿滿都是愛的家庭，這個家庭裡沒有兄弟相鬥、沒有嫌隙叢生、沒有勾心鬥角，有的只是互相扶持、互相信任、毫無芥蒂，對待敵人齊心地像是一個人，對待家人溫暖得四季如春，他想，這樣的家，才不愧於「家」這個字吧。

蔣源和戚氏雙雙走了進來，蔣源端著兩大盤熱氣騰騰的餃子，戚氏給他開門，護在一旁，餃子上桌之後，又是一陣哄搶，這一回，戚氏可沒有讓蔣源和蔣顯雲得逞，首先就把盤子推到高博面前，將高博的盤子盡數填滿之後才肯讓其他人動手。

蔣夢瑤雖然嘴上說戚氏偏心，卻還是一個勁兒地催高博快吃，屋裡和睦熱鬧，暖意朦朧，屋外飄著大雪，西窗剪影中勾勒出那幅美妙的和諧畫卷，在喧鬧的鞭炮聲中，說不出的寧靜溫馨。

第三十六章

蔣夢瑤這兩天總覺得精神有些不好，吃東西也沒什麼胃口，身子倒像沒什麼，就總是疲乏，什麼時候都很睏。

從前高博早起的時候，她多少還能知道一些，可是，最近總是一覺就睡到太陽高昇，非要張家寡婦進來喊她，她才能醒。

她在祁王府內轉了一圈，吃過早飯後，便倚靠在西窗前看書，可是看著看著眼睛又瞇了起來。

高博回來的時候，就看見蔣夢瑤倚靠在窗前睡著了，雖然屋子裡有地龍和炭盆，但是坐在窗戶前也是有寒氣。

由於他和蔣夢瑤都不喜歡常待的地方有很多人伺候，整個府裡都掛著傳喚鈴鐺，只有在他們需要的時候，才會搖鈴讓人進來。

高博走過去，看她似乎睡沈了，長長的睫毛像是也不太安分，顫動如蝶翼，午後的陽光照在她身上，彷彿將她鍍上一層金光般叫人挪不開眼，他伸手把蔣夢瑤抱起來，讓她靠著自己。

蔣夢瑤連眼睛都沒睜開，只聞見他身上熟悉的味道就將腦袋靠在他的肩上，輕聲說：

「你回來啦？」

高博的手在下方捏一下她的大腿，問道：「怎麼在窗邊就睡著了？也不怕著涼？」

蔣夢瑤兩隻手勾住高博的頸項，說：「不知道，看著看著就想睡覺。」

說話的工夫，高博已經把她抱上軟榻，讓她舒服地枕在一個錦繡絲綢緞面的軟枕之上。

蔣夢瑤舒服地伸了個腰，緩緩睜開雙眼，對高博笑著。

高博伸手在她額前摸了摸，確定她沒發熱，便放心了，見她醒來，就將她拉起來，靠坐到自己身上。

蔣夢瑤剛睡醒，四肢都是綿軟無力的，根本不想動，反正怎麼舒服就怎麼靠，說：「這些天也不知怎麼了，總是想睡覺。」

高博撫著她桃花瓣般細嫩的側臉，說：「我這幾天還算克制，也沒到很晚吧。」

蔣夢瑤猛地睜大雙眼，瞋怒般瞪了一眼高博，高博見她面若桃花，整個人比那花瓣上的雨露還要清新，不覺來了興致，伸手過去，蔣夢瑤早就料敵若神，欲往一邊閃過，卻被高博拉著腿壓到身下。

蔣夢瑤笑著掙扎，一邊捶打高博的肩膀，說：「好啦，我不睏了！光天化日的，你想幹麼？」

高博貼上那不斷吐出誘人氣息的地方，輕柔地描畫，低淺笑道：「妳說我想幹麼？」

蔣夢瑤被他弄得唇瓣癢極了，不覺別過了腦袋，卻是正好將頸項空出來給某人作惡，不知何時，腰帶和衣襟都被拉開，蔣夢瑤一陣驚呼，就想坐起，卻被他給輕易壓制。

蔣夢瑤只覺得喘不過氣，推了推正在她身上攻城掠地的高博，他卻以為她是在與他逗樂，嫌她的手礙事，抓著就往頭頂壓去。

蔣夢瑤感覺有點不對，胸口憋悶得厲害，猛地起身，將高博推開，就趴在軟榻前乾嘔起來。

高博被她推得嚇了一跳，才反應過來，彎腰過去探望。

「怎麼了？」

蔣夢瑤只覺得想吐，不斷乾嘔也嘔不出什麼東西，喉頭也是難過得很，鼻端發酸。

高博不斷給她在背後順氣，見她趴在那兒好一點之後，才趕緊下榻去給她倒杯水。

蔣夢瑤坐起來，靠在軟墊上，喝了口水才好了些。

高博見她臉色有些異常，抬手就拉了兩下鈴鐺，不一會兒就有奴婢推門而入。

「快去把宮裡的何太醫喊來，王妃身子有些不舒服。」

奴婢領命而去之後，高博才給蔣夢瑤擦了擦額前的汗，關切之情不言而喻，蔣夢瑤怕他擔心，牽著一抹笑，安慰他道：「你別緊張，我沒事，就是覺得有些噁心。」

高博就更覺得不對了。

「怎麼噁心了？咱們又不是第一次……」

蔣夢瑤見他一臉受傷，不禁覺得好笑，放下杯子，過去捧住他的臉，與之貼在一起，說：「想什麼呢？我又不是跟你那樣才覺得噁心的，我只是……」

話還沒說完，蔣夢瑤又覺得不對了，繼續趴在那兒嘔起來，高博越看越不對，突然問了一句。

「妳的月信，這個月來了？」

被高博這麼一問，蔣夢瑤才晃住了神，吶吶說：「好像……沒。」

高博的臉色一下子好幾變，先是驚訝，再是驚喜，然後就直接站起來捧著蔣夢瑤的臉一陣狂親，笑得眼睛都眯了起來，說：「那是不是……我想的那樣？」

蔣夢瑤倒是沒有他那麼驚喜，只是往自己的肚子上看了看，輕蹙眉頭說：「我，我不知道呀！」

高博已經迫不及待了，走到門邊喊道：「太醫還沒來嗎？再派人去，去多喊幾個過來！」

蔣夢瑤在軟榻上說：「哎呀，你別太誇張了，萬一不是呢？」

稍晚，何太醫帶著一個提藥箱的內監過來，頭上沁著薄汗，氣也有些喘。

蔣夢瑤坐回床鋪之上，只伸一隻手出帳幔，心裡如擂鼓般怦怦跳。

她倒還好，可是看高博那麼高興，如果不是的話，那他會不會失望呀？

沒一會兒，何太醫就放開手，站起身來對高博道喜。「恭喜王爺，王妃這是喜脈，已經一個多月了。」

高博努力讓自己看起來冷靜，叫人領著何太醫去開方子，自己則鑽入帳子，把蔣夢瑤給抱在懷裡，蔣夢瑤有些不知所措，雖然她早已經有這個心理準備，可是當事情真的發生時，她又不知道該用何種心情來面對。

如今她肚子裡有了孩子……

看高博那高興的樣子，她又不禁欣慰地笑了，被他抱在懷裡摟了好一陣，摟得蔣夢瑤又想要吐的時候，他終於肯放手了。

因著這是蔣夢瑤和高博的第一胎，都是門外漢，根本不懂，於是高博做主，當天就回了國公府。

戚氏得知蔣夢瑤懷孕的消息，當場就道了三聲「阿彌陀佛」，比高博還要激動，直拉著蔣夢瑤先去佛龕前拜了拜，然後還說，等前三個月過了之後，就去白馬寺還願。

戚氏囉囉嗦嗦地說了一大堆，蔣夢瑤都聽不下去了，高博卻還在一個勁兒地點頭，看他那好學的神情，就差拿本小冊子把戚氏的話全都記下來。

蔣源晚上回來之後，聽了這個消息也是開心。

於是蔣夢瑤和高博就暫時在大房住下來了，張家寡婦也收拾了東西跟過來，她算是有經驗的人，當初生小蒜頭的時候，雖然也遭了些罪，可是過來人的經驗總是要多一些，當戚氏不在的時候，也能替蔣夢瑤分憂。

戚氏讓趙嬤嬤每日替蔣夢瑤做各種菜色，雖然蔣夢瑤吃得不多，還會經常吐，卻也抵不住趙嬤嬤做得勤、送得勤，這邊剛吐完，那邊她又送來了。

所以，這些天雖然吐得多，蔣夢瑤也沒瘦多少。對趙嬤嬤的能力，她是不懷疑的，當年趙嬤嬤能把她娘餵得那麼胖，就決計不會讓她瘦下來。

高博每日只要沒事，就待在府裡陪蔣夢瑤，給她揉腿捏肩，端茶遞水，不知多殷勤，就連戚氏都忍不住對她的好女婿說：「你可別再慣著她了，如今都慣成這副嬌養的模樣，要是這十個月下來，還指不定又生出多少壞毛病來呢！」

高博不知道如何回答，蔣夢瑤就不服氣了，跟戚氏頂嘴道：「娘，哪有妳這樣的親娘啊，還不讓我自己的相公對我好了！」

戚氏白了她一眼，說：「妳這是欺負他，哪有讓自家相公端茶遞水的呀！」

蔣夢瑤喝著高博遞給她的茶水，對高博噘了噘嘴。

高博忍著笑，在她鼻子上刮了一下，叫她別調皮，不許和戚氏頂嘴了。

蔣夢瑤噘了一會兒嘴，然後把茶杯遞給高博，從耳房的軟榻上站起來，說：「唉，我還是回房去吧。」

戚氏在看帳本，見蔣夢瑤起身，高博就上前扶著。

戚氏把算盤一放，就說：「妳也別一天到晚躺著，出去走走，回頭生養的時候也好受些。」

高博一聽到所謂的生養技巧，就自動湊到戚氏身旁去細問，蔣夢瑤受不了他們，就走出耳房。

突然老太君身邊貼身伺候的錦翠走了進來，只見她面色凝重，對屋裡的人行了禮後，就說：「大少奶奶，不好了，國公爺病倒了，似乎挺嚴重的。老太太讓我喊各位過去呢。」

一家人面面相覷，國公爺是國公府的頂樑柱，若是他有個好歹……

不敢再耽擱，戚氏肅容而去了，蔣夢瑤和高博也跟隨在後。

走到院門口時，蔣源正巧也從外頭回來了，府裡剛也派人傳話給他，幾個人便一同往主院走。

去了主院後，蔣修帶著蔣舫、蔣昭已經趕到，看見高博，幾人紛紛行禮，高博將之扶起。

蔣源上前問道：「國公爺怎麼樣？」

蔣舫回道：「盧太醫正在裡面診治，今兒早上還好好的，吃完了早飯還說要去院子裡打拳，可聽下人說，這才打了半套，突然就昏了過去。」

蔣夢瑤來到高博身旁，拉住他的手，她總有不好的預感，高博捏了捏她，突然聽見屋裡傳來老太君的哭聲，眾人心中一凜，慌忙進去瞧了。

只見盧太醫退著出來，跪在門前不敢起身，眾人入內，就見老太君伏趴在蔣顏正身前哀泣，眾人趕上前去，蔣修探了探國公爺的鼻息，也是現出哀戚之情，趴在蔣顏正身上。

蔣夢瑤身子一軟，落入高博懷中。

一個人，怎麼好端端的就去了呢？

「國公爺常年征戰，身體原就有未癒之疾，後腦曾遭受重擊，當時雖未奪命，卻在此時發作，去得很快，沒有痛苦，請闔府節哀。」

太醫的話將大家都打入冰窟，兒孫女眷們皆撲到床前一陣哀泣，老太君哭得險些暈過去，被人掐了兩次人中才醒來。

蔣國公一生為國，就這樣突如其來故去，的確是叫人措手不及。

戚氏、吳氏和孔氏三個孫媳料理府中繁瑣家事，族內長老第一時間趕來府裡，與蔣修商議報喪事宜，國公府內喪鐘長鳴，門前正月剛貼上的喜聯盡數揭下，換作白幡。

蔣夢瑤和高博回房換了喪衣後再來，府內已是亂哄哄，人來人往，裡面哭聲搖山震嶽，國公爺已換上了壽衣，被人放進一副棺木之中，老太君哭得幾乎斷氣，被一眾女眷們按在房中不讓她出來。

太子帶著蔣璐瑤一路趕來，與蔣夢瑤和高博在門前相遇，姊妹倆皆是淚眼婆娑，互相攙扶著入內，因著蔣夢瑤有孕在身，戚氏只叫她拜了一會兒，便去棺木後頭的草蓆上靠著，蔣璐瑤不久便過來相陪，姊妹倆想到痛處又是一陣哭泣。

蔣舫、蔣昭和蔣源三人一同出府去請欽天監陰陽司來擇日，停靈四十九天，三日後開喪送訃聞。此停靈四十九日中，請僧眾上拜大悲，超渡唸經，另在故園請道士開壇解冤。

雖訃告未發，但朝中大臣皆趕來詢問，就連皇帝也是在聽聞之後，便輕車簡從趕了過來，痛心疾首地為國公爺上香，親自誦經十篇，回宮後，便派禮部擬訃告弔唁，表彰蔣國公一生忠君愛國之能事。

出門子孫皆已歸來，瞻仰儀容後，無不失聲痛哭，蔣夢瑤也覺得難受，哭得難以自已，高博見她臉色蒼白，便請了蔣源的意，令蔣夢瑤入內歇著，蔣璐瑤等眾姊妹隨行。

因事情發生得太突然，有很多事情都來不及準備，蔣修是國公爺的嫡次子，嫡長子早亡，原該由嫡長孫承爵，但蔣源一番思量，表示自己不願承爵，願讓給二叔蔣修，一番商議上表，今上許。

國公爺追封加一等鎮國威武安國公，其子蔣修代長房襲爵國公。

蔣夢瑤與眾姊妹在後房中歇息，聽著前院哭聲往來，房中氣氛也是一時哀戚。

蔣晴瑤素來愛鑽營，只聽她忽然問了一句。

「只不知國公爺手中之權將做何處理。」

眾人皆懂，他們蔣家的國公爺手中的權無非就是軍權，國公爺去得突然，定還未對此權進行分割，如今撒手人寰，權力自然是要交給皇上，畢竟承爵的是蔣修，蔣修文臣出身，定然是不能接管國公爺手中的兵權。

蔣夢瑤自然明白她爹推拒襲爵的原因，也是怕引得今上懷疑，國公爺手裡的軍權那是整個國家的命脈，得之就等同於摁住了此命脈。蔣源曾幾度隨國公爺上戰場，身負戰功，與他二叔蔣修不同，若是由他入營領兵，也許還有老將服從，但這樣一來，就等於是蔣家巴著軍權不肯放，今上縱然表面平和，但心中定會將國公府視為仇敵。伴君如伴虎，國公爺在時，因他乃三朝元老，今上不敢有所作為，可是爵位若真傳到蔣源手中，那蔣源的不自量力，也許就真的會害了整個蔣家門庭，故蔣源才推拒爵位。

蔣璐瑤看了看蔣夢瑤，兩人都知道，這權力對自家相公的有利性，因為她們的背後就意味著太子與祁王，這兩位一個有位，一個有寵，在朝下早被傳成勁敵，若是哪一方能爭取到這個權力，便等同立於不敗之地。

蔣夢瑤雖然明白高博並無野心，但是此時也不得不動搖，因為她真的不知道高博對這權力是怎麼看的；若是他想要，那蔣源推拒爵位給蔣修，就是錯誤的選擇。

「哎呀，什麼軍權不軍權的，跟咱們有什麼關係呀！咱們也決定不了什麼，還是說點其他的吧。」

蔣月瑤向來樂觀，覺得既然自己沒法改變，那麼又何必去煩心呢？

她的話讓在場眾人都豁然開朗，蔣月瑤走到蔣夢瑤身前，對她問道：「長姊，我聽我娘說，妳懷上了是不是？」

蔣夢瑤臉上一紅，沒有說話，便算是默認了。

蔣璐瑤和蔣晴瑤對看一眼，這件事她們還不知道呢。

蔣璐瑤說：「唉，偏生在這個時候，就是想賀妳都不成了。」

蔣夢瑤牽唇一笑，說：「賀什麼呀，這才多大呀！國公爺去得急，全家上下都傷心透了，唉，此時我才知道後悔，早知他去得這樣快，咱們都該時常回來盡孝。」

蔣璐瑤伸手撫了撫蔣夢瑤的小腹，神情更是落寞。

看了看自己的肚子，蔣夢瑤當然明白她的感受，雖說她肚子裡現在這個孩子才丁點兒大，但她就好像能感受到他的存在，蔣璐瑤懷了兩個都沒了，也難怪她要傷心，思及此，蔣夢瑤便伸手按住她的手背。

高博走入，眾女退開，他坐在蔣夢瑤榻前，說：「國公府裡事忙，咱們還是先回王府，待三日訃告出了，咱們再帶祭品來弔唁。」

蔣夢瑤沒想到要走得這麼急，只見太子的貼身小廝也進來給蔣璐瑤傳話，太子亦要歸去，令蔣璐瑤隨行。

眾女拜別後，也就各回各家，待三日後正式上門。

高博親自把蔣夢瑤扶上了馬車，與之共乘。

蔣夢瑤心情十分低落，靠在高博身上，什麼都不想說，什麼都不想問，高博輕柔地撫摸她的秀髮，默默在一旁守候。

馬車行了片刻後，蔣夢瑤才開口說：「國公爺手裡的軍權，最後會怎麼瓜分？」

高博沈了沈聲，然後說：「不會瓜分了，這是最好的收回時機，父皇不會允許任何人再沾手。」

「那……太子呢？」

「以前可能會，但是現在未必。」

蔣夢瑤聽了高博這句話之後，陷入了沈思，又靠了一會兒，才抬頭問高博。「你，想爭一爭？」

高博低頭看著蔣夢瑤，輕撫她如畫的臉頰，猶豫了片刻後，才柔聲說：「那個位置……誰不想爭？不過，那是從前，若是從前的我，有這個機會擺在眼前，我一定會爭一爭，可是現在我有點猶豫了，因為我有了妳，還有了孩子。或者，妳希望我去爭嗎？」

蔣夢瑤拚命搖頭。

「我不希望，我只想跟你在一起，皇位固然吸引人，可是，你又何曾見坐上皇位之人真正快樂過？」

高博在她唇瓣上輕吻一下，說：「妳這話倒是新鮮，做天下第一人，有何不快？」

蔣夢瑤堅持，坐直了身子，看著高博，說：「不快！天下第一人才是最不快樂的，因為他必須要承擔一切，摒棄所有喜惡，隱藏自己，一個連真正的自己都需要隱藏起來的人，又怎麼會快樂呢？」

高博將她摟入懷，在她耳邊繼續說：「但若我不為王，又如何給你們安穩的幸福呢？妳還願意隨我去關外，隨我遠離繁華的安京嗎？」

「我當然願意！」蔣夢瑤想都沒想就這麼說：「就算現在咱們不去關外流營，哪怕再去其他地方流放，我也不怕。」

看著心愛之人透亮的雙眸，如水晶般皓潔，高博與之貼面細吻。

三日後，國公府正式發出喪訃聞，一時門前街道上人來人往，官來官去。

蔣夢瑤在後堂與一眾姊妹陪著老太君，一聽見有人在外哭喊，她便忍不住哭，弄得一旁伺候的人不住地勸慰，一眾女眷跟著抹淚。

因為蔣夢瑤等是第四代重孫，要守的孝期只需半年，而蔣源和戚氏是一年，蔣修則是三年。

在出了五服之後，蔣源和戚氏就自動搬離國公府，去到城東一座有花園的宅子中居住。城東的宅子雖不比國公府，卻比大房的院子要寬敞一些，所以，於他們並無多少妨礙，只是苦了戚氏要安排人在家中收拾。

蔣夢瑤提出要幫忙，卻受到全家人的反對，高博怕她自作主張，乾脆當天就從祁王府分出五十人送到戚氏府中供她差遣，戚氏和蔣源無奈地收了下來。

晚上，蔣夢瑤躺在搖椅之上，耳中聽著高博給她讀詩詞，昏昏欲睡，最近一段日子也不知是小寶寶體諒周圍事多還是怎地，除了犯睏之外，噁心乾嘔的情況倒是減少很多，頂多有時候早起會有一些難受，其他時候倒是平靜許多。

而高博也是這個時候開始養成給小寶寶讀詩詞的習慣，已經堅持了十多天，他的這個超前意識讓蔣夢瑤這個現代人很滿意。雖然沒有懷過孩子，但她多少還是知道一些「胎教」的重要性，要小寶寶今後生出來性格溫和，那就要多給他聽音樂，從懷胎開始就修身養性，像高博這樣沒事給小寶寶讀一段優美的詩詞，不僅能得到胎教的作用，更能讓小寶寶熟悉父親的聲音，感受到愛，一舉多得。

當蔣夢瑤把要聽音樂這種事情說給高博聽了之後，第二天，高博就真的在他們房裡擺上各式樂器，他是皇子，從小禮、樂、御、射、騎都是必須要學的，在這之前，蔣夢瑤只知道他會，卻從來沒有聽他正式彈過。

蔣夢瑤抱著試試看的態度點了點一把古琴，高博還真就坐在那後面彈了起來，意境悠遠，一點都不輸外頭的專業師傅。

蔣夢瑤側著身子靠在軟墊上，看著高博認真彈奏的臉孔，心裡只覺得好像被蜜灌滿了一樣，盯著他的面孔一分一秒都不想挪開目光。

高博彈琴的間隙也會看她，四目相對，濃濃的情意在房間內流淌。

一曲罷，高博詢問：「一曲夠不夠？要不再彈一曲？」

蔣夢瑤正了正腰身，對高博張開兩隻手臂，高博走過去，蔣夢瑤就抱住他的腰，在他懷中呢喃道：「夫君，你為什麼會這麼好呢？」

高博被她主動摟著十分受用，低頭撫摸她柔順的長髮，說：「彈一首曲子給妳聽，就是好了？」

蔣夢瑤抬頭，認真地點頭。「嗯！好，沒有比這更好的了。」

高博見她仰著小臉，粉頰桃腮，可愛極了，就捏住她的臉，彎下腰說：「那這樣還好嗎？」

蔣夢瑤被他捏著臉也高興，不住地往他懷裡鑽。高博怕癢，被她鬧得也不得不破功，兩人湊在一起笑鬧。

最終還是高博先投降，說：「好了好了，妳別動了，小心傷著孩子，再動我可對妳不客氣啦。」

蔣夢瑤停下了動作，對高博眨著天真的大眼睛，說：「你想對我怎麼不客氣呀！」

高博看著她清麗絕美的面容，勾唇一笑，說：「我怎麼對妳，妳不知道？」

蔣夢瑤有恃無恐，不怕死地搖頭。

「不知道。」

高博上前一摟，啃咬著某人的唇瓣低吼一聲。

「找死……」

房中又是一陣笑鬧。

國公爺的突然離世，讓整個安京的朝堂也緊跟著換了一批血。

蔣源依舊任龍虎禁衛軍統領，但是襲爵的國公府中，原本在朝為官的蔣修、蔣舫和蔣昭的職務一律遭到替換。

至於邊關軍權則由皇上收攏在手，蔣家這裡沒有人敢提出任何反對的聲音，而事實上，有資格提出反對聲音的只有蔣源一人，畢竟整個蔣家只有他一個人曾經跟著國公爺上陣打過仗；但是蔣源對軍權上交一事非但沒有表現出反對，反而相當贊成，並且說起國公爺早就有此打算，也算是替皇上稍稍平復一些軍中反對派的聲勢，讓皇上對蔣源也是刮目相看，並且大有提拔之勢。

其實大家也都心知肚明，蔣源這是在向皇帝陛下表示他的忠心，他身為唯一一個跟著國公爺上陣打過仗的蔣家人，若此時往軍中一站，勢必會引來不少國公爺舊部屬的擁戴，雖然不會讓皇上收不回軍權，可人心動亂卻是不會少的，平添麻煩不說，還不能達到預期效果。

因此蔣源就聰明地退後一步，乾脆將爵位和軍權全都拋開，做一個忠誠的臣子，可想而知，皇上對這樣的忠臣又如何會虧待呢？

雖然蔣源明確地說自己有地方居住，不需要朝廷另外賜宅院，皇上卻還是沒有虧待他，升職漲俸祿那是必須的，各種賞賜應接不暇地送入蔣源的府邸；反觀本該一同封賞的國公府那裡頗顯平靜，緊接著又生出一些遭到打壓的苗頭，這時蔣修才明白箇中道理，等到他被奪了職務，兩個兒子也被趕出兵部之後，他才有些後悔接下這個燙手山芋，只可惜為時已晚。

襲爵的喜悅一下子就淡了很多，這就好像一個人窮極一生、費盡心力想要得到一件東西，終於到手之後，卻發現這個東西不僅對自己沒用，反而讓自己處處受制、處處吃虧，那這個東西可就失去當初的價值了。

幸好，蔣修原本就是要守三年孝期，丁憂在家，皇上的這一舉措倒是沒有在檯面上讓他過於難堪，各種苦澀也只有他自己能夠明白。

皇上在軍權這方面果真如高博所說，分毫沒有鬆懈與退讓，皇后曾經兩次開口，希望皇上給予太子高謙一些支持，皇上卻依舊沒有鬆口，將軍權盡數掌握在手中。

高博自然不會自討沒趣去爭這份吃力不討好的事情，每日固定上朝之後，就趕著回家陪妻子，日子過得愜意。

越是得不到的東西，就越是不要去想，想多了就是自尋煩惱，自困其心，不想才是最正確的。

第三十七章

這日一早，高博按例上朝去了，蔣夢瑤則在王府花園內修剪花草。

由於她有半年的孝期要守，四十九日之後，蔣顏正出殯了，她此時身上穿得依舊是縞素，一如尋常綰了髮髻並以一支白玉簪固定，越是這樣清淡，越能顯現出她天然未經雕飾的清麗來，不僅沒有比平日裡少些風華，反而讓她出塵絕俗得像個從壁畫中走出的仕女般，雅韻悠然。

張家寡婦從外頭走來，給她傳了一句話，說是國公府的老太君突然召見她。

蔣夢瑤沒多大反應，只是問：「可說什麼事了？」

張家寡婦搖頭。

「傳信之人說，老太君近來得了一尊白玉菩薩，想叫王妃前去鑑賞一番。」

蔣夢瑤神態自若地剪下一根長歪了的花枝，冷笑道：「白玉菩薩？喊我去鑑賞？我竟不知，自己還成了鑑寶的師傅。」

張家寡婦淺淺一笑，說：「我猜想，老太君定是有其他事情想要與王妃說，才以此為藉口吧。」

蔣夢瑤把手裡的剪子放到一旁的丫鬟手中，這才端起桌上的茶喝了一口，說：「妳說有什麼事能讓那個老太太不顧身分也要喊我這個重孫女回去呢？」

張家寡婦想了想後，搖頭。

「奴婢不知。」

蔣夢瑤放下杯子，唇角勾起一抹冷笑。這老太太真是異想天開，把她當成能隨意搓圓捏扁的軟柿子嗎？

畢竟她是長輩，蔣夢瑤也不能對她徹底失了做晚輩的禮儀，在府裡休憩半日之後，午後才動身坐上那藍綢白頂的馬車，去了國公府。

蔣夢瑤的馬車剛到巷口，就有人去給老太君傳話了。

從派人去傳話，老太君足足等了三個時辰，蔣夢瑤才姍姍來遲。

老太君心裡早已憋了火，在房裡罵道：「哼，虧她還記得要來，有本事賴在府裡別過來呀。」

伺候的錦翠立刻替老太君順氣，說：「老太君莫急，許是王妃在府中真的有事呢。」

老太君哼了哼，說：「她有什麼事？不過是抬著架子拿喬罷了，若不是有事要她去辦，我非要教訓教訓她不可！」

又想起來一事，問道：「長房那個看好了嗎？別讓她出來壞事，我這可是為了咱們國公府好，她卻不知好歹，關她個幾日，看她還敢再說什麼。」

錦翠回道：「長房的少奶奶被二爺鎖在房裡，老太君就放心吧，壞不了事的，奴婢只是怕……大姑娘那兒會不同意。」

老太君皺眉，說：「她有什麼好不同意？我這是替她分憂，她該感恩戴德才是懂事的人，免得她懷孕這陣子，王爺在外面結交了壞女子，到時候可有得她哭。」

錦翠當然明白老太君今日召王妃回來是為了何事，雖然心裡覺得此事未必會如老太君想的那樣簡單順利，可是此時總不能再說什麼頂撞的話，這點分寸錦翠倒還有的。

蔣夢瑤到的時候，老太君已經在主院的花廳中等候她了。

一見她，老太君的臉上就堆出花兒一般的笑容，親自上前來扶她，只當蔣夢瑤真的是與她素來親近的重孫女。

「近來府裡忙得很，國公爺去了，留下了一堆事要處理，所以沒顧得上妳，妳可不要怪我呀。」

老太君說的情真意切，蔣夢瑤只是笑笑。

「老太君說的是哪裡的話，原是我們該幫著府裡出力，奈何我這身子實在不宜奔走，又在孝期中，老太君不怪罪我便是仁厚了。」

蔣夢瑤的話讓老太君很是受用，張家寡婦扶著蔣夢瑤坐下來，老太君才又問道：「最近覺得如何？這女人的頭一胎可得重視，這一胎要是保養不好，將來可是會落下病根的。」

「謝老太君掛念，一切都挺好的。」

老太君點頭，端起了茶杯卻不喝，藉著水氣氤氳看了一眼神色如常的蔣夢瑤。蔣夢瑤知道她在看自己，卻也不點破。

老太君放下杯子，又對蔣夢瑤問道：「哦，那祁王殿下最近可好？」

蔣夢瑤一抬眼，心中冷笑，終於寒暄結束，上正題了。她表面如初，點頭道：「殿下自然是好的，只是最近朝中事多了些。二叔公不是丁憂在家，辭了好些事嗎？朝裡的人事變動我也不懂，只是這麼聽說了，怕是還要忙一陣子。」

老太君聽到蔣夢瑤主動提起蔣修，心中一喜，接起了話，說：「是啊，妳二叔公承襲了爵位之後，須在家中守孝，卸了些職務也是應當的，等到三年孝滿，再回朝堂為國效力才是正途。只是妳二叔公這個國公爵位方才承襲，未能幫襯殿下，心中實在有愧，總是想著對不住妳。」

蔣夢瑤斂下眸子。

「哪有什麼對不對得住的，朝堂之事我是不懂，但我知道殿下絕不會怪二叔公，請老太君寬心吧。」

老太君看著蔣夢瑤，盯了好一會兒，然後說：「算了，我也不與妳明人說暗話了，妳與殿下鶼鰈情深，老太婆也是看在眼中，但子嗣對於女人來說，那可是頭等要緊的事，如今妳腹中懷了孩子，我也替妳高興，將來總有了依傍。只是祁王殿下的膝下猶虛，再加之，殿下身邊就只有妳一位嫡妻，到時候論起子嗣來，豈不是所有壓力都在妳身上嗎？」

蔣夢瑤聽得認真，回答得也很認真。

「老太君請放心，子嗣的事情我和殿下心裡都有數，自然是盡力而為，無須老太君多操心了。」

老太君臉色一變，垂眼思慮了片刻後，才又說：「我的意思是，是時候該給殿下納妾了。」

蔣夢瑤好笑地看著這個老太婆，她這句話說的還真是不嫌手長，就好像殿下想什麼時候納妾，是她說了算一樣，她仍舊覺得自己是完全可以被拿捏在手裡的工具，她說什麼，自己就要奉為聖旨去依從嗎？

見蔣夢瑤不說話，老太君再接再厲。

「我知道，妳初聽此事心裡必然不痛快，可是孩子，我今日就再教一教妳，女人，尤其是身為嫡妻的女人，可不能在這件事上糊塗啊！趁著男人還喜歡妳的時候，安排幾個自己親信侍妾給他，總好過他將來自己在外面找，或是旁人給他找一些不服管教的人，那可就難辦了。自己沒落得賢慧的名聲不說，還給了旁人可乘之機，所以，在這件事上，一定要抓牢，一定要放心。」

蔣夢瑤垂眸喝茶，神情淡定，彷彿老太君正在說的話不過就是一些今天天氣真好之類的寒暄。

她放下茶杯，對老太君問道：「不知老太君所言何意？我怎麼有些聽不懂呢？」

老太君又冷下臉，決定不再與她兜圈子，說：「我的意思妳不會不懂，既然殿下不可能身邊永遠就只有妳一個正妻，那侍妾或者側妃，還是不要落在其他人的頭上吧；妳終究是蔣家的女兒，又是長姊，她們去到了妳身邊，自然是不會忤逆妳的，妳們姊妹同心，齊心協力伺候好殿下，不叫旁人有機可乘，這才是上上之策。」

蔣夢瑤身子往太師椅上靠了靠，張家寡婦就讓人將隨身帶來的軟墊放到蔣夢瑤的腰下，讓她舒服些。

蔣夢瑤不動聲色地勾了勾唇，對老太君問道：「不知老太君屬意哪位妹妹呀？」話都說得這樣白了，蔣夢瑤也不好再裝傻，乾脆開門見山地問了。

老太君見她鬆口，心中又是一喜，說：「長房的毓瑤，模樣水靈，人也機靈，又是嫡出，如今妳二叔公承襲爵位，她的身價自然是高了一些；原本我想將她高嫁，去做那嫡妻，可是心中卻總是想著妳，這才忍痛割愛，想讓她隨妳入府，先做一房侍妾，待過個一年妳再將她提做側室，這也是可行的。」

蔣夢瑤瞇了眼，覺得這老太婆已經不是天真能形容的，是傻呀！想往她房裡塞人，還要做出這般姿態，明明就是蔣修被奪了職務，心中沒底，丁憂三年，誰知道三年之後的朝堂是什麼風向呢？

蔣修已經想通癥結所在，知道自己被解除職務並不全是因為守孝，這是皇上有意將他架空，不想再讓他進入朝堂中樞的意思了，這個時候，他自然是要想方設法自保，而他背後的老國公已經去世，自己又沒了官職，只好想出這種裙帶關係；可是，如今安京的人也不傻，當然也看明白他如今的境遇，若是想在此時攀上高枝，也是有些難度的，所以他們才把注意力放到高博身上。

因為高謙是太子，而蔣璐瑤只是側妃，太子後院的事情，蔣璐瑤是半點權力都沒有，全部由太子妃曹婉清一手控制，而曹婉清也不會笨到這個時候再接受一名蔣家姑娘，讓太子府裡留兩個蔣家女，所以他們只好退而求其次，想要從蔣夢瑤這裡下手。

畢竟蔣夢瑤是在祁王殿下落難之時嫁過去的，若當時祁王沒有落難，祁王妃這個頭銜再怎麼樣也輪不到蔣夢瑤這個商婦之女頭上，因此他們始終覺得，蔣夢瑤這個祁王妃並不是憑藉著真本事得來的，有投機取巧的作弊成分在裡面，自然就對她不能發自內心的尊重，覺得她好駕馭。

蔣夢瑤看著老太君，嘴角的笑意絲毫都沒有停下。

老太君見她不說話，居然一抬手，就讓人把早就守候在內堂的蔣毓瑤招了進來，蔣毓瑤不過多大年紀，卻被教導得成熟大方，穿著一身與她年紀不甚相符的絳色裙，分毫不差地在一旁沏茶，端著來到蔣夢瑤跟前。

老太君說：「快給王妃敬茶，今後妳們姊妹可要同心協力，將殿下伺候好了，多給他開枝散葉才行啊。」

蔣毓瑤低著頭不敢說話，卻對蔣夢瑤盈盈拜了下去，說：「姊姊……」

蔣夢瑤看著這一對把她當成布景的祖孫，不由得冷笑出聲，看了一眼張家寡婦，張家寡婦收到命令，上前一步，把蔣毓瑤手裡的熱茶掀翻在她身上。

此舉嚇了蔣毓瑤一跳，立刻站起來拂去自己身上的水漬，她先是怒目瞪著蔣夢瑤和張家寡婦，才走到老太君身旁。

近朱者赤，近墨者黑，如今為了蔣家二房的前途，蔣毓瑤在老太君和孔氏身旁耳濡目染之下，早已忘了戚氏之前幫過她娘親吳氏的恩，對蔣夢瑤自然不會客氣。

老太君拍桌子大怒，叫道：「夢丫頭，妳這是做什麼？」

蔣夢瑤不想再與她廢話，直接開門見山道：「毓瑤妹妹是想去我王府做妾，要是連這點委屈都受不了，那還學人做什麼妾呀！今日不過是潑了妳的衣裳，明日我便會叫人用滾燙的開水直潑妳面門了，到時候什麼花容月貌、沈魚落雁可全都是爛肉一團。」

蔣毓瑤哪裡聽過這樣的惡言，當即扯了扯老太君的衣袖，像是要讓老太君給她做主。

老太君也確實給她做主了，指著蔣夢瑤道：「反了、反了，我們蔣家如何教出妳這樣一個妒婦來！不僅是妒婦，還是個毒婦！妳這樣子，被祁王殿下休妻那是遲早的事，現在給妳臉面，讓妳妹妹去給殿下做妾，等到妳被休了，她去做的可不只是妾了，妳自己好好想清楚。」

蔣夢瑤也不再客氣，撐著腰來到老太君跟前，似笑非笑地看著蔣毓瑤驕傲的美貌小臉，說：「先別管我會不會被休棄，至少現在我是祁王妃。我只是想與老太君表明一下我的態度而已，侍妾這種東西，我若是管不住，直接弄死就是了，若是毓瑤妹妹去我那府裡做妾，被我一不小心給弄死、弄殘了，那可就對不住老太君、對不住國公府了。捧著一個不能弄死的侍妾，我真是想不到任何理由來說服我自己接受。」

看著老太君和蔣毓瑤難以置信的目光，蔣夢瑤就繼續說：「啊，要不然這樣！毓瑤妹妹我可以帶回去，但是，咱們得簽契約，就是不管我怎麼把她弄死、弄殘，蔣家都不能怪我，不能傷了我們的情分，若是老太君和二叔公願意與我寫下這份契約，那……毓瑤妹妹要進祁王府那就進好了，不過進門之日，你們最好就給她準備好棺材，我弄死了她，可是不會好心替她辦後事發喪的，事實上，也沒有哪個主母會給一個低賤的侍妾去辦後事不是嗎？好了，我話也說完了，老太君要是願意，就來日寫個契約去王府找我，咱們簽了之後，就把毓瑤送來吧。」

蔣夢瑤說完這些話，也不打算裝樣子給老太君面子了，直接掉頭就走，臨到門邊又說了一句。

「對了，直到我被休之前，我都是祁王妃，老太君妳是什麼身分，請妳自重些，誥命雖高，可畢竟高不過天家，若是下回再想見我，就親自去祁王府遞帖子，尋個我有空閒的時候再說吧。」

老太君已經被她氣得說不出話來了，不過好在理智尚存，蔣毓瑤也被蔣夢瑤的一番話嚇到了，扶著老太君的胳膊不敢說話。

「反了、反了！妳這是要活活氣死我了！我們蔣家如何生出妳這種妒婦加毒婦來！妳說出這種話，就不怕天打雷劈嗎？」

蔣夢瑤走到門外，聽見老太君這句話，也沒有回頭，唇角泛出冷笑。

天打雷劈？不好意思，她還真不怕。

更何況她最多就是話說得重了些，真正應該要天打雷劈的，是這些想趁著她懷孕的時候給她男人塞人的行徑！

哼，心裡齷齪得讓人噁心，還滿嘴的仁義道德，對付這種人，妳和她說理，她能說出一萬個妳的不是來，不如乾脆把話說開。

妒婦又如何？毒婦又如何？

總好過那些自作大度，最終害人害己、讓夫妻感情蒙塵的人要好，而對於這些內心齷齪之人，她還有什麼好客氣的？

從蔣家出來之後，蔣夢瑤就前往蔣源他們的新宅院。

同樣是一身縞素、頭上戴著白花的戚氏正在院子裡教蔣顯申寫字。

戚氏一看見蔣夢瑤，站起來說：「哎喲，這孝期裡妳瞎走動什麼呀！不能等孝期過了再來嗎？平白叫人說閒話。」

蔣夢瑤看了一眼戚氏，戚氏見她臉色不好，便知她心中有事，轉頭叫趙嬤嬤把蔣顯申帶去書房找蔣顯雲後，就把蔣夢瑤拉到陽光正好的耳房之中。

「怎麼了，這張小臉拉得都快有馬臉長了。」
戚氏替蔣夢瑤準備厚厚的軟墊，讓她靠在榻上。
蔣夢瑤深深嘆一口氣，一旁的張家寡婦就把今日王妃如何被老太君喊過去的事情從頭說了一遍。
戚氏聽後，大為惱火，當即就罵道：「老太君真是越老越糊塗了，竟然把心思動到妳身上！哈，如今也不怕人家說她手伸得長，管到祁王府去了，她還真把自己當成個佛爺，以為誰都得順著她、慣著她嗎？」
蔣夢瑤一手撐著頭，戚氏見她這樣，知道她心裡一定不好受，出言安慰道：「妳也別氣了，這事別說是妳，我也不可能同意的。毓瑤才多大年紀，他們就成天灌輸她這種要不得的下作招式，也是她不自愛，我回頭與妳吳家嬸嬸說一說，她既然這麼想嫁人，那就讓她早點嫁出去好了，省得留在府裡遭人惦記。」
蔣夢瑤扶著腦袋，睜開閉目養神的眼睛，說：「這事我看吳家嬸嬸也沒辦法，今兒我去的時候沒見著她，想來她也是不同意這事，更何況，他們已經快要投鼠忌器了。爹爹也在孝期中，不僅沒有遠離朝堂，反而更進了一步，可那頭卻處處遭到打壓，今日他們所為，估計就是想儘早做打算，分散投資，正好我這兒看著挺空，人員也簡單好打發，他們才動了這心思。」
戚氏當然也知道那頭的蔣家自從襲爵之後，過得並沒有比從前要好，不僅府邸規格被降級，老太君從前加一品誥命夫人的品級也跟著降了，如今只不過是跟著蔣修後頭，作為從二品官的母親，變成了二品誥命，儘管如此，他們千不該萬不該竟然想把心思動到她的阿夢身上來。

戚氏眯了眯眼，對蔣夢瑤說：「妳放心，我斷會叫他們後悔搞這事出來。」

蔣夢瑤見她神情篤定，不禁問道：「娘有何良策？」

戚氏彎了彎唇，雖說如今她已經三十好幾，但看起來卻依舊瑩潔光潤，美玉無瑕，此時笑起來，更是比那春光還要明媚，說：「哼，這些年府裡的進帳越來越少，國公爺在世時他們不覺得，只當國公爺沒了，府裡的各項開支用度還能和從前一樣。妳小時候有一回，國公爺帶著軍營裡的帳房先生回來掃了掃府裡的帳目，就查出那麼多的虧空，如今這麼多年過去了，國公爺也懶得應付府裡這些事，全都交給妳孔家嬸嬸去做；妳孔家嬸嬸手段雖有，但管事時手裡未免太鬆，她又是個好排場的人，國公爺一去，府裡沒了來源，雖說有幾處莊子，但產息太慢，她又素來瞧不起商鋪之流……看著吧，三個月內，我必叫她巧婦難為無米之炊！」

蔣夢瑤對於自家娘親的本事也是心裡有數，知道她並不像外表看起來那樣柔弱，若是真的柔弱，可就無法在蔣源羽翼未豐之時，憑一己之力撐起大房的生計了。

至於孔氏他們，蔣夢瑤可沒那麼多的同情心，從以前到現在，他們給大房使的絆子已經夠多了，之前也是因為還住在同一屋簷下，不能做得太絕，才忍到今天。

而這些年，戚氏也早就忍夠了，自從她和蔣源第一次被趕出國公府的時候開始，老太君和孔氏就沒有再管過大房死活，一切開支用度、禮節往來全都是大房自己走帳，從未在府裡得到過什麼幫襯、救助；更別說，老太君偏心，處處幫著二房對付大房，就連孔氏也是多次對戚氏搓圓捏扁，這些事情單件來說可能不算什麼，可是積累到這麼多年，小米粒也搓成了大飯糰，讓人難忍了。

和戚氏說完話之後，蔣夢瑤心裡才覺得好受一些，其實這些事情要是擱在懷孕前，她還真沒放在眼裡，兵來將擋，水來土掩，蔣毓瑤敢進祁王府的門，她就敢把她打出去，事情真鬧到那般田地，她可是不會顧及什麼顏面。

回到祁王府，高博還沒回來，蔣夢瑤覺得有些累，就先去房裡睡了一會兒，再睜眼的時候，就看見高博一臉明朗地出現在她面前。

蔣夢瑤像是小貓一般蹭了過去，高博也乾脆順勢躺下，將那小貓兒摟入懷，說：「如今不同往日了，妳的身子貴重，除了皇宮，沒有誰有資格將妳召去，就是太子府也不能，若是以後不願意去，那就不去，這些事我總還能縱著妳，不用怕誰說話。」

蔣夢瑤聽了他的話，就知道他知曉今日老太君喊她去國公府的事情了，聽他這麼說，心裡可開朗多了，便順著點了點頭。「原想著她是長輩，去就去了，可是……」

蔣夢瑤欲言又止，不想把自己的壞情緒傳染給高博，讓他也不開心。

高博卻是不用她說明，就有分寸，回道：「可是偏生有些人倚老賣老，當全天下人都是她娘，得處處寵著她了。」

「噗。」

蔣夢瑤被高博這句話給逗笑了。

一想老太君，可不就是這樣嗎？她自己找到了個潛力股老公，能幹、有本事、不納妾，拚命掙軍功把她養在京城高高在上幾十年，讓她早就習慣對人頤指氣使，在家裡也是緊著她的性子發揮，從不敢有誰說一句不是。倚老賣老這個詞用得的確恰當，老太君就是仗著自己的輩分，對其他人總少了些平等尊重的心，想著她輩分高，旁人不好與她計較，計較了便是過錯。

而國公爺也常年不在家，外頭的軍功太甚，以至於旁人就算對她有所厭煩，也會看在國公爺的面子上不與她計較，而輩分小的自然也不能與她較真了，要不然一頂不順從長輩的高帽子壓下來也夠他們受了。

「她說想讓二叔的小女兒給你做妾，我一口就回絕了，別的事情倒還好說，幫襯也就幫襯了，可這件事卻是我的底線，她實在太過分了。

「我這才剛懷上，她就開始惦記著你這塊肥肉，我一時氣不過，也說了她兩句，今後怕是再不能好了，她定是恨死我了。」

高博撫摸著她的秀髮，說：「恨死就恨死了，這種不知所謂的人，理她做什麼？想往我府裡送人，哼，好哇，她有本事把人豎著送進來，我就有本事把人橫著送出去。」

蔣夢瑤抬頭看著高博，嘴唇一勾，在他唇瓣上親了一口，說：「我也是這麼與她說的。」

夫妻倆交換了一個十分默契的笑容。

這兩個可都不是那種慈眉善目的善類，高博自不必說，從小就習慣手起刀落，旁人對他的評價無不是手段毒辣、下手無情，而蔣夢瑤也不是好惹的，這樣的兩個人，都把對方看得比自己的眼珠子還要珍貴，又如何會讓旁的東西玷污他們之間的感情呢？

明珠蒙塵這種事情，他們倆都十分有默契不會讓其發生。

只是，這天下似乎就有這種人，天生的不怕死，天生的不知好歹！

六月裡的天氣悶熱得很，蔣夢瑤懷孕之後，就特別怕熱，這還沒到三伏天，她就成日無精打采，雖然不吐了，卻還是吃不下東西。

高博沒辦法，只好去把京裡有名的廚子都聘回來，給蔣夢瑤輪番換著做吃的，就是這樣，蔣夢瑤每天也吃不了多少，四個多月的肚子依舊還是平平的，這讓蔣夢瑤有些擔心，每天在全身銅鏡前照著自己，心裡總是失落，就跑到高博那兒去求安慰。

怪不得人家總說懷了孕的女人情緒比較容易激動，她好像就是這樣子，一會兒看不見高博就覺得自己不知道要幹麼。

高博對她突然的纏人倒是覺得很受用，只要他在府裡，若蔣夢瑤找他，不管他手裡在做什麼，都能立刻放下來，先去安撫她一番，等她平靜了或是睡著了，他再去處理事情；饒是這樣，還是被蔣夢瑤埋怨了好幾回，高博也不生氣，緊著哄她就是，最擔心的還是她氣壞了身子不值當，每回都把蔣夢瑤哄得破涕為笑，再提不起怒氣跟他為難。

蔣夢瑤就這樣在府裡躲了兩個月的驕陽，她不是不願意出門，而是外面的日頭太烈，根本受不了，高博在房間裡給她放了好些冰，儘管窗戶開著，外頭知了叫著，可是水榭二樓四面通風的房間倒是很涼快。

轉眼到了八月十五中秋節，蔣夢瑤的肚子已經顯懷，且相當能吃，坐在戚氏跟前，已經吃了八顆餛飩，現在正在吃剛出籠的小籠包，眼看著又是兩顆下肚。

高博和蔣源在一旁下棋，戚氏卻忍不住了，按住蔣夢瑤還想再挾的手，說：「妳可不能再吃了，這一頓飯得吃多少啊？」

蔣夢瑤將嘴裡的東西咀嚼嚥下去，饒是她現在這麼能吃，臉上、身上都沒什麼肉，看起來還是瘦弱，許是前四、五個月虧得慌了，現在直吃個不停，不管怎麼吃，還是覺得餓，有時候半夜還要再吃一頓。

「娘，這些只是飯前吃的，待會兒我還吃飯呢。」

蔣夢瑤也是無奈，說出來的話把戚氏氣了個鼻歪。

戚氏扶額坐了下來，想想還是不對，趕緊把蔣夢瑤面前的東西都收了。

「快別吃這麼多了，到時候生不下來，妳和孩子都危險。少吃點，哥兒的營養夠了，也就行了。」

蔣夢瑤看著被戚氏收拾去的東西，發出一陣哀號。

高博在屏風內探頭出來看了她一眼，蔣夢瑤回了他一記埋怨的眼神，高博就趕緊把頭縮了進去，不敢再管。

一個是老婆，一個是丈母娘，幫了哪頭他都不討好。

蔣源是過來人，在高博對面給他使了眼色，提醒他千萬別在這時候出頭，高博深覺丈人說得有理，便沈下心來，繼續下棋了。

蔣夢瑤沒有在高博那裡得到支援，也不敢跟戚氏頂嘴，她娘什麼都好，就是有時候太武斷，連吃飯都要管一管。

不過，蔣夢瑤先前吃了東西，肚子裡就不那麼翻江倒海了，丫鬟立刻沏了香茶過來，她喝了兩口就站起來消食，這也是高博讓她每天堅持做的事情，不管吃了多少，每天兩個時辰的消食是必須的。

在祁王府的時候，他晚上會陪她一起，今天是中秋，他們領了中午的宮宴，晚上就到蔣源和戚氏這裡來了。

趙嬤嬤從外頭領了一個人進來，見了蔣夢瑤就上來行禮，蔣夢瑤也認出了她，說：「金燕，金掌櫃。」

金燕是戚氏在外面鋪子檯面上的總掌櫃，相當於戚氏的高級助理，她可是個做生意的好料子，雖然是女兒家，但巾幗不讓鬚眉，硬是給戚氏開闢出一條康莊大道出來。

戚氏從外頭走入，看見金燕，一邊擦手一邊對她招手。

金燕對戚氏同樣恭謹，行了禮之後，便將手裡的一個小包袱遞給戚氏，戚氏讓她打開，金燕照做了。

蔣夢瑤湊在一邊看，就聽戚氏和金燕嘰哩咕嚕說了一大堆，然後金燕便如來時那般，靜悄悄地離開了。

金燕走後，蔣夢瑤對戚氏問道：「娘，這些是什麼呀？金燕幹麼不叫人送過來，還得親自送來。」

蔣夢瑤當然知道金燕的身分了，所以才奇怪，為什麼金燕會親自送來。

戚氏看了一眼蔣夢瑤，唇角勾起一朵花兒來，指著桌上的東西說：「妳自己看看就知道了。」

蔣夢瑤好奇地拿起兩張紙看了一眼，然後眼睛就瞪住了，將包袱裡放的東西全都看了一遍，才呆呆地坐了下來，對戚氏問：「娘，妳這是把蔣家的老底都掀了出來呀！妳怎麼辦到的？」

怪不得金燕要親自送來了，就這一包袱東西，價值百萬兩，全都是蔣家在外的地契、房契、人契，這是徹底把蔣家在外面的財源全都給斬斷啊！

戚氏喝了一口茶，透亮的眸子看了看蔣夢瑤，唇角勾起一抹笑來。

「妳以為妳娘在京裡這十幾年是怎麼混過來的？蔣家早已外強中乾，不過就是一堆沙土，都不用刻意去搗，來幾場大風就可以把他們吹散了。

「莊子裡的管事做了這麼些年，該貪的也差不多貪完了，孔氏雖然在府裡精明能幹，可是也只是在府裡，莊子裡的事情從不過問，由著那些管事糊弄虧盈，府裡養了那麼多閒人，哪一個不是睜著眼睛想在府裡撈點油水？孔氏喜歡給他們訂規矩，只要不觸犯她訂的規矩，那就不算是犯錯，閒人養著就養著了，重要的是國公府的排場及府裡的人服不服她的管教。

「府裡的風氣不好，她不在乎，因為她本身就不是個良善的人，虐打庶子、庶女也不是兩、三天的事，說到底，她還是沒把國公府當成自己家，而是一個能夠被她用來捧高自己的地方。

「她一進門就有人將她捧得高高的，又有妳吳家嬸嬸和我與她作對比，覺得自己處處就高人一等，國公府裡的人就該巴結著她，手底下的人一個個將她捧上天，對她陽奉陰違，她只當是自己威嚴使然，說實話，這一回其實我都沒怎麼出手，這些東西全都是她手底下的人洩漏出來的。」

蔣夢瑤聽得目瞪口呆，對自家娘親眸子裡流露出來的殺伐之氣感到震驚和欽佩，親娘呀，這必須是親娘呀！現在她終於可以知道，自己體內的好戰基因到底是從誰那兒遺傳過來的。

翻看著手裡的紙，蔣夢瑤似乎已經預見蔣家未來的生活，俗話說，一文錢難倒英雄漢，他們都是沒有經歷過困苦、習慣享受富貴的人了，以為他們就是天生的富貴命，根本不用他們操任何心就能有源源不斷的金錢供他們揮霍，所以他們當年才會對戚氏從商一事百般諷刺，覺得戚氏是自甘墮落。

戚氏忽然想起一個問題，對蔣夢瑤說：「唉，對了，這些天我聽到一個傳聞，說是二房那裡要上書給皇上討要聖旨，想讓皇上賜婚？」

蔣夢瑤心情正好，聽了戚氏的疑問，勾起了嘴角冷笑。

「哼，他們倒是會折騰，也不怕事情鬧大了不好收場。」

戚氏湊過來，正色問道：「若是真的，妳說聖上會同意給蔣毓瑤賜婚嗎？」

蔣夢瑤笑著搖頭。

「娘，妳以為聖上是他們家後院的奴才，讓幹什麼就幹什麼呀？不過是虛晃一招罷了，理他們作甚？」

戚氏一聽就明白了，說：「啊，那倒也是。國公府如今白事當門，蔣修若真的上書，才是真傻。真是一幫唯恐天下不亂的人，這種傳言也敢說，妳說要不要告訴女婿，讓他治治他們？」

蔣夢瑤搖了搖頭，說：「算了，他最近夠煩了，跟著我睡也睡不好，成日裡擔心，這些小事就別去煩他了。」

正說著話，蔣修和高博下完棋走了過來，戚氏便收了聲，將桌上的東西收入內間。

蔣源奇怪地看著戚氏離開的背影，對蔣夢瑤問道：「妳娘怎麼了？藏了什麼東西？」

蔣夢瑤知道戚氏暫時還不想讓蔣源知道，怕蔣源壞事，於是親自給他們斟了一杯茶後，說：「金燕剛才送了些帳目過來，她怕是急著回房去對了。」

高博摸了摸她的肚子，問道：「妳剛才和岳母在說什麼呢？神神秘秘的。」

蔣夢瑤揚眉一笑。

「沒說什麼呀，還不許我和娘親說點體己話呀？」

高博見她撒嬌賣乖，捏了捏她的鼻子。

戚氏回來之後，蔣源就把高博喊去書房，翁婿倆有事去談了。

晚上一家人坐在一起吃飯，要不是蔣夢瑤覺得這裡沒有祁王府涼快，晚上說不定還要睡在這裡，可是她挺著肚子，實在是耐不住熱，於是辭了戚氏的好意，兩人還是回了祁王府。

又一個月過去了，蔣夢瑤的肚子已經大得厲害，經過她努力地進食，臉上和身上都圓潤了不少，看起來更加白嫩喜氣。

盛暑之日轉眼過去了，高博早就在府裡將產房和穩婆全都準備好了，就等蔣夢瑤臨盆。

蔣夢瑤的情緒似乎不太穩定，老是作惡夢，夢到生孩子的時候，然後驚醒過來，高博也是擔心到不行。

兩人將這些事情告訴戚氏之後，戚氏安慰道：「唉，懷了孕就這樣，我那時候也是睡不著，總是擔心孩子有事。」

蔣夢瑤點頭。

「是啊！我老是夢見孩子，有的時候是孩子大了，有的時候是孩子沒了，千奇百怪的夢，然後就睡不著了，連帶高博也睡不著，一整晚陪我，第二天還要上朝。」

看著高博眼下的黑眼圈，蔣夢瑤心裡可過意不去了。

高博卻只是笑笑，說：「妳睡不著，我不陪妳，誰陪妳啊？再熬兩個月，兩個月就能好了。」

蔣夢瑤點點頭，戚氏看他們這樣，也是滿意地對蔣夢瑤說：「妳要真心慌，那明日娘陪妳去一趟白馬寺，上上香、定定神吧。」

蔣夢瑤看了看高博，高博對她點頭說：「這樣最好，讓岳母陪妳去上上香，也去散散心，白馬寺的後山上有皇家的禪院，妳們儘管去，既然去了，也別這麼快回來，待個十天半個月，好好安一安神，養好了精神，回來就安心待產。」

蔣夢瑤眉頭一蹙。

「啊，要住十天半個月啊？那得吃多少素啊！」

戚氏沒好氣地說：「素什麼呀！就知道吃，妳看看妳都胖成什麼樣了，肚子這麼大，到生的時候可疼死妳。女婿說得沒錯，既然後山有禪院，那娘就陪妳住上半個月，聆聽佛偈，消災解難，多好呀。」

「聆聽佛偈我倒不介意，就是十幾天沒肉吃……」

戚氏一副恨鐵不成鋼的模樣，高博也不禁笑了起來，說：「妳放心吧，如今白馬寺後山禪院裡的廚子全是御膳房出去的，做的一手素菜不比葷菜要差，就怕妳在那裡吃習慣了，回來該嫌家裡的飯菜油膩了。」

第三十八章

在高博和戚氏有志一同的主張之下，蔣夢瑤翌日就和戚氏一同出發去白馬寺，進行產前最後一趟修行旅遊。

蔣夢瑤去白馬寺的第二天，祁王府就出了一件事——

蔣舫親自把蔣毓瑤送到了祁王府。

蔣舫受蔣修和老太君的指使登門拜訪，理由便是來看一看懷孕的姪女，順便引薦女兒與祁王這個姊夫見面。

高博破天荒接待了他們。

「真是不巧，王妃去白馬寺上香了，我叫她在那裡住上幾日，不知道你們來，要不，我讓人把她們喊回來？」

蔣舫連忙搖手，站在高博下首處，沒有指令也不敢入座。他就是打聽清楚蔣夢瑤這些天不在祁王府，這才大著膽子把蔣毓瑤帶過來，想趁這個機會，與祁王殿下面對面談一談納妾的事情。

「不不不，王妃孕中難得出門，又是去了聖地，如何好召回，再說該是我們拜見她，不敢煩勞。」

聽蔣舫這麼說了，高博不再說話了，低頭兀自喝茶，既不叫蔣舫坐下，也不讓人給他們倒茶，就那麼晾著。

蔣舫老臉一紅，硬著頭皮說：「王爺，這是小女毓瑤，乃是王妃的嫡親堂妹，她一心想來王妃身邊伺候，哪怕是端茶遞水也是好的，若是王妃不便，她還能代替王妃伺候王爺。」

蔣舫說完這些，饒是一大把年紀，臉也不禁紅了大片，其實他又何嘗願意上門做這種賣女求榮的低賤事呢？

實在是家裡出了大事，照孔氏來說，都快要揭不開鍋了，實在沒辦法，只好逼著蔣舫行此一招，想著只要把蔣毓瑤送入王府，被王爺收入房，哪怕現在沒有名分，毓瑤畢竟年紀還小，以後多的是機會，最重要的是能得到王爺的援助，也就行了。

高博銳利的目光在蔣舫與蔣毓瑤之間來回打轉，想起之前聽到的那些流言，唇邊勾起一抹冷笑，不動聲色試探。

「想不到國公爺去後，國公府竟落得這般田地。蔣大人就這樣把令嬡送來，可知道，我就算收了她，也是沒有名分的，說白了，連侍妾都不算，只能算是個玩意兒，這樣也無所謂嗎？」

蔣舫聽了高博的話，心中一動，抬頭看著高博，見他似笑非笑，目光瞥了一眼身後的蔣毓瑤，蔣舫覺得這道目光讓他燃起了希望，他也是男人，當然知道一個男人看見女人是什麼樣的心思，當即把心一橫，直接跪在地上。

「王爺，實不相瞞，小女對王爺癡心一片，在家裡鬧著絕食也要待在王爺身邊伺候，您就看在她一片癡心的分上，收了她吧！至於名分……她畢竟還是個黃花閨女，又是出身國公府，這樣的身分，即便在外面也能配上良人，可她對王爺癡心不改，怎麼說都說不聽，我們做長輩的也不能眼睜睜看著她去死，若沒名沒分，這……這將來傳出去，對王爺的名聲也不好；更別說，三年之後，我父親再入朝堂，必能為王爺效犬馬之勞，請王爺務必看在我們蔣家的分上，不要太虧待她才好。」

高博從座位上站了起來，走到跪在蔣舫身後的蔣毓瑤面前，冷道：「抬起頭來。」

蔣毓瑤忍著想顫抖的身子，抬頭看了一眼高博，她如今才十二、三歲，正是花朵一般的年紀，情竇初開，看見高博這樣俊逸出塵的男子就一見傾心，上回又見他這樣身分的人對妻子這般愛重，與她的父兄大為不同，便癡心暗許了。

高博看著她，一字一句地問道——

「妳來說，妳是真的想入我王府？妳知道自己進來的身分是什麼嗎？妳知不知道我會對妳做什麼？」

蔣毓瑤沒想過這樣高高在上的男子竟然會主動詢問這個問題，便心花怒放，忘記了顫抖，含羞帶怯地說：「奴心悅王爺，無論王爺會對奴做什麼，奴都心甘情願，不管是什麼身分，奴只想伺候王爺一人。」

高博冷眼睨視著她，唇角的冷笑從未停止，回身說了一句。

「既然如此，人，我就收下了。蔣大人請回吧。」

高博收下了蔣毓瑤，這對於蔣舫和蔣毓瑤來說簡直是意外的驚喜，因為他們在腦中預想了很多種高博不同意時的對策，甚至想到要將蔣毓瑤送入高博懷中，造成非禮的「事實」……

可是，他們的一切「計謀」都無用武之地，高博就這麼爽快地答應了，爽快得讓蔣家父女覺得很不真實。

蔣毓瑤也是呆住了，隨即被狂喜代替，喜形於色地跪下對高博謝恩磕頭。

連見過世面的蔣舫，此時臉上的欣喜也是掩藏不住，想著再怎麼樣，這個人總歸是個男人，是男人就逃不開這些脂粉陣仗，虧他來之前還擔心祁王有多難應付呢！

儘管心裡高興極了，但蔣舫還是沒有忘記再提個要求，對高博說：「既然王爺願意給小女一個機會，那小女的名分……什麼時候定下好呢？」

高博坐回太師椅上，抬眼看了看蔣舫，勾唇說：「蔣大人太心急了，連試都沒試過，還不知蔣小姐功夫怎麼樣，怎麼給名分呢？試過再說吧。」

蔣舫聽高博言語粗俗，臉上也有些掛不住，又不敢反駁。

高博無所謂地聳聳肩，說：「要是不願意的話，就當我剛才沒說，蔣小姐兀自領回去就是，我絕不阻攔。」

蔣舫看著高博一臉坦然，心中升起警戒，心想，王爺一定是在試探他，想用這種方法讓他自動放棄。
蔣舫垂下眼瞼，躬下身子對高博行禮說著。
「王爺說笑了，王爺能給小女一個機會已是大恩大德，名分什麼的，相信王爺收下小女之後，定然不會虧待她，畢竟她還是……」
不等蔣舫說完，高博就不耐煩地打斷。
「好了好了，別廢話了，不帶走她，你就回去吧！汪梓恒，找兩個人帶蔣小姐下去休息。」
蔣舫連忙點頭，不一會兒，汪梓恒從門外走進，對內裡情況也不過問，只對蔣毓瑤比了個「請」的手勢。
蔣毓瑤終於表現出了一個十三歲女孩的不安，看了一眼自己的親爹。
蔣舫對她點點頭，跟著走到了門外，說：「記住嬤嬤教妳的那些事情，多學著點，伺候好王爺。」
蔣毓瑤咬著下唇，點了點頭，就跟著汪梓恒喚來的兩名婢女去了廂房。
蔣舫還想留下跟高博說一說話，高博卻直接對他下了逐客令。
「我還有點事沒處理，蔣大人請便。」
高博說完這句話之後，就兀自走出客廳，往書房走去。
汪梓恒站在廳外，對蔣舫比了個「請」的手勢，蔣舫這才摸摸鼻頭，心滿意足地走出王府，回到白綢高掛的國公府。

看著高高在上的巍峨牌匾，蔣舫忍不住一聲嘆息，若不是府裡真的出事，他的女兒又何必去攀那門沒名沒分的親呢？

待他走入主院，老太君和孔氏已經在廳裡等候，吳氏則一臉抑鬱，雙眼通紅地坐在最下首處，一看見蔣舫走入，吳氏眼中的怨毒就更甚，蔣舫故意視而不見，迎上了老太君。

老太君迫不及待地問道：「怎麼樣？王爺收了嗎？」

問完之後，一雙渾濁的眼睛就往蔣舫身後瞥去，心裡有了數，懸在心上的大石總算落了一半，老太君喜形於色地對蔣舫問道：「王爺……收了？」

蔣舫也呼出一口氣，帶著笑意點頭。

「收了。」

孔氏有些疑惑。

「就這麼收了？王爺親自收的？」

儘管他們得知蔣夢瑤去了白馬寺，特地選在這個時機送過去，卻也沒想到這麼容易就成功了。

蔣舫點點頭，接過婢女遞來的茶水，說：「王爺親自收的，妳們就放心吧！我也是男人，男人的心思我又如何不知？王爺雖然平日裡確實愛重夢丫頭，可是那也是在跟前，夢丫頭一不在身邊，他不也忍不住嘛。本來，夢丫頭都懷孕大半年了，祁王府連個侍妾都沒有，王爺肯定憋壞了，咱們送的時機剛剛好。」

聽蔣舫親口說了這些，老太君終於放心地坐了下來，想起蔣夢瑤當初的姿態，不覺得意起來。

「哼，我還以為王爺是有多清高，等她從白馬寺回來，倒要看看她有什麼臉，男人納妾這種事，她再厲害也管不住！」

孔氏聽了點頭。

「是啊，男人誰不好個新鮮幼嫩，咱們毓瑤花朵一般的年紀，正是招人的時候，雖然要她受些罪，不過，我瞧著王爺真是不錯，就是做個側室也好，將來再替王爺生兒育女，總比夢丫頭那不知變通的性子要強多了，將來這王妃是誰做，還不一定呢。」

孔氏這番話說得老太君心裡舒坦，光是想著蔣毓瑤今後得勢壓著蔣夢瑤那副嘴臉，老太君就覺得心裡一種暢快，言語惡毒起來。

「哼，若不是戚氏那個女人逼得咱們家走投無路，咱們又何至於這般趕著送人上門，連個名分也沒撈到呢！她敢對我們做那些事，不就是仗著夢丫頭是祁王妃嗎？以為咱們拿她沒轍，哼，只要毓丫頭能得勢，我定要那母女倆跪在我面前給我磕頭認錯，我要打得她們滿地找牙！」

說話間，老太君的目光又不覺瞥向吳氏，吳氏這回也不懼怕，紅著眼睛就瞪過來。老太君像是故意般針對著吳氏。

「哼，也就是有些人妒嫉成性，若是當初她別管得太寬，咱們蔣家如今庶女成堆，將那些庶女嫁一嫁也能給家裡撈些好處，給家裡的男人奔些前程，就是妳個目光短淺的賠錢貨，看見妳就心煩！」

吳氏如今是有了些風骨，聽到老太君這麼說之後，輕蔑地掃了他們一眼，當目光落在蔣舫身上，那更是輕蔑地要將他貶到塵土裡去。

蔣舫自從上回被鬧著納了個外室之後，他就知道這個平日裡對他千依百順的妻子變了，變得沒有從前那麼霸道，對他也是愛理不理。

這一回他又把閨女送上門去，她更是恨死自己了，他也不敢去看她的目光，垂著頭不說話。

吳氏冷笑著轉身，說：「那我就不在老太君跟前惹人厭煩了，祝你們把蔣家的女兒全都賣了，買個好前程，買個好生活，買個好名聲……賣去吧，不是還有幾個庶女嗎？賣給人做妾、做通房，我倒要看看，你們能有多尊貴，能落著什麼好！別不是人人喊打、人人笑話吧。哈哈哈……」

吳氏說完這些，就瘋瘋癲癲笑著離開了廳堂，也不去管身後老太君敲她的龍頭枴杖、暴跳如雷的罵聲，她嘴角的諷刺笑容，一刻都沒有收起過。

蔣毓瑤在王府裡等了兩天，高博都沒有找她侍寢，不免覺得心慌起來，想要出門找他，可是門口的兩個丫鬟卻攔住她，不讓她出門。

「蔣小姐，王爺說了，沒有召喚，您不能出去。」

蔣毓瑤雖然年紀小，可是經過老太君和孔氏的親身教導、耳濡目染，自然知道什麼時候該示弱，什麼時候該強勢。

她如今身在王府，若是連這兩個小丫頭都制不住，那將來如何制住蔣夢瑤？上回在家裡被她那樣羞辱，這個仇她是一定要報的。

正想教訓她們幾句，卻見汪梓恒帶著兩個嬤嬤走了進來，嬤嬤手中托著兩個木盤，木盤上是兩套顏色很漂亮的衣服。

只見汪梓恒對蔣毓瑤言笑晏晏道：「蔣小姐，王爺叫妳換了衣服隨我們過去。」

蔣夢瑤摸著那衣服的質地，心中狂喜，對汪梓恒問道：「王爺終於肯見我了？」

汪梓恒沒有說話，只是笑笑，對身後的嬤嬤比了個手勢，然後兩個嬤嬤便請蔣毓瑤入內間換衫去了。

蔣毓瑤換上衣服才發現這件衣服實在是太暴露了，裸露在外的肌膚已經達到她能承受的極限，心中還納悶王爺怎會讓她穿這種衣服，轉念一想，想起了孔家嬸嬸身邊的那個嬤嬤教她的事情，也就明白過來。

她披上披風，走出內間，對等候在外的汪梓恒說：「汪總管，我換好衣服了，王爺要在哪裡見我？」

汪梓恒笑笑，在前頭領路，說著。

「姑娘請隨我來吧。」

蔣毓瑤跟著汪梓恒身後，經過了抄手遊廊和花苑，來到了前院，院子裡傳來悠揚的音樂聲，似乎是人聲鼎沸。

蔣毓瑤看了一眼汪梓恒，只見汪梓恒對她指了指內裡，說：「姑娘請進去吧，王爺在裡頭等妳。」

帶著滿腹的疑問，蔣毓瑤走入那院子，只見裡面舞樂齊奏，賓客雲集，中間有一個大舞臺，兩邊坐著兩排賓客，全是清一色的男賓，蔣毓瑤覺得實在奇怪，想跑，卻被身後兩個嬤嬤半推半拉地帶到高坐主家席的高博身邊。只見他身邊還有另外幾個和她相同打扮的女人，神情全都十分局促。

蔣毓瑤對高博露出一抹諂媚的笑。

「王爺，我……」

高博不等她說完，就對著場中拍了拍手，舞樂都靜了下來，他站了起來。

「今日請大家來赴宴，本王也沒什麼好招待的，這幾個都是本王府裡新進的人，本王都沒碰過，全是黃花閨女，也都是有名有姓的。」

高博一把將蔣毓瑤拉了過來，扯掉了她遮擋身子的披風，將她推入場中。

「這是蔣國公府的嫡小姐，這些女人之中她的身分最好，誰能想到做出這樣下賤行為的人，竟然是國公府的嫡小姐呢？你們看著喜歡儘管要去，本王給你們找地方享樂，千萬別客氣。」

蔣毓瑤早就嚇得魂不附體，蹲下身子，以求遮擋一些裸露在外的皮肉，周圍的男賓也全都肆無忌憚不客氣地打量著她，就像是在看一件貨物般，不時地評頭論足，沒一會兒，就真的有個男人走了上來，一下子就把蔣毓瑤抱了起來，說：「哈哈哈，老子玩過那麼多女人，還沒玩過國公府的嫡小姐呢，老子第一個來！」

「啊——放開我！放開我！王爺救我！」

高博毫無反應，叫汪梓恒將其他幾個女人也推下場，一時間場中形成混亂的局面，布帛碎裂的聲音不絕於耳。

汪梓恒都不怎麼敢看了，走到高博身邊小聲問道：「王爺，她們都是官員送來的女人，您這樣對待，會不會有麻煩呀！」

高博看了一眼汪梓恒，沒有回答，而是拍了拍手。

「你們也別在光天化日下做這些事，後面給你們準備了廂房，愛怎麼玩就怎麼玩，盡興就是了！」

十幾個漢子扛著場中的幾個女孩就往家丁指的那個方向走去，被他們扛在肩上的女孩們一個個尖叫著反抗，可是她們哪裡是魁梧男子的對手，沒一會兒就給扛入內間。

場中一些賓客盡數被這樣的場景嚇得愣住了，你看看我，我看看你，面面相覷，就是再也沒有先前那麼歡快了。

是誰說祁王殿下轉性了？

「這是比從前的殘暴係數又高了不知多少段位！嚇死爹了！

這兩天京裡都在傳關於祁王府的事情。

自從祁王殿下從關外回來之後，從未主動結交過哪位朝臣，可是，就在昨天，他竟然主動邀了幾位朝中大臣去他的府邸赴宴。

祁王宴客這件事本身就透著懸疑，更別說，在宴席上發生的那些事情了。

官員給他送姬妾是為了什麼，大家心知肚明，可是他們偉大的祁王殿下竟然連碰都沒碰過，全都大方拿去宴客了。

沒幾日，這件事情在整個官場上傳開了，那些打算送女人給祁王的官員簡直嚇尿了，祁王這麼一鬧，京裡哪裡還有官員敢給他送姬妾呀，又不是女人多得沒處養。

祁王殿下這一招殺雞儆猴不得不說的確起到作用，最起碼向所有人表達了自己的態度——不納妾！妾就是用來糟蹋的，誰要送，先做好心理準備。

這一舉措可以說是令朝野震驚，因為誰都沒有料到祁王殿下會突然來這一招，若是一個真心想要問鼎帝位之人，行事又如何會這般隨意？他就不怕得罪滿朝文武，誰都不支持他嗎？

或者說，祁王殿下就是想藉這次的事情擺個姿態，讓皇帝以為他無心帝位？究竟是虛晃一招，還是確有其事呢？

一時間，眾說紛紜，但大家說歸說，倒是真的歇了送女人入祁王府的心了。

而身處這件事情中心地帶的國公府更可謂是驚得說不出話來了。

當蔣毓瑤失魂落魄地被送回國公府的時候，他們一個個是徹底的絕望了。

老太君聽到消息呆坐在太師椅上；孔氏不敢多留，尋了個藉口，偷偷溜回自己的院子；蔣修和蔣舫面面相覷，不知道該如何是好；吳氏則是一個勁兒在旁邊哭泣。

蔣舫也覺得好像是被人正面打了一巴掌般，撲通一聲，就對著蔣修跪下，哭道：「爹，如今可怎麼辦呀！咱們國公府就這麼淪為笑柄了。」

蔣修一腳踹在他身上，恨不得衝上去把這個兒子的頭擰下來當球踢，可是他卻不能，如果這件事是蔣舫自己做主也就罷了，可這件事是老太君的主意，老太君是他親娘，他聽從一輩子的親娘啊，叫他如何下得了手呀！

可是，不得不說，老太君的這個餿主意真的是把他害慘到極點，他轉身指著老太君，蔣修想罵又不敢罵，只好氣得直跺腳。

老太君也是恨得牙癢癢。

「這個祁王殿下，我原以為他是個識時務的，沒想到竟是這樣的混帳。你別氣了，都給人欺負到頭上了，還在這裡氣什麼，不會直接奏本，參他侮辱朝臣嗎？咱們家老國公為國為民數十載，如今他才剛去，皇上不會由得旁人欺負咱們的，你去寫摺子，我就不信還出不了這口惡氣。說到底，他是什麼呀！不過就是一個被貶出關外又使手段回來的臭小子罷了，竟敢這樣打我們國公府的臉，這口氣絕不能忍！」

見蔣修站著不動，老太君從太師椅上站起來，推了一把蔣修，說：「你倒是去呀！被人騎在脖子上拉屎撒尿了，你還沈得住氣，想做縮頭烏龜嗎？」

蔣修閉著眼睛深吸一口氣，原想就這麼忍下去，可是，老太君的話實在太過難聽，讓蔣修再也忍不住了，轉身對她怒道：「娘，您就別再添亂了！誰讓你們給祁王送女人的？本來咱們家已經被貶了，你們還不注意言行，趕著給人送鞭子抽打你們，我上什麼摺子？我還能說什麼？說我們家賣女求榮，沒個名分也要把閨女送給人家做通房嗎？人家答應你們什麼，許你們什麼位分了？什麼都沒有，就你們犯賤把閨女送上門去給人家糟蹋，還有臉找人家說理！你們有臉找，我可沒臉！再說了，他是王爺，不管得寵還是不得寵，他都是皇上的兒子，咱們不過是臣子，您要我上書給皇帝去參他的兒子，我是嫌命長了，還是腦子有問題呀！不是自取其辱是什麼？我看您是老糊塗了，今後這府裡的事情，您就別插手了，越管越亂，說到底就是您的錯！您讓我的臉面置於何地？您是真想讓我一輩子在家裡被投閒置散，再入不了朝嗎？」

老太君被蔣修這一番激烈的言論嚇得不敢說話了，呆呆坐回了太師椅，眼珠子裡滿是震驚，愣了好一會兒才顫抖著雙唇說：「你竟敢這樣跟我說話！孽子！」

蔣修既然把話說出來了，就斷無再隱瞞的道理，一把掀翻一側的茶几。「若是您再這樣用婦人之仁來害我這個兒子，那我便做孽子！」

說完這一句話之後，蔣修便怒不可遏地又踢了一腳蔣舫，然後才推開身前一切東西，走出了廳堂。

老太君看著兒子離去的背影，想著她這個兒子向來孝順，從來沒有對她說過一句重話，今天卻突然發這麼大的火，讓她也不禁懷疑，難道她真的做錯了嗎？

不，她怎麼可能做錯！她從頭到尾都是出於好心。她想要蔣夢瑤幫她，可是蔣夢瑤那個妒婦不肯，她就只好自己送人上門，為的是什麼？為的就是想讓蔣家的女兒占領祁王府呀，她為的是什麼？為的是大家的利益！若是祁王府有兩個或者三個蔣家的姑娘，那他們不就等同於捏住祁王的後院嗎？將來還不是讓他幹什麼就幹什麼？

可是蔣夢瑤不幫她，蔣修怪罪她，她一片好心，竟然沒有人理解？

哈！說到底，始作俑者還是因為蔣夢瑤和戚氏，她當年就不該對她們有好臉色，倒叫她們翅膀硬了，變成白眼狼來害她！

蔣夢瑤和戚氏從白馬寺回來，總覺得周圍氣氛很不一樣，戚氏也感覺到了。

高博聽說她們回來了，就從書房走出，見戚氏扶著撐著腰走路的蔣夢瑤回來，立即迎了上去，代替戚氏攙扶著蔣夢瑤進門。蔣夢瑤似乎又圓潤了些，看著高博的目光絲毫不知道遮掩。

高博被她看得都有些難為情了，不禁問道：「妳這麼看我幹什麼呀？」

蔣夢瑤湊近他的耳朵說：「看看我不在的時候，某人有沒有做對不起我的事啊。」

高博斜睨了她一眼。

「這種事做了也不會讓妳看出來，妳就別費神看了。」

蔣夢瑤噘嘴冷哼，不過在看見高博給她準備好的瓜果時，所有的負面情緒全都沒有了，她開心地飛撲到桌子前，拿起兩顆柑橘，一顆遞給戚氏，一顆遞給高博。

高博認命地接過去，坐下來替她剝柑橘。

「好了，我把人安全送回來了，我就不留了，離家太久，我得趕緊回去看看。」

戚氏吃了一顆柑橘後就起身。

戚氏這些天也是累壞了，雖然不是她懷孕，卻比蔣夢瑤還要擔心受怕，日夜都不敢掉以輕心，生怕出什麼岔子；如今回來了，她把蔣夢瑤送回高博手中，這才像是完成任務般，火速提出告辭。

高博站起來留她，說：「岳母這幾日辛苦了，何不在王府多待些日子？待會兒我讓人去把岳父也接過來好了。」

戚氏搖手。

「唉，不用了，又不是離得多遠，我明兒再來好了。」

高博將戚氏送到門口，由汪梓恒親自送她回去，回到了廳裡，就見蔣夢瑤一邊吃著柑橘，一邊挑眉看著他，不禁走過去一把捏住她的鼻子，說：「岳母不在了，可別以為我不敢收拾妳啊！」

蔣夢瑤拍開了他的手，警覺地說：「總覺得這次回來，大家看我的眼神不對，你肯定有事瞞著我，對不對？」

高博失笑。

「哈，真是狗眼睛！事情倒是有的，不過我不想告訴妳。」

蔣夢瑤瞪著他，高博揚了揚下巴。

「要不妳餵我喝一口茶，我再考慮考慮要不要告訴妳。」

蔣夢瑤也賴皮，指了指自己的肚子，意思就是「我這樣，你好意思」？

高博也不是省油的燈，無賴一笑。

「端一杯茶而已，妳是肚子懷孕了，手腳又沒有懷孕，快來吧。」

蔣夢瑤被他的話逗笑了，抬手就想去打他，卻被他抓住手腕，一個旋轉，就拉進他懷裡，蔣夢瑤也不客氣地坐了下去。

只聽高博慘叫一聲。「哦！」

高博喘著大氣，說：「娘子，妳可千萬不能再重了，為夫可真抱不動妳了。」

這話直惹得蔣夢瑤捶肩教訓他，揪著他的耳朵讓他一個勁兒地保證，無論娘子多胖，都不嫌棄她。

得到保證之後，蔣夢瑤才心滿意足地摟著他的脖子，乖順地在他臉上落下一記香吻，沾了某人一臉的口水。

「說吧！什麼事瞞著我？」

高博抱著蔣夢瑤去了內間，讓她舒服地躺在床鋪之上，才將府裡這些天發生的事情全都一一告知她。

蔣夢瑤越聽眼睛瞪得越大，然後幾乎是從床上猛地坐起，嚇了高博一大跳。

她指著高博叫道：「你瘋了！這樣做不是等於跟文武百官作對嗎？今後還有誰會支持你呀！」

高博聳聳肩。

「我又不是為了他們的支持才做這件事的。一來我沒有問鼎之心，二來我不想妳今後為了這些事情頭疼，也不想因為其他女人而讓妳擔驚受怕。妳嫁給我，我就要給妳十足的安全感，任何會讓妳難過的因素，我都會一一排除，其他人怎麼想我，我不在乎，我只在乎妳怎麼想，只在乎妳過得開心不開心。」

「……」

聽著高博的話，蔣夢瑤簡直都不知道該說什麼好了，這個男人，真是太知道怎麼讓她感動了，可是她還是不放心。

「你這麼做就算其他朝臣不會說什麼，可是那些送女人給你的人家肯定恨死你了，他們將來若是想要報復你，暗箭難防怎麼辦呀？」
高博神秘一笑。
「誰恨死我呀！妳以為我是什麼，不過短短一、兩天的工夫就有那麼多人給我送女人？」
見蔣夢瑤有些不解，高博也不再賣關子，直接說：「除了蔣家送來的那個是真的，其他女人都是我自己找來的。」
蔣夢瑤瞪大了眼睛，難以置信地看著他。
「其他都是……你就為了嚇嚇蔣毓瑤啊？也太勞師動眾了吧？」
高博挑眉。
「為了嚇她？哼，她有什麼好嚇的，我是為了讓大家知道我的態度。其他官員受邀而來，他們才不管到底是誰送給我女人，只知道現場看到了那場戲，看見了就會引以為戒，不會再犯相同的錯誤，順便給蔣家二房一個教訓，讓他們看清楚自己在我眼裡到底是個什麼貨色！」
高博的心思，蔣夢瑤又何嘗不懂呢。他這是用實際行動讓她一勞永逸，原本經過蔣毓瑤這件事，蔣夢瑤還在擔心，今後這些桃花估計不會少，還在想著今後該如何應付那一撥又一撥的女人，沒想到，不過是出門十多日，高博就給她收拾得乾乾淨淨，沒有任何後顧之憂了。

為了自己，不惜背負這樣的名聲，蔣夢瑤眼眶一紅，就哭了出來。

高博見狀也慌了手腳，將她摟入懷裡，安慰道：「哎呀，傻丫頭哭什麼呀！我這麼做，難道妳不開心嗎？難道妳希望我妻妾成群？」

蔣夢瑤抬頭捶了一記他的肩膀，邊哭邊說：「你想得美！」

「那妳還哭？」

高博替她擦乾了淚水，可剛擦乾，那雙漂亮的眼眶裡又立刻有了水霧。

蔣夢瑤哭著哭著，就連自己都不知道為啥會哭了。

她眨著眼睛，帶著濃濃的鼻音說：「可是我就是想哭，忍不住啊！」

戚氏果真第二天午後又來了祁王府，順道給蔣夢瑤帶了冰糖豬腳，因為她那幾天在白馬寺的禪房中，總是念叨著想吃。

蔣夢瑤捧著肚子一邊吃一邊說：「不是說不讓我吃嗎？」

戚氏白了她一眼，岔開話題道：「女婿和蔣家的事，妳知道了？」

蔣夢瑤舔了舔手指上的肉汁，看了一眼戚氏，果然見戚氏的臉色並不是很好。

「我也是昨天才知道的。」

戚氏湊過來又問了一句。

「那女婿真讓人把毓瑤丫頭給……」那兩個字，戚氏實在說不出口。

蔣夢瑤放下豬腳，張家寡婦立刻端了盆溫水過來給她淨手，淨過手之後，蔣夢瑤才把戚氏帶到內間，坐在軟榻上。

「只是嚇嚇她，沒做，不過那丫頭的名聲肯定是毀了。」

戚氏聽了這話，才稍稍鬆了口氣。

「唉，女婿這回真是把國公府那兒得罪死了，今兒一早老太君就把妳爹爹喊了回去，鬧騰得厲害。」

蔣夢瑤眼皮子一掀，挑眉問道：「那老太太想幹麼？不會是想讓我爹爹高博一本吧？」

戚氏沒有說話，低頭嘆了口氣，意思就是默認了。

蔣夢瑤一見來勁了，從軟榻上猛地坐起，嚇了戚氏一跳，戚氏替她捧著肚子，瞪了她一眼，埋怨道：「妳小心點，別一驚一乍的。」

「哈，那老太婆還真敢說啊！讓我爹去參我相公，腦子被門夾了吧！」

戚氏扶著她讓她躺下，一邊說：「誰說不是呢？妳爹回來也是這麼說，可是那老太婆以死要脅，說若是妳爹不參，她就當場撞死，讓妳爹背負不孝之名。」

越聽越覺得荒誕，蔣夢瑤簡直不知道該怎麼形容那個蠢老太婆了。

「那我爹怎麼說的？答應了？」

戚氏搖頭。

「怎麼可能答應？妳爹當場就拒絕了，說寧願背負不孝之名，也不會無緣無故參自己女婿一本的。」

「噗。」蔣夢瑤不禁失笑，果然薑還是老的辣。「爹還真敢說啊。」

戚氏也笑了。

「有什麼不敢說的，妳爹就是算準那老太婆不敢去死，她活得這麼恣意，還想再多享幾年福呢，怎麼捨得去死呢。」

蔣夢瑤撫著肚子，這才覺得好過些。

「然後呢？事情就這樣？」

「沒，最後那老太婆不得不自找臺階下，又跟妳爹哭訴家裡過不下去了，還順帶把我也給告了，沒準兒還想鼓動妳爹休了我呢。後來妳二叔公出來打圓場，妳爹給他們留了五百兩銀子，這才脫身。」

蔣夢瑤聽完後，既是嘆氣又是搖頭。

「到今天我終於明白什麼叫『人不要臉天下無敵』了，這老太太也太無賴了吧，根本就是把她端了幾十年的老臉一下子全扔地上不要了，搞得好像她與我們修好，是我們幾輩子修來的福氣似的，我們就下賤，就該在她的指使下過活，也不想想她當初是怎麼對我爹，是怎麼對我們的，真虧她好意思！」

戚氏也是對老太君恨得牙癢癢，要不然平時哪准許蔣夢瑤說這些粗俗的話。

「就是，妳爹也真是的，那種人你給他們錢，等著吧，不可能只有一次，下回還不知要多少呢。就怕他們拿了咱們的錢，還一個勁兒地想給咱們使絆子，那咱們不是搬起石頭砸自己的腳嗎？」

蔣夢瑤也是這麼擔心，她現在是徹底對二房那頭看透了，只覺得這種無賴根本沒有辦法以常理去想，他們覺得誰都該慣著他們、讓著他們，以前國公爺在的時候的確是這樣，大家不看僧面看佛面，可是國公爺去了，他們還不能醒悟過來，這就是他們的問題了。

「總不能被他們算計了，還是派人去盯著好。」

蔣夢瑤決定晚上跟高博要幾個暗衛，讓他們去盯著二房那邊。

戚氏也點頭贊成。

「盯，必須盯著。雖說只給了五百兩，可是我連五兩都不想給他們，不是我吝嗇，而是妳都不知道那個老太太在妳爹小時候是怎麼對他的，妳爹如今想起來，還忍不住紅著眼眶想哭呢！根本就是把他像狗似地拴在院子裡，如今妳爹爹出息了，他們倒是不把他當外人了。」

兩人又說了一番話，戚氏這才離開。

沒多久，蔣夢瑤在軟榻上睡著了，還是高博回來把她抱回房間床鋪上。

蔣夢瑤迷迷糊糊地往他身上蹭了蹭，閉著眼睛，在他光潔的臉頰上大大親了一口，像是隻大貓蹭在高博身邊，不讓他起身。

高博無奈地被她壓著一隻胳膊，乾脆也不起身，脫了鞋就在她身邊睡下，一隻手習慣性去摸她高高隆起的肚子，只覺得肚皮如鼓，不知道裡面是個什麼光景？

高博把腦袋湊過去聽了聽，用手指輕輕敲了敲肚皮，然後就貼著肚子像是在等什麼回應似的，等了片刻之後，肚子裡還真有回應，朝著他貼著的地方踢了一腳，讓蔣夢瑤嚇了一跳，弓起了身子，睜開雙眼。

高博緊張地看著她，問道：「沒事吧，剛才怎麼動得那麼厲害？」

之前雖然也有過胎動，可是沒有今天這麼大動作，高博是又驚又喜，可苦了蔣夢瑤。

「臭小子在跟他爹打招呼呢，也不提前跟我說一聲，出來以後要打他屁屁！」

肚子裡的小傢伙像是聽懂了蔣夢瑤的話，又往左邊踢了一腳。

蔣夢瑤忍不住叫道：「臭小子！哎喲……」

高博也覺得這小子今天太興奮了，出手安撫，說：「兒子乖，別踢了。」

也不知怎地，高博一說話，小傢伙還真的就不踢了，終於讓蔣夢瑤緩過氣來，躺在床上直喘氣，經過一陣折騰，額頭都沁滿了汗珠，高博用袖子替她把汗擦乾淨，然後捧著蔣夢瑤的臉，給了她一記大大的吻，兩人才又躺下好好地說話。

說起蔣家二房，高博也是十分不屑。

「他們若是聰明，就該安分守己，別再搞什麼么蛾子，否則我可不會再手下留情。」

蔣夢瑤對他提出要幾個暗衛監視二房的事，高博也允了，說明日就分幾個人給蔣源，讓他去安排支配。

蔣夢瑤又問今天朝堂之上有沒有人參他，高博搖頭。

「除了蔣毓瑤，其他女人都是假的，誰會為了不認識的人參我？就算這消息透露出去，他們也不能奈我何，我不過是在家裡設宴，『送』了幾個連侍妾都不是的女人而已，又沒有真的礙著誰，放心吧。」

高博看著她又說：「妳就別想其他的了，事情都交給我，妳只要安心待產，如今已經七個多月了，這兩個月裡，妳什麼都不用做，乖乖的，好不好？」

蔣夢瑤摟住他的腰，笑著道：「我一直很乖的。」

兩人又一番耳鬢廝磨，一夜無話。

第三十九章

過了幾天，戚氏帶來一個消息。

她來到蔣夢瑤面前，二話不說，乾掉了一碗茶，然後義憤填膺地說：「妳猜怎麼著？我就說二房那裡不會消停，妳爹給了他們五百兩，沒兩天，竟然又來要錢！真當我是開善堂的了。」

蔣夢瑤奇道：「又要？誰來要的，要多少？」

戚氏嘆了口氣。

「妳孔家嬸嬸，說是奉了老太君的命令，一開口就是要二萬兩。我就不知道，他們怎麼開得了口。」

「那妳給了？」

戚氏用一副「我瘋了」的神情看著蔣夢瑤，說：「怎麼可能，我又不傻！二萬兩銀子，憑什麼她一張口我就得給？分家的時候，他們可是連一個子兒都沒給過我們，現在倒知道說什麼同舟共濟，一脈相承，早幹麼去了。」

「可是這麼拖著也不是辦法呀！」

戚氏看了看蔣夢瑤，湊過來問道：「妳有法子？」

蔣夢瑤嘿嘿一笑，說：「娘，妳比我精明多了，如今不過是身在局中看不分明，對付這種小人，根本用不著講道義，妳不是說如今的蔣家二房就是一盤散沙，都不用特意去搗，風吹兩下子就散了嗎，妳還費神幹什麼呀！」

戚氏聽了個糊塗，她是真的急了。

「哎呀，妳別賣關子了，有法子說法子，沒法子給我想法子呀。」

蔣夢瑤對戚氏招了招手，說：「離間。讓他們窩裡鬥起來，不就無暇顧及其他了，話柄還落在妳口中，正好有理由把界限劃得更清！」

戚氏看著蔣夢瑤，先是疑惑，想了想後，才明白過來。

母女倆相視而笑。

距離生產的日子越來越近，蔣夢瑤越是整夜睡不著，肚子總覺得壓得喘不過氣來，時不時就得起身坐一會兒。

高博跟著她也是夜夜睡不好，二十四孝相公，一醒來就問蔣夢瑤要不要喝水，要不要吃東西。

一個大男人做起這些事來，倒不見笨手笨腳，反而麻利得很，無微不至，就連蔣夢瑤唇邊的水漬都不用她抬手去擦，高博全都能夠幫她料理得乾乾淨淨。

這麼折騰一宿，高博第二天還要上朝，應酬最近倒是少了很多。

夫妻倆就這麼提心弔膽地熬到了十月，這日，宮裡的產婆來給蔣夢瑤摸過了肚子，估摸著說這幾天就該有動靜了，高博就向宮裡告假，這幾天就留在府裡陪蔣夢瑤了。

雖然已是深秋，照理說蔣夢瑤不該再流連風口，可是她直說自己焦躁得慌，心裡發悶，吹著冷風總能感覺好一些，高博這才歇了把她關入房裡的心，陪她一同坐在湖心亭中吹風。

幸好高博是習武之人，站在四面來風的湖心亭中倒還不覺得冷，而蔣夢瑤挺著個肚子，恨不能把衣服都敞開才舒服，坐在風口也不嫌冷。

高博讓人搬了張搖椅，上頭墊了軟綿的絲緞棉墊，讓她舒服地躺在上面。

突然蔣夢瑤覺得下腹沈了沈，一根筋似乎抽痛了一下，她發出一聲「嘶」。

高博立刻湊上來問：「怎麼了？哪裡不舒服？」

蔣夢瑤摸著肚子，納悶地看了看高博，沒一會兒，那種抽痛的感覺又來了，緊緊捏住他的手，她回頭看著他，臉上露出一些害怕的神情。

高博也覺得不對勁，問道：「要、要生了？」

蔣夢瑤只覺得腹中的疼痛侵襲而來，一陣比一陣激烈，連連點頭，高博也慌了手腳。

張家寡婦見狀趕忙上前，得知蔣夢瑤快要生了，立即跑出亭子，去找早就安排好的產婆和大夫了。

蔣夢瑤是被抬入產房的，肚子像是被刀劈了一般，疼得她整個人都躬了起來，身邊所有人都很忙碌，她也分不清誰在幹什麼，肚子裡像是有無數把刀在戳她似的，疼得厲害，她哭喊著高博的名字，差點失去了意識，得知消息趕來的戚氏在旁邊擔心得不得了，可又沒法幫女兒出力。

高博衝破了阻攔，來到她身邊在她耳旁給她鼓勵，蔣夢瑤看著他臉上的焦急，發出嗚咽來，竭力配合著產婆的口號，將全身上下的力氣全都用到了那處。

大概過了一個多時辰，一陣響亮的嬰兒哭泣聲自房內傳出。

是個女孩兒，七斤六兩重，母女平安。

高博懸著九個月的心就像是突然落地了般，心情無比輕快。

蔣夢瑤整個人像是鬆了勁頭，眼睛一瞇，就昏死過去，再醒來時，她已經被搬到乾淨的床鋪之上，戚氏正抱著啼哭不止的孩子搖晃著，兩個嬤嬤站在蔣夢瑤的床前，給她催奶。

蔣夢瑤咬著牙，疼得眼淚汪汪的。

高博從戚氏手中接過孩子，問道：「奶還沒出來啊？」

戚氏點頭，說：「是啊，摸著倒是硬邦邦的，肯定有奶，可就是出不來。」

高博在屏風外聽著蔣夢瑤的喊痛聲，也是一陣心疼，說：「要不就不催了吧，反正府裡有乳母，也用不著她親自奶的。」

戚氏嘆了口氣，說：「哎呀，我也是這麼跟她說的，可是這孩子倔強得很，說什麼自己的孩子一定要自己奶，今後才會跟她親，怎麼樣都要把奶擠出來。」

高博站在外面，實在聽不下去了，就把孩子交還給戚氏，說：「娘，您先給丫頭再餵點糖水，我進去看看，要是過一會兒奶還是出不來，就抱去給乳母餵吧。」

戚氏點點頭，誰知道蔣夢瑤在裡面聽見了，用著氣力喊道：「不行、不行，就快出來了，今天我一定能讓寶寶吃上奶的，再等我一會兒吧……啊！啊！」

高博無奈地搖搖頭，從屏風後頭閃了進去，只見兩個嬤嬤都已經滿頭大汗了，蔣夢瑤也是難受極了，從前柔軟之地，如今也是青紅一片，而且一碰就疼。

兩個催奶嬤嬤對視一眼，其中一個來到高博面前，在高博耳旁說了幾句話。

高博瞪著眼睛看著她好一會兒，然後才反應過來，有些窘迫地說：「哦，好，我……試試吧。」

蔣夢瑤正不斷喘氣，誰知道正在按摩催奶的嬤嬤突然停了手，高博就這樣湊了過來，蔣夢瑤下意識想把衣襟拉起來，卻見高博乾脆脫鞋爬上床，兩個嬤嬤側立床邊，替他們把帳幔拉了下來，頓時床鋪之中就是一個密閉的小空間。

高博看著蔣夢瑤，勾唇一笑，說：「嬤嬤說，讓我替妳通一通，妳就別遮了，孩子都生了。」

蔣夢瑤還沒反應過來，她蓋在身上的被子就被拉了下去，胸口一陣清涼，然後那處就被溫熱濕濡的嘴給覆住，蔣夢瑤又痛又羞，卻不敢發出聲音來，因為她知道帳子外頭可站了不少人，但凡發出任何聲音，帳子外頭可都是聽得一清二楚，到時候，羞也羞死人了。

高博吸吮了好一會兒，將櫻桃吸成了葡萄，終於是吸出了一點點，伸出舌頭舔了舔，還不顧蔣夢瑤羞得想死的神情，厚顏無恥地說了一句。「咦，好像有點鹹。」

不等蔣夢瑤打他嘴巴，他就好像食髓知味般又繼續埋下頭，這一回可就比之前輕鬆多了，高博也很快找到竅門，一捏一鬆再一吸，就真的是滿口的奶了。

蔣夢瑤見他含著不肯放，在上面直推他，壓低了聲音說：「行了、行了，你別吃了，再吃寶寶就沒得吃了。」

高博這才意猶未盡地抬起頭，然後打鐵趁熱又開始弄另一邊，也是這麼一番吸吮之後，總算是將兩邊奶水都給通了出來。

嬤嬤們在帳子外聽到這個消息，也全都放鬆下來。

戚氏把哭著的孩子送入了帳幔，探頭進去，手把手地教蔣夢瑤怎麼抱孩子，怎麼餵奶，又是一番折騰，好不容易，寶寶才含住了，開始一口一口猛地吃起奶。

戚氏見小傢伙吃得急，對蔣夢瑤說：「哎，妳壓著點，別嗆著她了。」

蔣夢瑤哪知道這些事情呀，縱然在生產前，戚氏就給她上過課，但那畢竟是書本知識，感覺不一樣的，就好像現在，她能感覺到小傢伙的力氣，很奇妙、很神聖，看著她還沒睜開的眼睛，小小軟軟的身子，她只覺得再多的痛苦、再多的等待，都是值得的。她一邊餵奶，竟然一邊感動地哭了出來。

高博在一旁關切地問道：「是不是還疼呢？今天就餵一點吧，讓乳母接著餵好了。」

蔣夢瑤像是護著寶貝似地抱緊自家姑娘，用眼神抗議高博這種阻礙她們母女倆情感交流的行為。

別人說，剛出生的孩子並不怎麼能吃，而昨日孩子生下來之後就抱給了乳母，吃得也確實不多，可是今天在蔣夢瑤這裡，小傢伙吃得都不肯鬆開，就好像她真的認識娘親身上的味道一般，知道這個餵她的人才是娘親。

小傢伙足足把蔣夢瑤的兩邊奶全都吃得乾乾淨淨了，這才肯鬆開嘴，打了一個飽嗝，然後沈沈睡了過去。

戚氏抱著她去到房間另一邊的床鋪之上，那裡是特意加出來的床鋪，這幾天戚氏就睡在上面，如今孩子吃飽了，又太小，戚氏決定頭幾個月，就由她帶著睡覺。

蔣夢瑤餵飽了寶寶，整個人也像是虛脫了一般，但那感覺真的很奇妙，就好像她剛剛完成了一項特別特別偉大的使命。

揉了揉變軟的乳房，蔣夢瑤深深呼出一口氣，高博也順勢躺下，在蔣夢瑤臉上親了一口，溫柔地在她耳邊呢喃。

「娘子，辛苦了。」

蔣夢瑤轉頭對高博笑了笑，疲憊中還帶著初為人母的喜悅，說：「我這一個月都不能洗澡，可是身上總感覺髒髒的，我也不是要現在洗，就是再過幾天，你和我娘說，讓我洗個澡吧，好不好？」

高博自然聽戚氏說過女人坐月子的規矩，一想到蔣夢瑤若是照顧得不好，可能會落下月子病，他就覺得任何事情都不能馬虎了，當即搖頭，說：「什麼要求，我都能答應，就是這個不行。妳現在剛生了孩子，身子弱得很，若是洗澡時吹了風，那可是一輩子的事，不能馬虎。乖，也就忍這一個月，一個月以後，我帶妳去昆山溫泉洗，好不好？」

蔣夢瑤推了推他，不滿地說：「一個月我都已經臭了，你就算帶我去瑤池洗澡也洗不乾淨了。其實，坐月子不是不能洗澡的，只要別著涼就好了，你讓人趕緊把這房裡的地龍生起來，屋裡暖和，洗澡肯定不會冷。」

高博固執地搖頭，說：「不行，我不能冒著讓妳落下病根的危險。我這一個月都還跟妳在這裡睡，我不嫌妳髒，不嫌妳臭，我也不洗澡，總行了吧？」

「……」

蔣夢瑤實在是不知道跟這個男人說什麼了，身子實在疲累，眼睛一瞇，竟然就這麼睡著了。

高博忍不住在她的睡顏上親了一口，這才擁著她睡去。

蔣夢瑤生了個女兒，戚氏雖然喜愛孩子，卻不免覺得有點可惜，也沒敢在自家閨女面前表露。

這日，蔣夢瑤如常餵好奶睡下了，戚氏就把孩子抱到隔壁。

蔣源現在還見不到自家閨女，外孫女倒是可以抱一抱。懷裡抱著這軟綿綿的小女娃，他的臉上漾出不符合他年紀的開懷笑容。

戚氏也跟著逗孩子，不免嘆了一口氣。

「唉，左右都是命，若是命再好一些，讓阿蘿生出個哥兒來，那咱們阿蘿今後才是獨一份的榮寵呢，說不定還能……」

不等戚氏說完，蔣源就打斷她，說：「婦道人家懂什麼？如今這個形勢，閨女生個丫頭出來才是最好的，妳以為生出皇長孫就是好事了？」

戚氏不懂。

「生出皇長孫還不是好事啊？說句不怕通天的話，那今後咱們阿蘿當那……都是有可能的。」

戚氏猶豫了一下，終究還是沒把那個詞語說出來，卻被蔣源瞪了半天。

蔣源抱著孩子坐了下來。

「有什麼可能啊，妳難道忘記阿蘿生產之前的一個月是怎麼過的，她可是成日睡也睡不好。咱們女婿不是太子，偏偏生出了皇長孫，妳覺得那些人會放過他們母子倆？如今生了個閨女，這才是老天保佑，大大的福氣！」

蔣源的話讓戚氏大徹大悟，竟也覺得有些後怕，終究是被眼前的利益蒙蔽了雙眼，如此看來，倒真是生個姊兒要好。

見妻子終於明白，蔣源才放下心，又囑咐了一句，說：「這些話可不許跟閨女說，妳就別給她添亂了。」

戚氏連連點頭，說：「放心吧，我懂的，咱們阿夢那麼聰明，腦子總是比我好使的。」

夫妻倆相視一笑，湊在一起繼續和這眼睛才睜一半的小傢伙玩，當然更多的時候是他們自己在玩，小傢伙則繼續睡得香甜。

三日之後，高博對朝廷上表，祁王妃生下了一個女孩，名叫高嵐。

高博這個消息封鎖得很是徹底，只有少數幾個管理皇家子嗣的天官被早早接入祁王府，親眼見證祁王妃生產的瞬間，確定為皇嗣血脈。

皇上得知祁王府的孩子生了，雖然緩報了幾天，但他聽說生的是個女孩時，也忍不住從龍椅上站起來，連連點頭稱讚這孩子是個有福之人，當朝賞了無數金銀珠寶、布帛錦緞給這位剛出生的小郡主，又賜了如意和冊封，當真是比得了一個皇長孫還要令他開心。

有些聰明的臣子轉了轉腦袋，也就能想通其中癥結所在了。如果祁王此回獲得的是個男孩，那這孩子的身分怎麼說都該是皇長孫，但祁王只是王爺，並不是太子，他的孩子成了皇長孫，就意味著今後這大統還有變數，到時候若是兄弟相殘，那才叫亂呢。

如今祁王生了個小郡主，情況就完全不一樣了。因為小郡主的出生不會影響大局，更加不會因為她的存在而讓所有人為難，所以皇上才會說她真的是個有福氣的娃娃。

可不是個有福氣的嗎？若生的是個男孩，在祁王得天下之前，他的日子定然是不好過；而祁王要得天下，勢必又要經過一番惡鬥，其結果如何，還真不好說。

不過外頭眾人的反應如何，對蔣夢瑤來說都不重要，她如今只須安心坐月子。

戚氏給蔣夢瑤端來了魚湯，奶白的湯汁上頭飄著一些油花，這些天她就是多喝了這種湯，奶水特別滋潤。

「別看這湯簡單，尋常人家都喝它，那孩子一個個養得都白白胖胖的。」

戚氏一邊看著蔣夢瑤喝，一邊對她進行例行解說，蔣夢瑤倒不是不喜歡喝這鮮美的湯，只是就算再喜歡，也禁不住天天喝呀！無奈高嵐吃奶吃得凶，若是不多喝湯水，奶水就不夠那丫頭吃。

「可別說女婿虧待妳啊，如今妳這身子正虛，大補的東西也不能吃，妳呀，只要每天喝幾碗這個魚湯，然後照常吃飯就行了，等身子不虛了再吃其他的。」

蔣夢瑤嘟著嘴喝一口湯，就看一眼在旁邊安睡的寶貝，嘆了口氣，說：「我知道了，娘，妳不用每次都說嘛！只是這湯能不能換一種口味，總是喝這個湯，我嘴裡都快沒味道了。」

這坐月子真不是女人享福的時候，頭皮癢得厲害，既不能梳頭，也不能洗頭，身上雖然一天換幾次衣服，可是也抵不住癢，再加上吃東西，雖然不太忌口，可是，每天都被這湯水灌飽了，哪裡還有什麼肚子吃其他的呀。

「那行，明兒我給妳熬雞湯，再加幾顆雞蛋，也是一樣的。」

蔣夢瑤舔了舔唇，說：「可我想吃辣菜，要不雞湯裡頭擱點辣醬吧？」

戚氏橫了她一眼，說：「妳想吃辣菜，咱們寶貝能吃嗎？回頭妳的奶都是辣的。」這麼一句，又把蔣夢瑤給打回了原形，總地來說還行，最起碼換了個菜色。

好不容易熬到月子出頭，蔣夢瑤首先就是奔去澡堂洗澡，雖然還記著高博說的，她出月子就帶她去泡溫泉這件事，但她實在等不了，在澡堂裡洗了三、四遍，才肯從水裡出來，可把戚氏給急壞了。

蔣夢瑤出了澡堂，屋子裡已經燒起地龍，所以她一點都不冷。

她坐到梳妝檯前，讓丫鬟替她梳頭髮，又給寶寶餵過奶後，再讓戚氏抱著孩子去睡覺，蔣夢瑤才舒心地靠在梳妝檯前。

高博從外頭走進來，給她拎了五香居的醬牛肉，還有滷豬蹄。

蔣夢瑤欣喜地接過來，這個月子裡，她也就靠高博有時候帶回來的宵夜開葷，戚氏只讓她吃飯喝湯，不知道她肚子裡都寡淡得受不了，高博也是無奈才答應她的，每隔兩、三天，就給她帶好吃的回來，也幸好現在她不用照顧了，戚氏就和幾個奶娘把孩子抱去隔壁房間睡覺，沒有發現蔣夢瑤和高博的這些小動作。

從丫鬟手中接過毛巾，高博讓伺候的人都出去，自己坐在蔣夢瑤身後親自給她擦頭髮、梳頭髮。

此時蔣夢瑤實在餓得很，晚飯的時候，就知道高博會帶東西給她吃，所以晚上的粥她就沒喝多少，剛才又餵了奶，肚子裡正唱空城計，可顧不上那麼多，抓起一隻豬蹄就啃了起來。

高博看了直搖頭。「哎，妳這手洗了沒？這麼抓著就吃了？」

蔣夢瑤則連連點頭。「我剛洗了澡，乾淨著呢。我肚子餓得很……高博，我估計會胖死的，你以後肯定會嫌棄我的。」

高博捏了捏她的鼻子，其實蔣夢瑤也就是口頭說說，在高博看來，現在的蔣夢瑤並沒有比懷孕前胖多少，肚子的確是還沒收回去，不過臉上除了紅潤有光澤，就連雙下巴也沒長多少，她實在是擔心過頭了。

不過這些話他現在還不打算跟蔣夢瑤說，直跟著點點頭，說：「是啊，妳越來越胖，我可怎麼是好啊？」

果然蔣夢瑤一聽就猛地回頭，被梳子刮了一下頭髮，她的一張臉就皺了起來，眼淚汪汪地跟高博抗議。

高博見她這副滑稽的樣子，再也忍不住笑了起來，捧著蔣夢瑤猛親了一口，說：「傻丫頭，妳想什麼呢？我是那種喜新厭舊的人嗎？說到底，妳就是不相信我！說吧，要我怎麼罰妳！」

蔣夢瑤被他親得臉上一紅，舔著唇瓣，嬌羞地對他說：「人家……人家在吃豬蹄呢，你也不怕有味道。」

高博就著蔣夢瑤的手，也啃了一塊豬皮，說：「這下咱倆一樣了，來吧，誰也別嫌棄誰！」

蔣夢瑤笑著閃躲，卻又被他抱到腿上，兩人很快就黏在一起，氣喘吁吁。

蔣夢瑤說：「太醫說，要三個月以後才能……」

高博深吸一口氣，把蔣夢瑤放下，站起身，姿勢有些奇怪地走出房門。

蔣夢瑤看得一陣好笑，又是滿心感動，然後就低下頭果斷地繼續吃。

可憐的高博不敢進來，平復後，直接去看女兒了，直到半夜，蔣夢瑤睡著了才敢進房。

因為正值多事之秋，高博和蔣夢瑤都不希望高嵐太過暴露在大家面前，所以滿月酒的事情就從簡了，只是按照宮裡的禮儀，抱著高嵐走了一圈，祁王府倒是沒有其他動靜。

按照蔣夢瑤和高博的意思來說，反正整個京城中也只有蔣源和戚氏那兒待見他們，其他人雖然表面臣服，可是私底下還不知存了什麼壞心，請他們來賀喜，也難得到真摯的祝福，反而可能會讓有心人惦記，所以，祁王府乾脆也不辦了，在宮裡吃過飯就算了。

當天晚上，高博把蔣源留在祁王府中，派人去請蔣顯申、蔣顯雲，加上戚氏、戚昀還有蔣夢瑤等人圍了一桌。

戚氏抱著高嵐，大家湊在一起吃了一頓團圓飯。

晚飯後，高博帶著蔣源去書房，兩人不知是商量事情，還是去下棋，蔣顯雲則帶著蔣顯中在祁王府裡轉悠。

蔣夢瑤早早就洗漱上床，剛奶完了孩子，戚氏就走進來，手裡拿著一封厚厚的紅包，不等蔣夢瑤問，就把那紅包塞入襁褓中。

蔣夢瑤一邊繫衣帶，一邊對戚氏問道：「娘，妳給的什麼呀？」

戚氏但笑不語，蔣夢瑤繫好衣帶後，自己將那紅包拿出來，只覺得入手極厚，便笑言：「不會是銀票吧？」

戚氏笑笑，說：「哎呀，不是給妳的，是給咱們阿瞳的，這是我這個外祖母給她的頭一份禮物。」

阿瞳是女兒高嵐的小名。

得知裡頭真是銀票，蔣夢瑤將它打開看了看，當即瞠目結舌。「娘……這，這會不會太多了些？」

戚氏橫了她一眼。

「給我外孫女的怎麼會嫌多呢！妳娘別的沒有，就這些黃白之物還是管夠的。」

蔣夢瑤看著戚氏，說：「娘，妳給我們的那金車，我們還沒用到呢！我和高博又不缺錢，妳老給這麼多，我們還真不知道該怎麼花。」

戚氏不以為然，見高嵐嗚嗚地醒了過來，就湊過去逗她，說：「不知道怎麼花，就存著唄，以後每年阿嵐生辰我都給她這麼多！」

蔣夢瑤心中感動，不覺打趣道：「娘親這般大手筆，倒叫我和高博不知道如何是好了。

嗯，要不咱們多生幾個，每一個都讓娘這般給，用不了多少年，娘的家當就全給他們騙過來啦！」

戚氏一笑。

「好哇，你們儘管生，不用替我省錢！你們生幾個我就給幾個，這些能耐還是有的。」

「……」蔣夢瑤表示無言。

晚上，高博帶著淺淺的酒氣回到房間，蔣夢瑤從床鋪上下來要伺候他寬衣，高博搖搖手，示意自己來，蔣夢瑤也沒跟著過去，過了一會兒，高博就從澡堂出來，換了身乾淨的內衫。

高嵐先前已經被戚氏抱過去睡，蔣夢瑤將戚氏給的那紅包遞給了高博，說：「我娘給的，說是給阿瞳。」

高博打開紅包，隨手數了數，也對蔣夢瑤瞪了瞪眼，兩人心照不宣地躺了下來。

高博摟著蔣夢瑤說：「岳母乃真人不露相。」

蔣夢瑤被高博摟著，說不出的心安，他身上的酒氣經過洗漱已經變得很淡很淡，還帶著一些澡豆的清香。

「這兩天我都在家裡陪妳們，三天以後，齊國派來的使者估計就會到了，父皇屬意叫我去接待，那幾天肯定會很忙，無暇顧及妳們。」

高博轉頭，就看到蔣夢瑤瞪著一雙水汪汪的大眼睛看著他，眉目含情，皮膚潤澤，五官精緻，看得他下腹一緊，趕忙避開目光。

蔣夢瑤從他懷裡爬起來，訝然問道：「齊國使者？咱們安國和齊國有那麼好的交情嗎？無緣無故派什麼使者來啊？」

高博刮了一下她的鼻頭，說：「國與國之間哪裡能像人和人相處啊？沒有永遠的敵人，沒有永遠的朋友，父皇向來主和，能不打仗是最好的，最起碼，他不會做一個主動挑起戰亂的人，齊國有意示好，來咱們國家，咱們接待便是。」

蔣夢瑤「哦」了一聲。

「這就是不斷來使的道理啦！哪怕兵臨城下，使者都是不能虧待的。」

高博被她這可愛的語調說得笑了出來，沒忍住捧著她的小臉親了兩下，說：「是啊！就是這個道理，更何況齊國這次來，還是打著致歉和報答的旗幟，就更加不能得罪啦。」

「致歉和報答？」

「是啊，不知道他們是什麼意思，這回來的據說是齊國二皇子和七公主，關牒上是這麼寫的，不知道葫蘆裡賣什麼藥，所以那幾天我都得盯著。」

高博對蔣夢瑤解釋完了這麼多，蔣夢瑤也明白過來，點頭說：「哦，好吧。」

兩人又是一陣溫存，卻都竭力克制著，蔣夢瑤倒還好，見高博模樣好玩，不禁下手撩撥了幾回，直到把高博逼下床之後，她才像得逞似地收手，氣得高博直想揍她！

奈何蔣夢瑤有恃無恐，知道高博這幾個月還不敢對她怎麼樣，無賴地笑笑後又掀開被子，喊他進來了。

至此，一夜無話。

高博果真如他所言，在家裡陪了蔣夢瑤母女整整兩天。

高嵐已經會笑了，高博也似乎找到逗笑高嵐的方法，那就是做鬼臉。

高嵐特別喜歡看人家做鬼臉，高博就用兩隻手掌捂住了臉，然後一會兒變一個表情，逗得她忍不住發笑；別說是高嵐了，就連蔣夢瑤看了都不免覺得驚訝，從前只知道她相公不是面癱，卻沒想到還是個表情影帝，那一張張鬼臉做得維妙維肖呢。

幸好現在高嵐還不怎麼會認人，戚氏說若再過兩個月，高嵐會認人了，高博這樣天天跟她瘋玩，她就會黏人，不讓高博出門了。

這麼玩了兩天，齊國的使者團終於抵達安京，高博奉命與太子一同接待。

蔣夢瑤原以為這件事和自己沒有關係，可以在家閒著帶幾天孩子，卻沒想到在齊國使者入宮覲見皇上之後，皇上竟然派了宮中的大轎來接她入宮一敘。

蔣夢瑤把高嵐交給戚氏照顧，自己也不敢怠慢，按品梳妝就入宮覲見。但奇怪的是，她並沒有被帶去皇上那裡，而是被七拐八彎地送到一名貴妃的宮裡。

這貴妃姓劉，是禮部尚書的嫡長女，入宮時間也挺長了，前年才被封貴妃，因為這兩年皇上對皇后不那麼待見，反而親近了從前並不大親近的劉貴妃，儼然有幫劉貴妃在後宮中與皇后分庭抗禮的意思。

蔣夢瑤一開始有些驚訝，仔細想想後覺得這也是情理之中的事，畢竟她和皇后的心結是整個安國眾所皆知，皇上讓她入宮，自然不會把她往皇后那裡送了。

劉貴妃生得十分豔麗，梳妝也很精緻，眉心有一顆朱砂痣，典型的美人胚子，即使已經三十多歲，看起來卻還十分年輕，臉上總是掛著笑，對誰都很和氣的樣子。

蔣夢瑤行了禮之後，劉貴妃就親自站起來將她扶起，說：「祁王妃快請起，妳這才剛出月子，地上太涼，可不能跪了。」

對於劉貴妃的殷勤，蔣夢瑤雖覺得有點不適應，但還是不動聲色地坐了下來。

劉貴妃也是和氣，勸她喝茶，勸她吃點心，就是不和她說宣她入宮的目的。

蔣夢瑤吃了兩塊點心之後，實在忍不住了，就對劉貴妃問道：「貴妃娘娘請明示，妾身若是哪裡做得不好，妾身一定改就是了。」

劉貴妃用帕子掩著唇，說：「祁王妃哪裡不好呀，祁王妃好得很呢！」

見蔣夢瑤臉上都快皺起來，劉貴妃這才好心沒吊她胃口，湊近說：「好了好了，我也就不瞞妳了。今次召妳入宮的是皇上，至於詳情我也只是聽說了些，好像是那齊國的七公主想要見妳，至於什麼原因我可不知道，皇上便派人接妳入宮，又安置在我這兒，待會兒皇上與齊國使者會面完之後，那七公主就會來我這宮中與王妃相見了。」

蔣夢瑤聽完更加糊塗了。

「齊國七公主想見我？」

努力在腦中搜索這個消息，可是，無論如何絞盡腦汁地想，蔣夢瑤終究還是沒搞懂自己什麼時候和齊國的七公主有關聯了。

要知道，這件事可大可小，若是將來安國與齊國兩軍交戰，說不定還會被有心人利用，沒準兒還要說她叛國呢。

此時，她心中像是吊著五味瓶，七上八下的，腦中也在分析，這件事會不會是有人在背後操縱陷害她？

可是，這個想法很快就被她自己抹殺掉了，因為她如今在安國稱得上對頭的，只有皇后和蔣家那兩派人，可是無論哪一派都不可能與齊國有關係，更加不可能左右齊國七公主來誣陷她。

可若不是誣陷，那……又是怎麼回事呢？

等了一會兒，劉貴妃的貼身宮婢就從外頭走了進來，在劉貴妃的耳旁低語了幾句，然後她才站起來點點頭，說：「好吧、好吧，本宮今日就將這淑媛殿騰出來吧。」

說著就要領著人往外走，蔣夢瑤想上前去問，卻見劉貴妃頭只在轉身那時對她笑了笑，便領著眾宮婢離開了。

蔣夢瑤知道正主即將到來，捺下性子，站在門口相候。

忽然，聽見一陣環珮叮噹響，一名五彩麗妝的女子被眾宮女簇擁而來，蔣夢瑤知道，這便是她們口中說的齊國七公主了，於是她低頭站在一旁等候，待她走來。

就算今日來的是安國公主，蔣夢瑤也是無須參拜的，更何況是別國公主，她自然不會自貶身分，只靜靜站著。

那身著五彩衣的公主走入宮殿之後，便斥退身旁伺候之人，待淑媛殿的大門被闔起來，蔣夢瑤才抬起頭，看見那七公主背對著她，正站在劉貴妃的主位前，蔣夢瑤將之上下打量一番，卻始終想不出這位公主要見她的理由。

來者是客，蔣夢瑤走上前去，對齊國七公主行了一個平禮，說：「公主遠道而來，何不坐下歇息一番？」

那七公主沒有說話，蔣夢瑤也收了手，不再作禮，站直身子，打定主意，既然我主動問候，妳不理我，那我也不再理妳！

皇上讓這七公主與她相見，本就是奇怪至極，若是這七公主態度能好些，那麼蔣夢瑤也不介意促進兩國邦交，可是這公主如此倨傲，怕是來者不善，既然如此，說多錯多，乾脆不說了。

七公主原本以為蔣夢瑤還要開口說話，可等了半天，卻始終沒有等到，稍稍回過頭去，就見蔣夢瑤一臉沈靜地站在一旁，眼皮微垂，半點沒有諂媚相迎的姿態。

突然，那七公主發出一聲「噗哧」的笑聲，不過一瞬間，就從失笑變成大笑，到最後乾脆是捧腹大笑了。

蔣夢瑤見狀也不禁抬起頭，暗自打量眼前這位無狀公主，心中正在納悶，突然那公主回過頭。

那虎頭虎腦的樣子一下子就刺激了蔣夢瑤的神經，她忍不住瞪眼大叫道：「是妳個臭丫頭！」

這濃眉毛、大眼睛、黑面紅唇的女子，雖然早就失去小時候的稚氣，完全是個大姑娘，可那模樣旁人也許不認得，但與她朝夕相對近十年的蔣夢瑤又如何會不認識呢？不正是她那失蹤好幾年的貼身侍女虎妞嗎？

「姑娘，妳還記得我嗎？」

蔣夢瑤又是一陣震驚，她的虎妞可不會說話的呀！

「妳……」

虎妞像是看出蔣夢瑤的驚訝，不管不顧跑過來，一把就抱住蔣夢瑤，說：「我會說話，只是從前在安國，我不敢說。」

虎妞的聲音很低啞，說話也不是很流利，可是，她確確實實地開口說話了。

被她抱著，蔣夢瑤才回過神來，將她推開，忍不住在她額頭上點了幾下，凶巴巴地說：「妳個臭丫頭跑哪裡去了，可讓我難找了！妳到底怎麼回事？怎麼就變成了什麼齊國七公主？」

虎妞拉著蔣夢瑤坐了下來，這才對她娓娓道來。「我原就是齊國的公主，只是十多年前齊國發生動亂，我母妃一族皆被下達誅殺令，連我和皇兄都受牽連，我外祖就讓家將帶著我和皇兄逃跑，跑到了邊境處卻遇到追兵，我與皇兄又跑散了，後來我被一個中原人販賣到了安國，我不敢說話，就怕別人知曉我是齊國人。」

蔣夢瑤聽得滿臉震驚。

「所以，妳是說，妳這個公主身分是名正言順的？」

虎妞，也就是如今的耶律宛。

虎妞點頭。

「是，我也是這次潛回齊國之後，才得知當年母妃之事乃是有人誣陷，父皇已經查明了真相，赦免了母族，我這才敢回去相認。」

蔣夢瑤還是覺得這件事讓她置身雲端，對虎妞所言齊國宮廷之事更是難以置信，想當初她遇見虎妞之時，這丫頭骨瘦如柴，為了一隻雞，在人販市場被牙子圍毆，卻始終不肯丟掉那隻雞，當時蔣夢瑤就是看中了她在逆境時的韌性，才會將她買回去。而這虎妞買回來之後，也的確和其他婢女不一樣，一來是蔣夢瑤待她就如親姊妹那般，一般都是蔣夢瑤有什麼，虎妞就有什麼，連帶後來虎妞被蔣家驅逐，蔣夢瑤以身相護，將她送到天策府寧氏手中，又讓她和寧氏有了一番師徒情誼，學了一身的本領。

可是蔣夢瑤當初在做那些時，從來沒有想過有一天她視為姊妹的虎妞會搖身一變成了齊國七公主。

親娘啊，到底前世要做多少善事，今世才會有這番奇緣呀！

虎妞握住蔣夢瑤的手，說：「姑娘，妳還在生我的氣嗎？我知道，我不該對妳隱瞞，可是，我真的不敢呀！妳對我好，我自然知道，可我卻不相信其他人。原本我已經打算這輩子都留在妳身邊伺候了，卻沒想到妳和王爺會被貶去邊關，而我知道只要渡過江，那邊就是我的家鄉，我那時才動了心思，妳別怪我了，好不好？」

看著這丫頭真摯的眼神，蔣夢瑤重重地嘆了口氣，又伸手在她額頭上重重點了幾下，說：「妳呀、妳呀、妳呀！白疼妳那麼久了，小時候我那麼費心教妳說話，可妳就是不開口，我也沒嫌棄妳是啞巴，什麼都跟妳說；現在妳倒好，突然這麼大牌地出現，還告訴我，妳竟然會說話，妳讓我怎麼辦？」

虎妞看著蔣夢瑤，突然說了一句。

「要我不說話還不容易，我不說就是了，反正姑娘想說什麼、想做什麼，根本不需要說，我就能明白。」

蔣夢瑤沒好氣地白了虎妞一眼，可緊繃的臉在看見她頭上那些五顏六色的奇怪寶石時，又瞬間破功了。

虎妞這張男子漢的臉，根本就不適合女裝打扮，如今她偏偏要身穿五彩華服，頭上、身上華貴逼人，這樣子真的很搞笑啊！

虎妞似乎也意識到蔣夢瑤在笑什麼，低頭看了看自己，也頗為苦惱地說：「哎呀，我說我不戴這些，可是他們非要我戴，既累贅又不好看。」

蔣夢瑤突然想到什麼，便對虎妞問道：「對了，我留在火雲城的信妳看了嗎？」

虎妞訝然，然後點點頭，說：「我就是看到了，所以才想著一定要再回來這裡找姑娘的。」

「找我幹什麼？妳要找我，大可等天黑了再來找我呀。」

虎妞卻有自己的想法。

「我本來也是想等天黑了來找妳，可是我想起王爺行事那樣小心，我如果是夜裡尋去，被有心人看到了，到時候還不是給妳和王爺添麻煩嗎？所以，我就想乾脆於眾人目光之下，讓他們摸不著頭緒，而且又不好說什麼，畢竟如果咱們真有陰私之事，又怎麼可能會這番大張旗鼓地見面呢？」

蔣夢瑤感動虎妞的體貼，其實她也擔心這件事，畢竟如今朝局不穩，高博雖然無心，卻抵不住旁人的猜疑，若是虎妞趁夜尋去，被一些御史、諫臣得知，又是一番人心惶惶，的確不妥。

「在來之前，我已經叫二皇兄替我說明來意，就說姑娘曾經對我有過救命之恩，我是來報恩的，只不過，誰都不知道，我就是妳當初的貼身婢女。」

聽到這裡，蔣夢瑤不禁掐了自己一下，不得不說，虎妞的回歸讓她又驚又喜，驚的是她的身分翻天覆地，喜的是從小的姊妹又回來了。

兩人又湊在一起說了好些話，以前虎妞不說話，所以就只有蔣夢瑤一個人對著她說，如今兩人能交流了，那話匣子一打開，就更沒完沒了了。

蔣夢瑤說到自己和高博回來安京的事，又說自己懷孕生女的事情。

虎妞一聽蔣夢瑤生了女兒，也是開心，直說要抱她，還要給她一份好禮。

蔣夢瑤問起虎妞有沒有嫁人，虎妞難得臉上閃過一陣不自在，推手說：「哎呀，嫁什麼人，好麻煩的！齊國的男人又粗魯又蠻橫，我才不喜歡呢。」

「哦，原來妳喜歡儒雅體貼的男人啊。」

見蔣夢瑤一副「我知道了」的神情，虎妞也無可奈何，乾脆不再遮掩，直接道：「好了好了，妳要笑就笑吧，反正我皇兄就是想讓我找一個安國的男人做駙馬。」

虎妞這話說得很直接，半點沒有女人家的忸怩。

蔣夢瑤不意外虎妞對她坦白，她是誰啊？從小和虎妞睡在一張榻上好幾年的交情，什麼話沒對這丫頭說過？

不過，該笑的還是要笑一笑的。

「真不害臊，也不知道遮掩遮掩。」

虎妞也不示弱，直接說：「遮掩什麼？這本來就是我皇兄帶我來的目的。再說了，姑娘不是曾說過嗎？我就是妳的小相公，更何況按照年分來說，我也不比王爺和妳睡得少，所以我有什麼好害臊的？相反的，妳可得替我多相看，品性好不好，妳先替我把關。我只有兩個要求，有婦之夫，不要；身體不好，不要！」

對於虎妞這番「小相公」的言論，蔣夢瑤還是記得的。這的確是她說過的話，所以，對這小相公的委託，她當然要領受啦！

蔣夢瑤笑著對虎妞點頭道：「是是是，小相公之言，妾謹記，定為小相公尋得一如花美眷方可。」

第四十章

蔣夢瑤和虎妞走出淑媛殿的時候，就有大批宮人擁上來。

劉貴妃從園子那頭走了過來，笑咪咪地迎上兩人，說：「王妃，公主，陛下在旭奉殿設宴款待，請妳們過去呢。」

虎妞看了一眼蔣夢瑤，意思是讓她先行。

蔣夢瑤對劉貴妃說：「貴妃娘娘，如此國宴大典，我這婦道人家如何能去，今日見到七公主這位故人已是心滿意足，但畢竟我兩人身分尷尬，我這便回府去好了。」

劉貴妃攔住蔣夢瑤，說：「不必，皇上親口說了，要祁王妃一同赴宴。快走吧，王爺正等著妳呢。」

蔣夢瑤看著她，又看了看虎妞，只好硬著頭皮一同前往，心裡卻在暗想：若是皇后藉此拿捏她又該如何處理？

不過，事實證明，蔣夢瑤這回還真的是多慮了，因為這次的宮宴，皇后娘娘根本就沒有來參加，虎妞回到她哥哥耶律秀的身旁入座，蔣夢瑤則被領去高博身旁入座，因著今日有外賓在此，所以沒有男女分席。

高博已經知道了虎妞的身分，畢竟她和蔣夢瑤是一同隨他去關外，那時候的小姑娘，如今已長成大姑娘。

坐在虎妞旁邊的是齊國二皇子耶律秀，他生得十分魁梧高大，就連虎妞這樣的大塊頭在他身邊都顯得小鳥依人，說話雷霆電霆、嗓門奇高，整個大殿中似乎就只有他一個人的聲音在迴盪一般，他與皇上講述齊國的風土人情，那語氣豪爽得就好像不是他們的鐵蹄屢次犯境，反倒像他們是安國多年來的盟友一般，光這分膽量，就足以說明這個二皇子絕非綿軟之輩。

蔣夢瑤目光又掃向太子高謙，見他正低頭喝著酒，偶爾被皇上叫出來說幾句話，可是應答過後，他又低下頭，不再作聲了。

腦中不禁想到，如果今後高謙繼位，齊國大軍來犯，那高謙是主戰還是主和呢？看他的性格，必定是主和了，到時候，齊國又會向我們提出什麼要求來維持這分和平呢？

高博在蔣夢瑤耳邊問道：「妳在看什麼？」

蔣夢瑤想了想，對高博挑了挑眉，用眼神看了看耶律秀和高謙。

多年來的默契，讓高博一下子就看懂了她的意思，舉杯笑著搖頭說：「放心吧！高謙絕對不是妳想像中那麼柔弱的人，相反，他若真想做一件事，沒有人能攔得住他。」

蔣夢瑤卻不相信。

「我才不信呢！他府裡那麼多侍妾，難道都是他自己願意納的？若他真敢反抗皇后，他府裡如今又豈會是這般模樣呢？」

高博高深一笑，說：「這不正說明他厲害嗎？反正你要我在府裡安置那麼多侍妾，打死我都做不到的，可是他做到了，這說明什麼？他很會隱忍，而會隱忍的人，通常都不會是庸才，他也許只是在等一個機會吧。」

蔣夢瑤更加不懂。

「他等什麼機會？」

高博飲下一杯酒，將空杯遞向蔣夢瑤，蔣夢瑤也順勢從桌角拿起酒壺替他倒滿了一杯，高博這才俯身在她的耳邊說了幾句話，蔣夢瑤震驚地看著他，一回頭，卻看見太子高謙的目光正落在他們身上。

高博與高謙相對而坐，即使說壞話被人家逮個正著，高博依然很沈著，拿起酒杯對高謙遙敬一杯，高謙也溫和地回敬，兩人看起來就真的像是那種互相友愛的兄弟般，和睦得讓蔣夢瑤渾身起雞皮疙瘩。

最後兄弟倆的深情對視，以高謙向蔣夢瑤瞥過一記冷眼而結束。

一場宴會上並沒有發生什麼劍拔弩張的事情，齊國這回似乎真的沒有打什麼壞主意，耶律秀也直接明說想要替他的妹子在安國找一名夫君，一個要求是健康，另一個要求是沒有家室。

皇上委婉地向耶律秀表明了他的幾個皇子全都是有婦之夫，並不在公主的人選之內，耶律秀也不勉強，只說不在乎身分，只要他這妹子喜歡就成。

齊國民風開放，對女子管束並不嚴格，所以虎妞的親事就這樣被他大剌剌地說出來，倒也沒有人敢笑他，只是多少覺得畢竟是異族。

皇上看了一眼在高博身旁的蔣夢瑤，突然說：「那此事，就交由祁王妃來辦，可好？」

蔣夢瑤抬頭看了一眼皇上，摸不透他到底是什麼意思，又看了一眼高博，他也沒有做出特殊反應，虎妞則連連點頭，表情驚喜又意外。

蔣夢瑤趕忙出列，對皇上跪拜領命。

「是，兒媳遵旨。」

因為突如其來領到皇上親自下的這個命令，蔣夢瑤和高博晚上回到王府的時候還覺得有些不可思議，但隨即就又擔心起來。

「你說，皇上會不會因為虎妞的事情而懷疑你呀？」

高博一回來就直奔隔壁房間，從乳母手中接回他的心肝寶貝，抱著孩子坐在床頭，一副好奶爸的模樣。他抬頭看了一眼蔣夢瑤回問：「懷疑我什麼呀？」

蔣夢瑤也跟著走了過去，伸手在閨女臉上摸了摸，這孩子也不知是不是在等她爹娘回來，竟然到現在還不睡覺。

「當然是懷疑咱們和齊國勾結啊。」

高博搖頭，說：「誰知道呢！不過我已經告訴父皇虎妞的身分了，她從前是妳的婢女，縱然現在長大了，可是她如今來了安京，難保在京裡沒有人認識她，與其被別人揪出來，乾脆我主動告訴父皇。父皇也沒說什麼，只說是一段奇緣。」

蔣夢瑤點點頭，又問：「那虎妞的親事，你覺得皇上讓我督辦是什麼意思？」

高博說：「讓妳督辦就是讓妳督辦的意思，不過，父皇已經明確表明了，咱們皇室子孫就不參加了。妳明兒去禮部請些禮部的文辦一同商量，齊國這次來的目的還不明，咱們也不能掉以輕心。虎妞那裡，妳只要記得她始終是齊國人，朋友可以交，但是卻不能全信，明白嗎？」

蔣夢瑤當然知道這件事的重要性，點點頭，說：「這個我懂的，不過我與虎妞一同長大，確實是情同姊妹，我也相信她不會騙我、害我。朝廷局勢我不懂，我只當與她是閨蜜相交，涉及國事，我便不談了。」

高博點頭，懷裡的小丫頭像是不滿她等了半天的爹娘只顧自己說話，竟不理她，於是伸出了手去抓蔣夢瑤垂下的髮絲。

蔣夢瑤疼得眼淚汪汪，卻又不捨得動她，便從高博手中接過女兒，在她粉嫩的臉蛋上香香了兩口。

耳中聽著她呀呀的嫩聲，只覺得不管在外面多辛苦、情況有多凶險，回到家裡看見她，就什麼煩惱都沒有了，滿心滿眼就只剩下她一個人。

高博換了一身內衫從屏風後走出來，對蔣夢瑤說：「其實這事，妳還真不能一人擔下來，明兒妳就去請了太子妃，還有二皇嫂、三皇嫂與妳一同督辦此事。這個要求說出去也不怕沒理由，七公主的終身大事，妳一人如何承擔？」

高嵐靠在娘親懷裡，許是聞見了奶味，一個勁兒往蔣夢瑤的胸前拱，把蔣夢瑤逗得哈哈大笑，只好解開衣襟，讓她吃了起來。

高博在一旁看得眼饞，他可不懂跟蔣夢瑤客氣，揭開了她另一邊的衣衫，也把自己的腦袋湊了過去，蔣夢瑤手裡抱著孩子，不好伸手去推他，只好稍稍移動了身子，隔開了些，高博才吸了一口，有些不滿足。

蔣夢瑤看著閨女說：「閨女吃的東西，你也搶啊？」

高博厚顏無恥地說：「不是有兩邊嗎？我就吃一邊，那邊留給她好了。」

蔣夢瑤對這人的無恥認識又上了一個新境界，即使她羞怯不肯，卻被高博按住了肩膀，說：「別那麼小氣，我不全吃光，給她留點好了。」

「……」

合著還得謝謝你了？

蔣夢瑤哭笑不得地看著埋在自己身前的兩個腦袋，無奈又羞赧地嘆了口氣。

蔣夢瑤既然應下了替虎妞找對象的事情，那就真的是要做一番成績出來。

虎妞坐在凳子上，手裡抱著高嵐，表示無限驚奇，高嵐一開始在她手上哭了一會兒，後來被虎妞的鬼臉吸引了目光，也就不哭了，還饒有興趣地開始抓虎妞的頭髮。

「我就知道姑娘妳和王爺的孩子一定漂亮，瞧這眼睛，跟姑娘和夫人毫無二致，真漂亮。」

蔣夢瑤看了她一眼，坐在椅子上喝了口水，說：「妳快別誇她了。我那兒都幫妳把畫像準備好了，妳先去看看，成親這種事情，首先就是要看眼緣，眼緣有了，才能說其他的。」

虎妞瞥了一眼蔣夢瑤讓人堆放在一旁的卷軸，嘆了口氣，說：「唉，我剛才看了幾幅，只覺得畫中人長得都差不多，哪看得出什麼好壞啊。」

蔣夢瑤呼出一口氣，說：「我知道，畫出來的肯定沒有本人真實啊，妳就先湊合看看，把實在不合眼緣的剔除掉，先這麼選一輪，選好了之後，咱們再挑。」

虎妞把高嵐交給一旁伺候的乳母，高嵐卻歪著身子往蔣夢瑤那裡傾斜，嘴裡嗚嗚的不知道在說些什麼。

蔣夢瑤接手之後，小丫頭就坐在母親懷裡，倒也不鬧了。

虎妞又伸手捏了捏她的小臉蛋，對蔣夢瑤說：「姑娘，其實我對男人的長相沒有什麼要求，重要的是脾氣性格，可是，性格和脾氣哪能看得出來呀，妳讓我選，太難了。」

蔣夢瑤失笑。

「那妳是想一個個見面，私下裡聊幾句？」

虎妞猶豫了一下，然後才點頭，說：「嗯，若能如此，我應該有點把握的。」

正說著話，戚氏從門外走來，看見了虎妞，兩隻眼睛也是瞪得老大，不過，她之前就已經聽說了這個消息，此時也只是震驚，倒沒有像見鬼似地盯著虎妞。

虎妞看見她就站起來，一路小跑著過去，想要對戚氏行禮。

「夫人，妳近來安康？」

戚氏受寵若驚，趕忙攔住虎妞，說：「哎喲，使不得、使不得，公主快別這樣，折煞命婦了。」

虎妞嘿嘿一笑，依舊像少時那般爽朗，戚氏還是覺得有點不敢相信，她自然也記得虎妞當初被她們找到的時候有多狼狽，用趙嬤嬤的話說，就是用整片湖水才能把她洗乾淨的泥腿子，怎麼搖身一變，就成了齊國公主呢？

想起她小的時候，戚氏對她諸多不滿，雖然沒有打罵，可是對這個閨女的貼身婢女，她是打從心底不喜歡的，性子一點都不溫順、太野，奈何閨女喜歡，所以就那麼留了下來，到後來，閨女和女婿遠走關外，想來想去，也就只有虎妞這一個丫鬟能跟著去適應，那時才對這丫頭刮目相看，這才有了今天這樣的事。

戚氏歡喜地接過高嵐，在她左右臉上各親了一口，這才摟在懷裡不肯放手，說：「我可是好不容易辦了個詩會，請的都是城裡書院的學子和先生，就在朱雀街街尾，那辦詩會的會賢雅居是我的店，到時候，咱們就在二樓臨窗雅間裡看，先看人，然後我再去打聽人家；既然公主說了不問門第，那咱們就打著燈籠，挑一個人品好的。我都安排好了，保管叫公主既見著人，也不至於失了女孩家的矜持。」

蔣夢瑤看了一眼驚訝的虎妞，說：「我早就猜到妳不肯看畫像，讓我娘去辦的，妳待會兒收拾收拾，咱們一起去會賢雅居。」

虎妞性子直爽，不扭捏，聽蔣夢瑤這麼說了之後，她也沒有推辭，笑著答應了。

忙活了一天，蔣夢瑤直到傍晚才回到王府，本以為高博已經回來了，可是汪梓恒說高博派人回來傳話，說是今晚不回來，就歇在宮裡。

蔣夢瑤沒覺得有什麼不對勁，剛想歇下，門房又傳來了消息，說是太子妃派人遞來帖子，要蔣夢瑤回來之後，就去一趟太子府。

蔣夢瑤猶豫了片刻，先餵過奶，然後換了衣服，帶著張家寡婦往太子府趕去。

太子府門前有人接應，正是曹婉清的貼身奴婢，名叫貴喜，她把蔣夢瑤迎入了府。

蔣夢瑤問道：「太子妃可曾說起，喊我來有何事？」

貴喜對蔣夢瑤回頭一笑，說：「王妃待會兒自己問主子吧，奴婢也不知道是什麼事，只是奉了命在外頭接王妃入內。」

蔣夢瑤和張家寡婦對視一眼，張家寡婦就自動放緩了腳步。

蔣夢瑤跟著貴喜身後，走入曹婉清的院子，院子裡燈火通明，就是過於安靜，她心中警覺更甚。

走入了廳堂，就看見一個清俊的背影正站在燈下挑燭火，聽見貴喜回話，這才轉過身來。

太子高謙看著蔣夢瑤彎起了一抹淡淡的微笑，並沒有說什麼，揮了揮手，讓伺候的人都下去。

廳堂中央放了一張圓桌，桌上擺滿了酒菜，高謙對蔣夢瑤比了個「請」，說：「忙了一天，還沒吃晚飯吧？我也沒吃，一起吧。」

蔣夢瑤看著他，又看了一眼被關起來的門，心裡知道中計了，於是從容笑問道：「原以為是太子妃找我，沒想到是太子殿下，太子妃人呢？放任我們共處一室怕是不合禮儀吧。」

高謙揚了揚眉，道：「妳說話還是那麼直接。坐吧，反正都來了，我不讓妳走，妳也走不了，乾脆陪我喝一杯。」

蔣夢瑤呼出一口氣，自小意外結識高謙，這種直率的說話就是他們私下的交流方式，坐了下來，說：「不喝。你有話就說，我還要回去給孩子餵奶呢。」

高謙看著蔣夢瑤，將一只酒杯遞到她面前，說：「咱們也是老朋友，妳一定非得這樣跟我說話嗎？我認識妳，可比高博認識妳要早吧。」

蔣夢瑤不想與他多說廢話，將酒杯推開，道：「太子妃呢？是她喊我過來，如今又不見人？」

高謙笑了笑，說：「我在妳面前，妳卻說要找她，晚了吧。」

蔣夢瑤看著似乎才喝了一杯就有些微醺的高謙，不知道說什麼，起身就要走，可是門卻被人從外面反鎖，她惱羞成怒地踢了兩腳，發出巨響。
高謙見她這樣，突然狂笑起來，模樣有些癲狂。
「阿夢，這麼多年了，妳還是那副脾氣！我身邊的人全都在變，就只有妳從始至終，沒有變過。」
高謙走過來，對蔣夢瑤攬過一隻手臂。
蔣夢瑤見狀，趕忙閃開，怒道：「高謙，你發什麼神經，要瘋去外面瘋，我沒空和你一起！我和你從來就沒有開始，哪裡來的變化結局？」
高謙沒有抱到她，也不氣餒，繼續追著她走，見她神情微怒，整個人豐腴了不少，少婦的致命誘惑熬得他喉嚨生疼，天知道，他這些年來，心裡想的全是她，也許是得不到的就是最好。
蔣夢瑤在他少年時，進入了他的心，這麼多年來，一直占據著他的心，原以為時間會沖淡一切，可是，每每在看見她和高博眉目傳情的時候，他還是嫉妒得難以忍受。
「我當初若是向母后堅持要了妳，妳就是我的人，我們又怎會沒開始就結束呢？我知道，妳想做正妻，可以！再給我一些時間，我讓妳做我的正妻，不僅如此，我讓妳母儀天下，我是太子，高博是什麼？再過些時候，我就會廢了他，他就什麼都不是了，妳跟著他，沒有好下場。跟我，跟我好不好？我們就當從前一切都沒有發生過，我們重新開始，我給妳一切，好不好？」

蔣夢瑤看著追在自己身後，神色有些癲狂的高謙，心中一凜，說：「你想謀朝篡位？」
高謙又是一伸手，被蔣夢瑤抬腿踢開了，他卻還是不屈不撓。
「什麼謀朝篡位，我是太子，這天下本就是我的，我為什麼要謀逆？我只是順應天命，只是為我母親拿回屬於自己的東西。」
蔣夢瑤大怒。「你母親的什麼東西？高謙，你不要再被親情蒙蔽了，你母親早已不是當年那個無欲無求的慈母賢妻了，她的心早已被惡毒占據，她如今就是在利用你，利用你的愚孝！你父皇早年對她那般好，她都忘記了嗎？高博和他母親為了保護你們母子，那十年裡吃了多少苦？你不是也說過，這輩子最對不起的就是高博嗎？可你看看如今你都做了什麼？」
高謙似乎有些累，跌坐在椅子上，趴著定了一會兒神，然後才說：「我做了什麼？你知道，我父皇要廢了我母后的位置，我母后在我面前拿刀架著脖子逼我，我能怎麼辦？算了，我也不要管了，她愛怎麼折騰都隨她去，我只要妳！阿夢，妳跟我好不好？我可以為妳遣散所有妻妾，我只要妳一個人！好不好？」
蔣夢瑤心中的不安越來越盛，高謙這是說到點子上了，他們的確想造反，而且是皇后逼著太子造反。高博今天沒有從宮裡回來，難道就是和這件事有關？
「你們準備什麼時候動手？高博到現在都沒回去，你們把他怎麼樣了？」
高謙抓起一旁的酒壺，仰頭又灌了幾口，眼神越發模糊，臉色酡紅一片。
「我不會對他做什麼，他終究是我弟弟，我不會殺他，只要他不幫著我父皇，我會讓母后還有舅舅們放他一條生路。」

蔣夢瑤衝到高謙身前，抓著他搖晃道：「你們今天就動手了？誰給你們兵？」

高謙似乎真的醉了，坐在椅子上目光似乎有些空洞，說：「今天動手？動手幹什麼？殺人？呵呵，別管那些了，阿夢，我且問妳，妳願不願意跟我呀？」

蔣夢瑤心驚得厲害，果然高博今天沒有回府是異常的，可是在這麼短的時間裡，皇后如果真的想動手又該如何派兵呢？禁軍由她爹統領，實權是握在皇帝手裡，皇后斷不能染指，那她憑什麼？

正當她失神之際，高謙不知何時已經來到她的身後，不由分說抱住了她。

蔣夢瑤大驚，一個轉身，一記劈掌就把高謙推出幾步外，厲色說：「你發什麼瘋！我當你是朋友，你再無禮，休怪我對你不客氣！」

高謙被蔣夢瑤推了一下，似乎才清醒過來，深吸一口氣後，才定定看著她，說：「是我先認識妳的，妳不可能對我沒有一點感覺。」

蔣夢瑤深吸一口氣，忍著怒氣道：「我對你怎麼可能有感覺？你是高博的哥哥，對我來說僅此而已，我對你沒有抱有任何想法，並且不記得我什麼時候給過你這樣的暗示。我不喜歡你，我喜歡高博，他是我丈夫，這輩子我只會要他。」

高謙一腳踢翻面前的椅子，怒道：「即使他死，妳也依然要他？母后與齊國二皇子聯手，他們的人如今正在宮中，已經控制住父皇，高博就算留著也不會有命出來了，妳要個死人幹什麼？阿夢，妳醒醒好不好？妳只要鬆口，我就為妳遣散妻妾，我可以為妳做任何事，不要傷害我，好不好？妳不喜歡我沒關係，妳和高博成親的時候，妳不也不喜歡他嗎？現在不是變了嗎？只要妳同意跟我在一起，我相信用不了多久，妳也會喜歡上我的，給我個機會，好不好？」

蔣夢瑤幾乎快要抓狂了，她面對這樣的高謙真是有一百個想掐死他的衝動，可是也抓住了他話中的重點。

「皇后與齊國二皇子聯手……控制了皇上？你們真的瘋了嗎？高謙，那可是你父皇啊！你就這麼看著你母后害死他嗎？」

利用最後的機會，蔣夢瑤試圖和他講情理。

高謙提起皇上，也是露出了悔恨，說：「母后跟我保證，不會傷害父皇，只是控制他，今晚就逼他寫禪位詔書，明天宣讀過後，母后就會放了他。我也是沒辦法，母后不聽我的，而父皇又要廢她，我母后做了一輩子皇后，她受不了如今這要被廢掉的結果，她寧死都不願意讓那件事情發生。我，我不能看著她去死啊……」

蔣夢瑤冷哼，卻也看出了高謙內心的煎熬，繼續說：「你錯了！這只是你自欺欺人的想法，你的母后是什麼樣的性格，旁人不知道，你還會不知道嗎？她早已被仇恨、嫉妒蒙蔽了雙眼，她是想造反，想殺了皇帝，讓你做她的傀儡，縱觀歷史，沒有禪位的君王還能活下來的，你自己好好想想，你父皇為什麼要廢你母后？你自己也想想看，是她自己自作孽不可活，怪得了誰？她若不做那些惡事，又豈會有今日的結果？可是她不思反悔也就罷了，她竟然還相信敵國皇子的話，做出這種脅迫皇上的事情，你以為齊國是什麼善類嗎？我告訴你，一旦皇上寫了詔書，你和你母后也離死不遠了。高博不會放過你，千萬的士兵不會放過你，滿城的禁衛軍也不會放過你，而你自己呢？一手促成這局面，將天下置於刀口火端，一旦我國群龍無首，齊國定會不遺餘力地攻打我們，到時候，咱們國家都保不住，百姓流離失所，民不聊生……」

高謙聽著聽著，自己就從椅子上滑落在地，蔣夢瑤的聲音像是打鼓一般，一下下敲在他的心房、耳膜上。

「這是你要的結果嗎？高謙，從前我只是覺得你懦弱，以為你不管怎麼樣都不會放棄底線，可是今天我才知道，我根本就錯看了你。你不僅懦弱，你還無能，你沒有擔當，你罔顧爹娘和百姓性命，你可以說是豬狗不如了。」

高謙頹然地坐在地上，突然瘋了似地笑起來。

「是啊，我就是這樣的懦弱無能，豬狗不如，所以父皇也想廢了我這個太子不是嗎？他也想讓高博頂替我不是嗎？我若是真的什麼都不做，把所有的一切都雙手奉給高博，那我才是真正的無能！」

「胡說八道！皇上從頭至尾都沒有要廢你，是皇后騙你的！皇上自始至終都是讓高博努力輔佐你，助你成為一代明君，他從未想過要高博來代替你；在他的心中，你是他的嫡長子，是他傾注了所有心血教養出來的得意兒子，他希望你用仁心對待整個天下，希望你能給百姓安穩平靜的日子過，可是你呢？你做了什麼！」

高謙如遭雷擊般看著蔣夢瑤，然後不住搖頭。

「不，不會的！父皇不可能不想廢了我！我和高博在一起，他怎麼可能不想廢了我而改立高博呢？我不相信！我不相信！」

蔣夢瑤走到高謙身前，抬手就給了他幾個巴掌，怒不可遏地喊道：「你睜眼看看吧！無論皇上要不要廢太子，你自己想想看，你難道想看見你的父皇去死，讓安國就此滅亡？你這個時候還在計較個人得失，這可是生死攸關的大事，你不能再糊塗下去了！」

高謙被蔣夢瑤打得似乎清醒了一些，臉色煞白，唇無血色，他捂著臉對蔣夢瑤問道：「那……那我該怎麼辦？他們的人已經在宮裡了，父皇肯定已被母后和齊國二皇子抓住了，我手裡沒有兵，根本救不了他們！」

忽然臉色又是一變，說：「不，我也不相信妳！母后不會騙我的，她不會騙我！她說讓我做皇帝，只要父皇寫了禪位詔書，我就是皇帝，到時候誰都奈何不了父皇，我不會殺他的……如果現在不讓詔書發下，我和母后就全完了，父皇肯定不會放過我們的。」

高謙突然暴睜雙眼，往蔣夢瑤撲過來，狀似癲狂。

「對，他不會放過我！他怎麼會放過我！」

蔣夢瑤被他推倒在地上，只覺得高謙的兩隻手掐著她的脖子讓她快要窒息了，她伸手拉過一張椅子，毫不含糊地敲在高謙身上，趁著他後退的時機，一腳把他踢開。

就在此時，有人強硬闖入廳內。

虎妞威風凜凜地站在門外，看見地上一片狼藉，抓著高謙的前襟就動手了！

蔣夢瑤驚魂未定地爬起來，對虎妞說：「虎妞，妳先別打了！」

虎妞停下了手，高謙像一灘爛泥似地癱倒在地上。

蔣夢瑤蹲下去對他說：「高謙，我沒有騙你！是你母后騙了你！她的野心太大了，她想利用你對付你父皇，如果你現在能帶兵入宮去救皇上，我相信到時候皇上一定會寬恕你，只要你父皇不給你治罪，你自然也能替你母后求情啊！可是你真的要相信我，如果被你母后得手的話，不用等多少年，天下必定大亂，到時候民不聊生，難道你就一點都沒有觸動嗎？你是太子啊！是將來的皇帝！所有百姓都是你的臣民，你就這麼放任臣民活在水深火熱之中嗎？你真的願意背負不孝不義之名一生一世嗎？你振作起來，不要再懦弱下去了。」

高謙兩眼空洞，還是沒有反應。

蔣夢瑤徹底放棄了，站起身對虎妞說：「妳二皇兄勾結皇后的事，妳知道嗎？」

虎妞點頭，面帶愧疚。

「近日我只感覺到皇兄有些不對勁，卻不知他的心竟如此大……若非今夜有了動靜，恐怕我還一直被蒙在鼓裡。我立刻就想告訴妳這件事，可是王府裡的人說妳來了太子府，我趕了過來，但太子府的人不讓我進來，我怕妳有危險就只好硬闖。」

蔣夢瑤嘆了聲。

「好，那我問妳，妳是什麼立場？如今妳二皇兄要對我國國君不利，妳能保證不插手嗎？我可以答應妳，只要妳不插手，等這件事過後，我讓高博送你們出城，咱們就當什麼事都沒發生，今日之事，只是安國內政。」

此時，虎妞拿出齊國公主的氣勢，堅定地回道：「我與二皇兄此行前來，是代表齊國主和，並沒有打算干涉安國內政。」

言下之意，虎妞是與蔣夢瑤站在同一陣線。

兩人擊過掌之後，便要一同出去，卻聽見身後的高謙傳來一聲喊叫。

「等一下，我也去。」

於是，蔣夢瑤第一時間通知了蔣源，蔣源還不知道內宮發生的亂鬥，只知道今日聖上下了一道很反常的旨意，讓所有禁軍不許靠近乾元殿半步。

當蔣夢瑤和他說了緣由之後，蔣源就火速做出反應，與高謙和虎妞兩人各帶一隊人馬入宮救駕。

蔣夢瑤則先回到府邸等候消息，經過了一天一夜，終於守得雲開見月明，皇上被幾方人馬聯手救出。

救出之時，皇上已經遍體鱗傷，只因他不肯寫禪位詔書而慘遭皇后毒手，而高博雙拳難敵四手，也是傷筋動骨，直到救兵到來，才跟大家一同殺入敵陣，生擒皇后與齊國二皇子耶律秀。

高博做主，先將皇后與耶律秀關入大牢，一切等皇上身體復原之後再做定奪。

高謙自從皇上被送入寢宮之後，就一直跪在寢宮門外，不管誰勸都不肯離開，高博最後也不讓人勸了，直接成全他，讓他在殿外跪著，直到兩天之後，皇上甦醒過來。

皇上甦醒過來第一件事，就是提問皇后，他是真恨這個女人，一定要親自發落她才行。

高謙從外頭跪爬著入殿，一路跪一路磕頭，直到龍榻之前。

皇上氣得從床上坐起來，一腳踢在他的肩頭，怒罵道：「孽障！孽障啊！朕為你用盡心力，可是你呢？連同你那惡毒的母后要謀朝篡位，要害死朕！你的良心被狗吃了嗎？還是你連狗都不如？混帳東西！我打死你！」

皇上怒不可遏，幾乎氣得想從床上站起來打跪在床前的高謙。

高謙也不閃躲，眉宇間似乎多了一股所謂的「擔當」之氣，不卑不亢地說：「父皇，兒臣有罪！請父皇保重龍體，兒子死不足惜，等伺候父皇痊癒之後，兒子自己就了結性命，再不做那苟活在世的不孝子！」

皇上看著眼前的太子，心痛得不知道說什麼了，指著外頭道：「滾去外面跪著，朕不要你伺候！」

高謙還想說什麼，高博卻對他使了個眼色，高謙訝然地看著他，便默默回到外面，一副任憑處置的姿態。

高博扶著皇上躺下，毫不遮掩地說：「父皇，太子固然有錯，但幸好知錯能改，兩天前，若不是他率兵入宮救駕，只怕我和你早已死在皇后刀下；太子是進宮救駕的，他有沒有參與皇后這件事另說，但是不管怎麼樣，他在最後關頭還是醒悟過來了，這就說明，他和皇后不一樣，心中還是有父皇，有天下的。」

皇帝嘆了口氣，看著高博，說：「你此時還替他說話，將來可別後悔！此時只要你願意，父皇也不是糊塗的人，我會廢了他的太子，改立你！」

高博聽了這句話之後，趕忙跪了下來，說：「父皇，兒臣沒有野心，也從來沒有覬覦過太子之位，其實說白了，我和阿夢再回來，就是想給我母妃討回一個公道。您記得您去關外的前一天嗎？在您抵達關外之前，我母妃就已經知道您那日會去，這是為什麼？因為有人趕在您之前，寫了一封信給她，信中說明您那番前去，只是為了要我回京輔佐太子，對她無半點情意，這封信此時還在我府裡，寫信之人相信不用我說，父皇應該能想得到。這個宮中，到底有誰不願意讓我母妃回宮？她千不該萬不該就是離間您和我母妃，我母妃愛了您一輩子，雖然跟著我詐死出關，可是她在關外就像是離巢的燕雀，從未有過一天的開心日子，夜夜以淚洗面。我原以為您來了，她會歡天喜地跟著您回京，可是，您走後的第二天，她就吞金而亡，為的就是那封要命的信。」

皇上聽了高博說的話，心中鼓動如雷。

「信？什麼信？你是說，在我去關外的前一天，你母妃就收到了信，信裡說我對你的母妃沒有半點情意？」

見高博點頭，皇上驚恐地靠在被褥之上，一雙眼不由自主瞇了起來。

「你為什麼不早告訴朕？」

高博深吸一口氣後，說：「因為我不確定您會站在哪一邊。畢竟您為了皇后，讓我母妃做了十多年的擋箭牌，若是您對她有情有義，又何至於將她逼到那種地步？我與她從小並沒有什麼親情，但她畢竟是我的生母，她對您的感情，我自小看在眼中，小時候我還曾嫉妒過，覺得她的眼中只有您，絲毫沒有我這個從她腹中出來的兒子。

「可是後來，我漸漸懂了她的感情，情之一事最是馬虎不得，一句話可以讓戀人死去的心活過來，一句話也可以讓戀人的心徹底死去，她已經認定您不愛她，所以才會對信中內容深信不疑，直到今天，我相信父皇也能真正看清楚，到底在您身邊的人，誰是好的，誰是壞的。皇后野心勃勃，她早已不是那個您早年愛慕的善良女子了。

「我回來是想讓您給我母妃一個公道，也不想讓她的屍骨留在關外，她曾經說過，就算死也要死在皇陵之中，這樣你們死後也能再相會。」

皇上聽完這些話，早已呆若木雞，不知道說什麼了。

這幾天發生的事情實在太多，讓他來不及思考。想起自己年少時做下的那些事，傷害的那個人，令他悔不當初，淚噙滿了眼眶。

他曾經以為最善良的人，如今差點害死他；而他以為最惡毒的人，卻是那個最愛他的人。

造化弄人，更要怪他識人不清，才有了如今這個後果！

深深呼出一口氣，皇上對高博問道：「我最後再問你一次，你可願做太子，將來繼承皇位？」

高博果斷搖頭。

「兒臣不願！等這件事告一段落之後，兒臣就會帶著妻女回到關外。您也知道，兒臣花了全部的積蓄，在關外置辦了一座小城，在建城之時，我與妻子就已經打定了主意，要在關外生活一輩子，永遠不再回到這座吃人的安京。只是後來，我母妃死了，我想給她一份體面，這才帶著妻子回來。我不想做太子，更不想坐您的位置，我只想和心愛的人在一起過世上最平淡的日子。」

皇上閉上了眼睛，老淚縱橫，對高博揮揮手，瞬間像是蒼老了十幾歲般，有氣無力地說：「你出去吧，讓我再想一想最近發生的這些事情。」

高博點頭，緩緩地退出皇帝的寢宮。

走到門外時，回頭就看見皇帝蒼老的面容靠在明黃色的幔帳前，在陰影之中，忽明忽暗。

先前他們在內殿的每一句話，高謙都聽得十分真切，如今看見高博，他真的不知道說什麼好。

原來他這個弟弟真的沒有半點想搶他太子之位的意思，而皇上在今天之前，也沒有動過要廢掉他的心思，一切都是他以小人之心度君子之腹罷了。

真是可笑，可笑至極！

高博不斷向前走，走在這個他曾經生活很多年的禁宮內，他只覺得壓抑，真的想快點回家，快點見到那個能夠給他安慰的人，想把她擁入懷中，想讓她在他耳邊輕聲說話。

小時候的事情如浮光掠影般一點一滴浮現在他的眼前，基本上都是以痛苦為主，可是他卻知道，這些痛苦之中，其實還是有甜蜜的。

比如說，他小時候，父皇抱他的次數是所有皇子中最多的，因為要給旁人製造這方面的假象；他母妃會刻意與他親近，做出一副一家三口其樂融融的假象來……

每當那個時候，高博內心都是開心的，因為在他身邊，爹娘都在，所有人都覺得他們才是一家……

不知不覺走過大半個宮城，高博卻一點都不累。

離開皇宮後，他來到了一戶人家門前。

那戶人家門前掛了兩只大燈籠，燈籠下面，站著一名少婦，螓首蛾眉，膚白賽雪，眉宇間那抹灑脫是他一生的追求。

她一見到他，便疾步跑了過去，一下子投入他的懷中，兩人緊緊擁抱著，不肯鬆開。

這才是他一生的歸宿，一生的追求，一生的守候！

蔣夢瑤抬頭看著高博，輕聲問了一句。

「皇上怎麼樣了？」

「沒事了，已經沒事了。」他的聲音有點沙啞，像是累極了一般。

蔣夢瑤回摟著他的腰，一手在他後背輕拍，說：「高博，咱們回關外，好不好？我不喜歡京城，再繁華，我也不喜歡。如今皇后謀反，皇上絕對不可能寬恕她了，那咱們也算是對娘有個交代，咱們回去，好不好？」

高博沒有回來的那一段時間，蔣夢瑤真的是怕了，她真的好怕皇帝一道聖旨下來，罷黜了高謙，讓高博做太子，以後還要讓高博做皇帝。

「妳真的捨得丟下這裡的一切？妳要知道，如果我留下，那麼妳將來可不只是一個小小的祁王妃，妳會是皇后，一國之母。」

蔣夢瑤連連搖頭，對於高博提出的建議一點都不心動，說：「我不後悔！我不要做皇后，我也不許你做皇帝！」

高博被她孩子氣的表情逗笑，故意說：「為什麼？妳這女人真是奇怪，旁人費盡心力想爬上去的位置，對妳來說，就真的那麼不屑一顧嗎？」

蔣夢瑤認真地點頭。

「是，我不屑一顧。我不希望你做皇帝。做皇帝有什麼好的呀！每天都要那麼早起來，沒日沒夜批奏章，處理國事，還要納妃選秀，光是想想那些狗屁倒灶的事情，就讓人反胃！

我才不要做皇后，就是給我金山銀山，我也不要做！」

高博將她摟得更緊，光看著她，他的心就莫名感到滿足，就好像所有的煩惱，一下子全都從腦中脫離掉了一般，滿心滿眼，只記得她的樣貌。

兩人在燈籠下方擁立，背影在月光下，拖得很長。

夜風來襲，卻是讓兩個相擁之人，感受不到絲毫寒意，相依相扶，這才是這世上最好的愛情啊。

尾聲

泰寧三年，冬。

皇后袁氏被廢已有三年之久，袁氏滿門抄家流放。

而太子受人蠱惑，幸而最後關頭幡然悔悟，救駕有功，皇上原不想追究，太子卻自請入廟修行。

今年是第三年，皇帝頒布兩道聖旨將太子召回，命祁王高博出城相迎。

風雪交加，正趕上年二十八，高博在城外守候多時，才見遠處駛來一輛馬車。

高博翻身下馬，身後一眾將士隨之一同，率眾人行禮。

高謙自馬車走下，親自上前扶起高博，為他拂去肩頭的雪。

三年的時間，兩兄弟似乎都變得更為成熟，高博頸下留了些鬍鬚，看著越發幹練。

高謙則一身素衣，身上似乎還有廟中的香火氣味，比之從前那是穩重許多。

「太子總算回來了。」

高謙對高博一笑，說：「這幾年辛苦你了。」

兩人說著話，從城內又駛來一輛馬車，車才停穩，一個小小的身影就竄了下來，張著雙臂，竟然要去接車上另一個比她還小的娃娃。

兩人都站穩之後，眉目不甚相像，大的那個看著精靈可愛，小的那個眉宇有些瑟縮，模樣小家碧玉。

此時，從馬車裡傳出一道聲音。

「阿曈，妳又淘氣了。」

蔣夢瑤從車裡掀開簾子，讓一旁正在翹首盼望的曹婉清先在宮人的攙扶下下車，隨後，她才跟著下來。

高嵐被娘親點了名，吐了吐舌頭，拉著剛會走沒多久的小女娃往前去。

高嵐一看見高博，一下子就撲到他身上，像個猴子似的，從下到上，自動自發地爬到老爹的脖子上，兩腳一跨，就騎了上去。

高博無奈地伸手扶著這野小子似的閨女，免得她一個興奮栽下來，儘管表情有些嫌棄，但動作還是很寵溺。

高嵐雙手摟過爹爹的脖子，將自己的下巴搭在他的頭頂，瞪著一雙和她娘一樣漂亮的眼睛看著高謙，一點也不怕他，問道：「你就是皇叔叔？」

高謙看著她，只覺得她長得和她的母親一模一樣，轉頭看了一眼走來的蔣夢瑤，對她點頭說：「是啊，原來妳就是我的小姪女，叫什麼名字呀？」

高嵐粉嫩的小臉上滿是笑容，口齒清晰地回答道：「我叫高嵐，這是我爹，那是我娘，還有這個小不點兒，是我堂妹，叫高寧。她很可愛，對不對？」

被她稱作堂妹的高寧此時已經被曹婉清抱在手裡，高謙順著高嵐的目光望去，就見曹婉清一臉期盼地看著他。

前塵往事皆歷歷在目，高謙至此在心中升起一股後悔來，從前真的是他看不清前路，認不清人心，總是想要去追那不可能屬於自己的幸福，卻忽略了身邊既有的。

高謙對曹婉清手中的孩兒伸出手臂，孩子有些怕生，臉上並不如高嵐那麼紅潤，許是天生的體質孱弱，臉色有些蒼白。看著這小小的臉，弱弱的身子，高謙真的是不知道該怎麼說了。

曹婉清拍拍孩子，在她耳邊說了幾句話，孩子這才肯讓高謙抱去。

高謙又對曹婉清伸出一隻手，曹婉清訝然地看著他，然後也伸出手，兩手交握，一切盡在不言中。

蔣夢瑤把高嵐從高博的肩頭扯了下來，在她小屁股上打兩下，打得她淚眼汪汪，想往高博那兒奔，無奈被親娘強硬留在身邊，還揚言再動就繼續打，她才稍微安分一些。

高博彎下身子，在她小鼻子上刮了一下，高嵐這才破涕為笑，投入高博的懷抱，然後得意洋洋地對蔣夢瑤翹起了小嘴，看得蔣夢瑤想當場揍她！

這熊孩子小時候倒是黏她黏得緊，可是越大越黏著她爹。

眾人接到太子殿下，便一同入宮覆命了。

當年之事，皇后是主謀已被賜死，袁家遭抄家流放，太子獨身反省，至於齊國二皇子參與安國內政，被綁送回齊國，由七公主親自押送回去，交由齊國皇帝，並立下十年不進犯的條約。

高博完成任務，從宮中出來之後，高嵐依舊坐在高博肩膀上，高博一手扶著女兒，一手拉著妻子，就直接去戚氏和蔣源那兒。

戚氏見到高嵐就忍不住抱了過去，又親又摟，根本停不下來，好不容易高嵐才脫身，便纏著蔣顯申這個小舅子要糖吃去了。

高博和蔣源一時技癢，又約著去下棋。

戚氏坐在暖閣裡正在看仕女畫，正好蔣夢瑤來了，也想聽聽蔣夢瑤的意思。

「我想著給老二找個有能耐些的，可是老二卻說一定要漂亮的。我就問他，什麼是漂亮，他自己也說不清，只說隨眼緣就成。唉，為了他一句隨眼緣，我幾乎是把這城裡大大小小的閨女都找了個遍，好不容易才弄來這些畫，誰知道他根本不看，氣死我了！」

一眨眼的工夫，就連蔣顯雲也可以議親娶妻了。

這幾年，蔣源升遷極快，從原來的二品直奔一品大官上，雖然這升遷大部分還是皇上看在高博的面子，不過不可否認，蔣源也是個有本事的人，如今還替皇上掌了半數的兵權，儼然有再創國公時期輝煌的意思。

他是蔣家大房一脈，分家之後順風順水；反觀二房一脈，那可真是慘到極點。

「唉，前兒我遇見妳吳家嬸嬸了，她已經自請和離，讓蔣舫休了她，回去老家了。幾個兒女，也就只有璐瑤有點良心，置辦了她回娘家的事情，聽說給吳家嬸嬸在濟南買了一間宅子，讓她安心在那裡養老。如今，二房也就只能靠著璐瑤那兒才有辦法生活，這麼些人，也難為璐瑤丫頭了，好手好腳的，偏偏全都在家裡等著旁人來養、來伺候，老太太身子也不行了，脾氣越發大得厲害，成天在府裡說胡話，誰惹到她都能被罵個狗血淋頭。」

蔣夢瑤聽著戚氏說話，附和說：「老太太那是自己作死，這麼大年紀了，還想著把家裡的姑娘送人，也不瞧瞧她如今是什麼身分。上回我就讓人打發她了，二房那幾個庶出的姑娘，我也做主給嫁了，省得捏在她手裡禍害人。」

「這我知道，妳做主把她們嫁了也沒什麼，妳如今身分在這，誰也不敢說什麼，那幾個庶女怕是都該謝謝妳了。」

蔣夢瑤點點頭。

「嗯，是啊，不管怎麼樣，大家都姓蔣，我給她們挑的也都是好人家，沒有一個做妾的，比那老太婆挑那些位高權重，卻一去就是做姬妾的要好太多了。」

戚氏替兩人沏了茶，送來一杯到蔣夢瑤手上，喝了一口後，才繼續說：「呵呵，庶女們個個都嫁得不錯，這下妳孔家嬸嬸就該頭疼了。那些庶女都恨極了她和老太太，嫁得好，自然也不會相幫她們，反而勢大了，還要日日找她們麻煩，老太太和孔氏該是夜裡都睡不著覺了。」

蔣夢瑤和戚氏對視一眼，到底是親娘，一聽就知道她那麼做的個中意義。

反正不管怎麼樣，蔣家二房那兒是再也立不起來。外頭也都在說，那是蔣家二房的命數，就算搶了大房的爵位又怎麼樣，架不住大房長進啊。

蔣修丁憂三年之後，再入朝廷，竟然已經沒有一個地方敢要他，上書也是石沈大海，這輩子出仕無望。

「如今太子回來了，妳和女婿有什麼打算？」

戚氏如今最擔心的就是這個。

蔣夢瑤倒覺得沒什麼，很平靜地說：「等太子穩定下來，我和高博就回關外去了。高博這幾年是替皇上、替太子做事，手裡也沒抓兵權，畢竟是要避嫌的，他此去怕是不會再回朝堂，打定主意要做個閒散王爺。我嫁雞隨雞，自然相隨。」

戚氏看著女兒一臉幸福，雖然心中明白一山不容二虎的道理，如今太子回來了，女婿若再占著高位，那將來必定又是一番爭鬥，還不如急流勇退來得穩妥。想歸想，但她嘴上卻不免說：「哼，我看啊，就是妳這丫頭存心鼓動的，好好的安京不待，非要去關外。妳這臉皮厚實不打緊，苦了我的乖孫女要跟著你們去受苦，我可捨不得。」

蔣夢瑤看著戚氏，乾脆放下茶杯，走到她身旁安慰道：「娘，我們這回去又不是被貶，妳也知道，高博的所有家業都置在那裡，我們回去，那就是回家啊。在關外多舒坦呀，不用面對京裡這些烏煙瘴氣，都留給皇上和太子去煩惱好了，高博替他們做了三年的事，鬢角都有白頭髮了，我能不急嗎？卸了權，他就能輕鬆些，一輩子這麼短，日日操心也是過，日日輕鬆也是過，那何不輕鬆一點過呢？」

戚氏推了推她。

「哼，就是妳不好！我不管，反正，你們每年都得回來，我和妳爹都老了，也跑不了那麼遠去看你們了，知道嗎？」

「知道啦……妳就放心吧。啊！到時候我們再給你們帶幾個外孫、外孫女回來，好不好？讓他們都喊妳做祖母，好不好？」

一番無狀之言，弄得戚氏哭笑不得。

數個月後，高博上書表達自己欲離京返回關外之意，獲得皇上的准許。

高博毫不戀棧權力，將手裡的事情全都一股腦兒交了出去，跌破了這幾年一廂情願「保祁王黨」的眼鏡，灑脫地帶著妻女離京。

夫妻倆在告別蔣源和戚氏之後，一行人便踏上回關外的路。

時值初秋，迎著颯爽秋風，蔣夢瑤掀開馬車的簾子，看著高博摟著高嵐，騎在大馬之上，心中不禁浮現無限暖意。

高嵐雖然是個孩子，但面對風沙一點都沒有懼怕的意思，反而開懷地直喊。

高博從馬上轉頭看向蔣夢瑤，四目相對，情意綿綿得膩人。

「我們回家了。」

「嗯，我們回家。」

前路漫漫，有君相伴。

此情此景，在火紅的夕陽餘暉之下，渲染成一幅溫馨動人的和諧畫卷。

——全書完

2015年6月出版

巧妻戲呆夫

文創風 304～306

特種部隊成員變成農村小姑娘，醫學精英改去種田做豆腐？
她從女強人降為柔弱女，還有一屋子極品親戚，
不能重操舊業，就來「改造人生」、整治這些瞧不起她的人！

清閒淡雅　耐人尋味　／半生閑

身為特種部隊的醫學博士出任務掛了，穿越還魂就算了，
為何讓她穿到一個為情上吊的小姑娘身上？!
十八般武藝俱全的林語來到小農村，發現自己學過的統統派不上用場，
家裡雖有父親，但繼母看她和大哥像眼中釘、肉中刺，
還有一堆極品親戚虎視眈眈，連祖母都只想著再把她弄出去換點嫁妝；
只要她還未嫁，女子就是給家人拿捏的對象，
不如自己選個合意的對象速速成親，之後協議和離脱身！
看來看去最佳人選就是肖家那個破相又不受寵的老二肖正軒，
怎知費了番心思終於成親，新婚之夜該來談和離了，
這位仁兄卻說：「看在我幫妳的分上，就和我一起生活半年可以嗎？」
這下還得弄假成真過半年，他到底打什麼主意？
而他們窩在靠山屯這樣的鄉下，他竟然還有師父和師兄弟們找上門，
莫非他還有什麼神祕的過去，這段假夫妻的協議會不會再生變化？

新鮮解悶．好玩風趣／雙子座堯堯

2015年6月出版

福星小財迷

姊穿都穿過來了，銀兩是一定要賺的，
老公最好挑，一不擋她財路、二不三妻四妾、三呢只愛她一個！
姊才考慮要嫁！

文創風 300 1

既來之，則安之！她冷安然從來也不是個認死理的人，
握著幾千年智慧沈澱的精華，她打算好好大賺一筆銀兩，
為自己姊弟倆掙出一片天來……
否則她肯定會被冷家生呑活剝，甚至落得被爹賣了求官的下場。
不過這時代還真特產美男子啊，她身邊出現了三位養眼「絕色」，
尤其那位一臉冷冰冰又腹黑的鍾離浩，
可惜他似乎「名草有主」了，不然她肯定要芳心淪陷了……

文創風 301 2

是，她是小財迷，她可是小姐愛財有道、生財有方，
她寫的食譜、繡的花樣、設計的服裝，讓她賺進大把銀兩，
偶然相交的三個來頭不小的美男子，
有他們幫著罩著她的生意，簡直就像順風順水似的容易，
她這個小財迷真真是個福星來著，太走運啦！
那些嫡庶爭奪的糟心事，防不勝防的陰謀算計，
也因為有鍾離浩這個冰塊男的全方位防護，讓她安心不少，
她真要大嘆，這樣的絕品美男子，真的不考慮喜歡女人嗎？

文創風 302 3

他鍾離浩這輩子還沒對誰動心過，偏偏就愛上冷安然這小丫頭，
她既不溫柔，又老愛對好看點的男人發花癡，
說起做生意賺錢的事，就兩眼放光，主意特多，
還很有點小個性……可就是很對他的胃口！
最教他難以下手又氣得牙癢癢的是——
她竟誤以為他和自己的好兄弟是「一對」，真是天殺的大誤會！
幸好他懂得及時運用這個誤會，藉機「親近」她，
最好是可以打蛇隨棍上，假戲真做娶了她！

文創風 303 4 完

做生意賺銀兩是她的強項，但男人……她似乎看了個大走眼了！
當初為了不想進宮當皇上的妃子，與別的女人共享一個男人，
開口問鍾離浩願不願意娶她？還問他會不會很難接受……
心想喜歡男子的他，需要一個妻子當幌子，沒想到——
他根本不難受，還挺享受的，吻她吻得好熟練……她才恍然大悟！
他幾時喜歡男人來著，他分明就是對她很有「陰謀」……
不過，她倒也很喜歡被他「得逞」就是了！

卿容傾城，君心情切／昭華

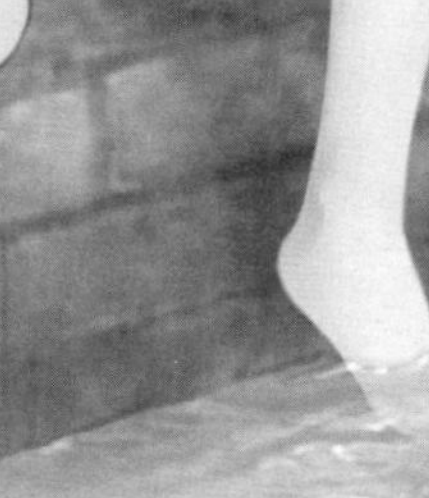

2015年5月出版

幺女的逆襲

身為備受寵愛的國公府幺女，
憑著這天賜的金手指，
看她今世還不逆轉人生？

文創風 296 1

上輩子自小傻了十年，即使獲得上天福緣而清醒過來，
卻還是活得懵懂無知、腦子不靈光，讓爹娘寵養著到十六歲，
她就糊裡糊塗地嫁作蜀王的正妃，病死在那吃人不吐骨頭的後宅。
大概是上蒼憐惜她榮寶珠這個憨人，使她重生回到三歲，
不再癡傻之外，還一如前世賜她富有神奇力量的「瓊漿」——
既能讓染病的父親大難不死，還醫好了姑母的不孕症，
連長相一般的她也漸有傾城的美貌……

文創風 297 2

怎知，昔日她對蜀王有恩，之後一有難她必定被他所救，
唉……與其整日惶惶與他有牽扯，不如先出手與鍾情於她的盛大哥訂親。
卻也不知招誰惹誰了，她遭人下咒險些昏迷不醒，
好在因禍得福，離家到普渡庵休養還習得了一手醫術。
哪曉得靜養三年後，一回京城，先是未婚夫外放傳回死訊，
不僅被退了親事，她會剋夫的傳聞也甚囂塵上；
後有心儀蜀王的六姊，不惜下狠手毀了她的容貌，
如今，她一個會剋夫的無鹽女，果然成了太后賜婚給蜀王的首選……

文創風 298 3

作為一個無鹽王妃，丈夫是俊美無儔且身分尊貴的蜀王，
在美妾成群的後宅中，自然有人心有不甘。
然而有了前車之鑑，今世她豈會跟上輩子一樣憋屈地死在王府？
一嫁入門，她將目無主子的美妾們予以當頭棒喝，
殊不知還有人這麼不識相，欲設下圈套謀害她，
所幸她早有防備揪出了真凶，也算暫時讓妾室們收了心思。
說也奇怪，她的半邊容貌既毀，夫君亦不曾多瞧其他人一眼，
隨著相處日深，蜀王的深情呵護反倒讓她想好好經營這段婚姻……

文創風 299 4 完

原以為鎮國公府遭到抄家落難，
是由於太后知悉了她的容貌早已恢復，且蜀王與她夫妻情深，
孰料，榮家遭陷害販售私鹽一事，她的夫君竟也參與其中?!
雖說府裡有內奸告密，使太后欲給榮家一個教訓，
蜀王不過是順水推舟，設局讓榮家發配邊疆、遠離京城這是非之地，
但為了爭奪江山，卻讓她的至親陷入這難測險境，
頓時讓她有些看不清這個人的真心……

文創風
321
閒婦好逑 3 完

國家圖書館出版品預行編目資料

閒婦好逑 / 花月薰著. --
初版. -- 臺北市 : 狗屋, 2015.08
冊 ; 公分. --（文創風）
ISBN 978-986-328-482-6（第3冊：平裝）. --

857.7　　　　104010633

著作者　花月薰
編輯　黃鈺菁
校對　沈毓萍　周貝桂
發行所　狗屋出版社有限公司
地址　台北市104中山區龍江路71巷15號1樓
電話　02-2776-5889～0
發行字號　局版台業字845號
法律顧問　蕭雄淋律師
總經銷　知遠文化事業有限公司
電話　02-2664-8800
初版　2015年8月
國際書碼　ISBN-13　978-986-328-482-6
原著書名　**《蒋国公府见闻录》**，由北京晉江原創網絡科技有限公司授權出版

定價250元
狗屋劃撥帳號：19001626
網址：love.doghouse.com.tw　E-mail：love@doghouse.com.tw